本书受到安徽外国语学院博士科研基金资助Awbsjj202001

知库

文学与艺术

当代安徽文学创作研究

陈振华 著

吉林大学出版社

·长春·

图书在版编目（CIP）数据

当代安徽文学创作研究 / 陈振华著 . —长春：吉林大学出版社，2022.7
 ISBN 978-7-5768-0121-7

Ⅰ.①当… Ⅱ.①陈… Ⅲ.①当代文学—文学创作研究—安徽 Ⅳ.①I206.7

中国版本图书馆 CIP 数据核字（2022）第 142823 号

书　　名	当代安徽文学创作研究 DANGDAI ANHUI WENXUE CHUANGZUO YANJIU
作　　者	陈振华　著
策划编辑	李潇潇
责任编辑	李潇潇
责任校对	周春梅
装帧设计	中联华文
出版发行	吉林大学出版社
社　　址	长春市人民大街 4059 号
邮政编码	130021
发行电话	0431-89580028/29/21
网　　址	http://www.jlup.com.cn
电子邮箱	jdcbs@jlu.edu.cn
印　　刷	三河市华东印刷有限公司
开　　本	710mm×1000mm　1/16
印　　张	16.5
字　　数	220 千字
版　　次	2023 年 1 月第 1 版
印　　次	2023 年 1 月第 1 次
书　　号	ISBN 978-7-5768-0121-7
定　　价	95.00 元

版权所有　翻印必究

安徽文学：多维度聚焦现实
（代序）

  植根于文化厚土之上的安徽文学一直有着不俗的表现。新时代新起点，作家诗人们秉承着"胸中有大义，心里有人民，肩头有责任，笔下有乾坤"的使命担当，继往开来，吹响了文学皖军再崛起的号角。当前的安徽文学创作既扎根于历史文化的优秀传统，又融入现实的精神和未来的前瞻，正循着人民的心音拾级而上，呈现出特有的时代内涵与特色。

诗歌创作勇立潮头、敢为世先

  安徽一直是中国诗歌的重镇，仅就现代安徽诗歌而言，就出现了群星璀璨的局面。陈独秀擅写旧体诗，胡适的白话诗尝试，湖畔诗社的汪静之出版《蕙的风》时才年仅20岁，新月派代表诗人朱湘被认为"代表了中国十年来诗歌的一个方向"，方令孺、方玮德出身桐城名门，诗作意境不俗，还有"时代的鼓手"田间。当代安徽诗人也是名家辈出，影响深远。韩瀚、刘祖慈的诗歌振聋发聩，梁小斌的朦胧诗享誉中国，海子的诗歌朝向神性的高度，还能数出很多有影响的诗人诗作：沈天鸿、杨键、陈所巨等。

当前，安徽诗人的诗歌创作继续勇立潮头，敢为世先。陈先发在获得"华语文学传媒大奖"之后又摘取第七届鲁迅文学奖的桂冠，再一次引领安徽当前诗歌创作的热潮。获得鲁迅文学奖的《九章》"融状物、玄思于一炉，本土气质与现代语言技艺共同发酵，迸发出强悍的艺术表现力"。20世纪80年代朦胧诗代表诗人梁小斌仍笔耕不已，近期佳作频出，组诗《梁小斌的诗》2018年获得首届国际旅游诗歌奖最高奖。余怒的诗歌基于寂静燃烧般的、日常生活的锐利思考，被学界誉为"中国的卡夫卡"。实力诗人吴少东2015年获"中国实力诗人奖"，2018年获年度十佳诗人奖，其诗作意在"灿烂的孤独"，一向以明润、丰厚、开阔、大气著称。张岩松，中国后现代主义代表诗人，在叩问后现代的精神状况与存在景观中建构自己的诗歌王国。张万舒的《黄山松》已然成为安徽人的精神象征。当前优秀的诗人实在太多：祝凤鸣、杨键、沈天鸿、余怒、李云、陈巨飞、许敏、木叶、何冰凌……歌咏时代、歌咏人民的诗歌集结号、冲锋号已然吹响。

当下的安徽诗歌创作在中国诗歌界影响较大，而且安徽诗坛的诗歌生态也健康明朗向上。安徽诗歌界积极行动，促进诗歌创作的不断深入发展，目前有中国桃花潭国际诗歌周，中国紫蓬诗歌节，中国诗歌创作基地也已落户安徽紫蓬山。安徽省文联主办的《诗歌月刊》继20世纪80年代的《诗歌报》之后，继续成为诗歌的重要阵地，聚集安徽乃至海内外优秀的诗作。民间的刊物或网刊、公众号也为安徽的诗歌助力，雪鹰主持的《安徽诗人》也逐渐彰显了安徽诗歌的创作实力与特色，未来值得关注。有理由相信，安徽诗歌的前景会更加贴近人民，贴近现实、贴近大地，低姿态飞翔。

<<< 安徽文学：多维度聚焦现实（代序）

小说创作稳中有进、厚积薄发

自现代以来，安徽的小说创作成就斐然。皖西作家群与未名社取得不俗艺术成就，台静农的小说创作具有鲁迅风范，蒋光慈的小说开创普罗文学的先声，张恨水是一代通俗小说大家，吴组缃的小说具有社会剖析色彩，苏雪林自有自己的创作特色。当代以来，安徽文学四杰：陈登科、公刘、鲁彦周、严阵为世瞩目。一批优秀的小说家脱颖而出：张弦、江流、刘克、周而复、肖马、戴厚英、祝兴义、彭拜、曹玉模、刘先平、陈源斌等。新时期崛起的中青年作家也成就突出：季宇、许辉、潘军、许春樵、徐贵祥、潘小平、李平易、赵焰等。

当前，安徽的小说创作主要表现在以下几个方面。一是红色记忆的当下叙述。季宇退休以后，创作迸发了第二春，《最后的电波》《金斗街八号》等佳作迭出，2018年获得人民文学奖。"金寨红"大型文学原创叙事活动，取得了重要收获，李国彬的《哥哥莫要过河来》、余同友的《鲜花岭的星星》、李云的《爷要一杆枪》、陈斌先的《斑竹泪》、朱斌峰的《等》、洪放的《失踪者》等一系列优秀的中短篇小说问世。一是这些"不忘初心"的红色叙事在当下社会文化语境和总体的历史情境中具有重要的现实价值和历史意义。二是持续关注社会弱势群体，落笔于"世相人情"。许春樵继"男人四部曲"之后，在小说创作方面继续发力，《麦子熟了》《月光粉碎》《遍地槐花》备受关注。三是新乡土系列的写作呈现时代新质。苗秀侠的《皖北大地》以文学的方式重建新型农民的主体性。四是历史文化叙事向深度探索。陈斌先的《响郢》、洪放的《百花井》、李凤群的《大风》体现了作家的历史深度与艺术才情。五是地域文化的艺术呈现。曹多勇的《淮水谣》、洪放的《人烟》是体现淮河文化的优秀文本，写出了淮河两岸人民的历史、文化、生存与灵魂的状貌。六是先锋文学精神的"续航"。余同友的《去往古代的父亲》将先锋精神和当下现实紧密结合，在短篇小说领域独具特色。七是主流叙事不遑多让。李国彬的《小岗村的年轻人》超越了现有政策的框架，有独到的艺术呈现。许冬林的《大江大海》反映了大变革年代民营企业家以生命和青春书写大江大海的时代传奇。八是儿童文学、侦探文学也颇多建树。伍美珍、许诺晨、薄其红、谢鑫各自在自己的领域推陈出新。九是90后作家开始崭露头角，大头马的创作风头正劲，具有前卫的青春气质。

目前，安徽小说正立足安徽，面向全国，多维度聚焦现实，深度挖掘历史、文化、地域资源，稳中有进，厚积薄发。

散文创作朝气蓬勃、各擅其长

五四时期，陈独秀、胡适以现代杂感类散文参与五四新文化运动的思想建设，影响和成就深远。苏雪林也有不少散文的创作，领风气之先。皖西作家群中的韦素园、韦丛芜、李霁野、台静农等就因为抒写皖西的独特文化和地域风情而闻名，创作了一批优秀的散文名篇。当代安徽作家的散文也是呈现蓬勃发展的局面。王英琦的散文在中国当代散文领域有一定的影响。白榕、刘湘如、潘小平、苏北、徐迅、赵焰的散文也各有千秋。张锲、陈桂棣、温跃渊、高正平的报告文学也取得了应有的成绩。

当前安徽的散文创作朝气蓬勃，各擅其长。近些年，许辉的创作从小说逐渐转向散文和思想随笔，他的"单独"系列散文，淮河系列散文，《许辉散文典藏》《人人都爱在水边》在当下散文领域颇有影响，获得了冰心散文奖。他的思想性随笔《涡河边的老子》《每个人身体里都有一点点孔子和老子》有韵味、有意味、有文化思考。潘小平的散文延续了她一贯的地域品格，并蕴含着知识精英的审美情趣和淳朴的人文情怀。陈所巨的散文散发着泥土的气息又具备深刻思辨的品格，被誉为新桐城派散文的领军人物。赵焰的徽州系列散文逐渐形成系列，韵味隽永，有鲜明的个人风格。苏北的散文传承汪曾祺的温润、淳美和质朴，正沿着大师的足迹不断追寻。80后新锐散文作家胡竹峰，获得第七届鲁迅文学奖提名，他的散文被韩少功赞誉为"重建中国文章传统审美的可贵立言"，接续了先秦的老庄、魏晋风度、唐宋文章，明清公安、竟陵派性灵文学以及明清小品文、民国文章的精神血脉，尤其是受到周作人和汪曾祺的影响最大，在日益虚化传统，日益西化的文化语境中重建中国文章的精气神。除此以外，当前的安徽散文在纪实文学、报告文学、新时代纪事等方面也做出了应有的成绩。洪放、朱斌峰、许冬林的报告文学《领跑者》为合肥科技创新做了一次全景式的深度解读。《一条大河波浪宽》以纪实的笔触写出了新时代淮河两岸人民新的生活现场和心灵图景。未来的安徽散文、纪实类文学必然具备更充沛的安徽气象，同时也在全国的散文格局中具有重要的地位与价值。

总体而言，安徽当前的文学创作呈现良好的进取姿态，省文联、省作家协会也推出各种措施与机制，围绕着以人民为中心的创作导向，勤力向上，进一步树高标杆，为文学皖军的再崛起夯实基础。客观而言，当前的安徽文学创作有高原，但文学创作的高峰还没有到来，相信假以时日，一定会出现能体现时代品格的文学经典。

目 录
CONTENTS

红色记忆的当下叙述
　　——简评"金寨红"系列大型文学原创叙事 …………… 1

从镜像真实到荒诞真实
　　——刘克创作论 ………………………………………… 10

历史与时代的多维镜像
　　——简论诗人严阵的小说创作 ………………………… 41

"徽商家族史"多重叙述品格的艺术辩证
　　——季宇长篇小说《新安家族》简论 ………………… 48

生命着,才知道了这一切
　　——许辉中短篇小说创作论 …………………………… 58

"井中人"命运的现实镜像与历史景深
　　——简论洪放长篇小说《井中人》 …………………… 69

生存真相与人性隐秘的艺术追索
　　——评朱斌峰短篇小说《木头的耳朵》《红鱼记》 …… 81

苏北散文创作论 ………………………………………… 86

历史品格与文学性情的深度交融
　　——评季宇长篇历史纪实文学《淮军四十年》…………… 96
匍匐在地的诗篇
　　——读纪开芹诗集《修得一颗柔软之心》…………… 100
"淮文化"的深度勘探与价值弘扬
　　——许辉淮河文化系列散文的文化意义…………… 105
在场·内在·智性·深度
　　——当代文学名家洪放创作印象…………… 109
"新乡土"镜像的故事呈现与经验主义写作
　　——评陈斌先《吹不响的哨子》及其乡土叙事…………… 121
女性婚恋主体困境及其突围的艺术摹写
　　——简论李凤群中篇小说《象拔蚌》…………… 129
"残缺"少女情爱心理的精微呈现
　　——评刘鹏艳的短篇小说《鹊桥仙》…………… 134
历史叙述的真实、认知及其话语的德行
　　——评季宇长篇历史纪实文学《燃烧的铁血旗》…………… 138
"后信仰时代"红色叙事何以"返魅"
　　——简论赵宏兴长篇小说《隐秘的岁月》…………… 149
大道至简·人间温馨
　　——读许辉散文集《每个人身体里都有一点点孔子和老子》…… 157
段祺瑞形象历史还原的艺术营构
　　——论季宇长篇传记文学《段祺瑞传》…………… 160
古典心情与现代意向
　　——赵焰小说论…………… 171
《翁同龢》历史叙事的"真实性"诉求
　　——潘小平长篇小说《翁同龢》阐析…………… 179

个人跋涉与整体存在之间的浪漫
　　——评许辉的散文集《和自己的脚步单独在一起》 ………… 191
落脚于尘世的物理与人情
　　——读王业芬散文集《我周围的世界》 ………… 197
民营经济前世今生的艺术摹写
　　——简评许冬林长篇小说《大江大海》 ………… 201
欲望·伤痕·皈依
　　——试论陈斌先长篇小说《憩园》 ………… 206
从形容词到名词的审美追求
　　——许冬林散文印象 ………… 220
思想的深切与格式的特别
　　——季宇中短篇小说集《猎头》读札 ………… 226
真实与迷幻互为镜像的叙事
　　——读大头马中篇小说《阿姆斯特丹体验指南》 ………… 230
故事、意蕴及其现实之上
　　——简评刘永祥的短篇小说《四眼》 ………… 234
生活微视角下的"脱贫攻坚"叙事
　　——简评刘鹏艳短篇小说《猪幸福》 ………… 238
素朴纯粹而又别具张力的叙述
　　——简析郭全华短篇小说《香香宾馆》 ………… 243
网络时代爱恋"心灵图景"的艺术呈现
　　——评马洪鸣短篇小说《相同的指纹》 ………… 247

红色记忆的当下叙述

——简评"金寨红"系列大型文学原创叙事

为纪念建党95周年和长征胜利80周年,弘扬战争年代的革命英雄主义精神,揭橥革命历史起源的正当性、合理性,铭记革命前辈的牺牲奉献,回到革命的历史初心,有效抵御历史虚无主义对革命历史的丑化歪曲甚或虚化,早在2015年秋冬之交,安徽省文联及其所属《清明》杂志、《安徽文学》杂志就组织了大型"金寨红"系列文学原创活动,这项活动一直持续到2016年秋。该活动不仅激起了强烈且广泛的社会反响,也取得了文学和艺术的重要收获,就小说创作而言,就有余同友的《鲜花岭上的星星》、李国彬的《哥哥莫要过河来》、陈斌先的《斑竹泪》、朱斌峰的《等》、洪放的《失踪者》、张子雨的《立夏》、孙长江的《碑匠》、张琳的《寻找金桂生》和李云的《爷要一杆枪》等优秀的中短篇"金寨红"系列小说从千百作品中脱颖而出。这些"不忘初心"的红色叙事在当下社会语境和总体的历史情境中具有重要的现实价值和历史意义。

一、不忘初心的创作态度和思想立场

金寨是革命老区,是将军县,为了革命的成功曾经献出了十万儿女的生命。革命历史的苦难和牺牲奉献精神是不能忘记的,它关乎我们共

和国的其来有自，关乎我们历史与现实的正当性、合法性和必然性。然而现阶段有一种历史虚无主义思潮正有意识、有预谋地妄图扭曲、虚化革命历史起源和赓续的正当性。"欲灭其国，必先毁其史。"这就是随后各种网络及其新媒体上打着揭示历史真相的幌子污蔑革命历史英雄，虚化革命历史的种种篡改和诋毁。当然也有一些革命历史叙事打着新历史主义的幌子，肆意歪曲、戏谑、恶搞历史人物和历史事实。尤其是革命历史题材的创作在当下需要深刻的自我反省和自我救赎，方能以正视听。

但当回顾革命历史题材创作的时候，我们发现在该领域的教训是较为深刻的。中华人民共和国成立后一段历史时期的历史叙事走向神圣、过于意识形态化，结果导致的是历史叙事的本质化。英雄被无限拔高、神化，只能是高大全式的不真实的革命英雄。历史没有了原欲，革命者进化为没有七情六欲的神，读者只能对这种高大全的英雄敬而远之。革命历史题材也因没有了烟火气而遭到了审美摒弃。后来的革命历史叙事则矫枉过正，假西方解构主义的思潮观念，对革命历史进行祛魅，对革命的"卡里斯马"（卡里斯马：Charisma是德国社会学家韦伯从早期基督教观念中引入政治社会学的一个概念。韦伯认为卡里斯马是这样一类人的人格特征：他们具有超自然、超人的力量或品质，具有把一些人吸引在其周围成为追随者、信徒的能力，后者以赤诚的态度看待这些领袖人物）进行解构，这种叙事在当初破除历史题材的意识形态性方面应当是有一定的积极意义的。但后来越来越变本加厉，历史最终被彻底解构了。如此，革命历史叙事何为？红色记忆如何进行当下叙述？我们认为，只有回到革命历史的初心，回到我们当初为什么出发，回到历史的正确认知：不虚美，不隐恶。回到重建对革命历史的敬畏，重建我们内心真诚的信仰。

我觉得从这个意义上而言，"金寨红"系列文学原创活动重返了革命历史的初心，表现了鲜明的创作态度和基本一致的思想立场。首先，作家在素材题材的搜集整理上，都采用的是实地探访，获得的几乎全部是第一手的材料，然后进行艺术的营构。这必然是把"不忘初心"的创作理念建基于大量可靠的历史事实之上的，而不是凭空坐在书斋里的先验想象。据我所知，安徽省文联、省作家协会多次派人赴金寨进行采风活动，或实地探访，或历史钩沉，或寻找历史的口述者与见证者，尽量还原历史的现场。而这些发生在金寨革命老区的真实革命进程和真实的故事，必然会重建对革命历史的有效认知和信心。

其次，作家对革命历史进程进行复杂性、悖论性的深刻揭示。革命不可能一帆风顺，必然遭遇历史的复杂性、往复性甚或悖论性的命运。既往的历史叙事枉顾历史进程的复杂性，往往只注重表现历史浩荡的必然性，而将历史中充斥的偶然、撕扯、纠缠甚或悖谬无情地舍弃，但这些"本质"性的叙事文本也遭遇到文学审美的背叛。

历史很多时候是充满吊诡的，而我们文学叙事的重要功能就是要展示这种悖谬纠缠的历史进程。洪放的《失踪者》真实地还原了金寨地区的历史失踪者，"这些失踪者，被隐没在红军史中，成为中国红军史上最难以释怀与疼痛的一笔"。[①] 而这些失踪者仅金寨地区就有三万之多。他们同样为革命的胜利做出了自己的牺牲奉献。洪放以自己的思想勇气对历史负责，以江子龙的革命遭遇和经历，深刻揭示了革命进程中的历史伤痛。但小说中的江子龙们并没有因为受到委屈而丧失革命信仰，小说在批判中又有令人信服的信仰守护，历史的失踪者终于在文学叙事中成了"在场"者。小说弥补了历史记录不足的遗憾，小说成了民族的心灵秘史。同样的题材还有朱斌峰的《等》，小说中的廖家文、廖家武兄弟也是蒙冤的。廖家武的出走让奶奶用一生在等。在等他回来？在等蒙冤昭雪的那一天？千疮百孔的历史需要文学叙事的还原与修复。然而无论是采茶女还是拐子爷，他（她）们对待历史选择仍然痴

---

① 洪放：《失踪者》，载《安徽文学》，2016年第10期。

心不改，一曲《送郎当红军》仍然在他（她）们内心久久传唱。

再次，小说体现出较为鲜明的"史记"意识或倾向。陈斌先的《斑竹泪》里面的叙述人是史纪（史记的谐音），并声称自己的重要使命就是挖掘重大历史题材，为历史树碑立传。小说通过老太太的缓慢诉说，基本还原了历史与现实的多重面目。从"闹红"、肃反、土改、公社到"文革"以及当下，从祖辈、父辈到儿辈的历史命运与现实遭际中，文本揭示了"斑竹有泪也知节"的傲然风骨与信仰坚守。小说在陈述历史人物冤屈的时候，能够站在历史辩证的高度，将历史的复杂暧昧与现实进行对照，对历史不虚美、不隐恶，从某种程度上回归了"史记"的信史精神和话语德行。

二、历史的正剧化、场景化和细节化

历史不是冰冷的事实，也不是任人打扮的小姑娘或随意涂写的羊皮纸，历史是基于事实之上鲜活的历史场景和具有生命温度的细节形成的，而文学叙事建构的历史则更应如此。"金寨红"系列小说的创作在这方面有比较明确的叙事自觉，这也为小说创作的成功奠定了坚实的基础。

客观而言，传统的革命历史题材已经经过文学叙事的多轮征用，很难革故鼎新，也很难开创革命历史叙述的新维度。然而，时代的变迁与话语的更新以及历史对叙事的新要求又必然赋予历史新的意涵，作家们需要的是更新自己的思维方式和话语呈现，从革命历史的富矿中打捞或开掘其中的新意。我觉得"金寨红"系列文学活动在这方面的努力是成功的。

其一，神圣化和庸俗化的双重祛魅。一方面，小说祛除了英雄偶像化和神圣化的叙事逻辑。小说里面出现的革命历史人物，不是应者云集的革命"卡里斯马"，而是在苦难中抗争的族群中的一员，只不过比普通人更早觉醒或者更具有反抗意识、反抗精神。他们不懂得理论的高头讲章，只是在内心服膺朴素的革命真理：哪里有压迫，哪里就有反抗。这些革命先烈没有被神圣化，而是具有普通人的缺点和人性的弱点。李国彬的《哥哥莫要过河来》里面刻画的是一群在大别山腹地参加革命的小红军形象，这些小红军战士生于战火纷飞的特殊年代，自己的命运和身世遭际让他们具有了顽强的生存意志和不屈的信念，然而，他们又难以摆脱未成年人的稚气、任性和缺乏经验，尤其是他们自身的自负、软弱或倔强导致了他们在执行任务时付出了巨大的牺牲。小说没有拔高小英雄们的形象，而是给予了原生态的呈现。这样的形象反而更能够引起读者的深层共鸣，觉得这就是战争形态下的可能的自己。张子雨《立夏》里面的革命领路人周教官，后来追随革命，由团丁转变为战士的丁山；张琳《寻找金桂生》里面的金桂生……革命历史的进程就是由这些普通人的业绩构成。另一方面，"金寨红"系列小说也没有走庸俗化历史叙述的套路。近些年来，历史英雄的庸俗化倾向较为明显，比如《亮剑》中的李云龙、《历史的天空》中的梁大牙、《狼毒花》中的常发等就是代表，这些历史人物有其英雄气，但也不乏莽夫山林的民间气息，这些革命历史叙事显然走的是将英雄人物庸俗化的叙述模式，是对以前高大全式人物塑造的矫枉过正。而"金寨红"系列中短篇小说则似乎是历史的正剧，人物的形象更接近历史人物的本真，是对神圣化和庸俗化历史英雄的双重祛魅。

其二，历史的场景化和细节化。鲜活的历史场景和丰富的历史细节无疑是革命历史叙事审美的必然需求，《立夏》将立夏节的革命暴动的前因后果、具体进程、人物命运的沉浮写得足够具体细腻，尽管历史的记录或许寥寥数语，但小说却真实地再现了这一历史场景发生的必然性。孙长江的《碑匠》将碑匠张良的个人命运与他刻碑的经历关联起来，当初因为刻"红军公田"碑而深陷险境，当白匪回来的时候只好深夜埋碑，后来给所谓的地主刻碑，"文革"期间被再三批斗，改革开放的1979年,当年深埋的"红军公田"碑得以重见天日。碑就是历史的镜鉴,碑的浮沉也是碑匠命运浮沉的写照,从而镜像出历史非直线螺旋上升的反复、犹疑、艰难、残酷等真实图景。

细节化让历史的血肉得以丰满,历史才能变得可感可亲,仿佛触手可及。"金寨红"系列小说以大量鲜活的细节让红色记忆的当下叙述远离了干瘪和苍白。以前的革命历史题材的创作就是因为惧怕日常生活的男欢女爱、柴米油盐妨碍革命英雄形象的建构,从而舍弃了大量的感性生活细节,进而远离了历史的真实。所以我们"既不避历史的宏大叙事,亦关注历史的细节与无名;既重点叙述正史所载重大历史事件和变故,又旁涉宫闱官场科场秘闻,但这绝非意在历史帷幕后的猎奇,更非历史叙述的媚俗,而是展示了历史的多个维度,回归历史的本然状态"①。如李云《爷要一杆枪》中对廖山虎抓周细节的描写,廖山虎几次都从糖果、毛笔、算盘、木质手枪中抓取了木质手枪,这看似无关紧要的细节,正暗示着爷后来对枪的痴爱和走向革命道路的必然;《碑匠》中张良埋碑的细节描写也为历史的沧桑变化埋下了应有的伏笔;《等》中"我"奶奶采茶女丹桂望着远山唱《八月桂花遍地开》时的款款深情,这一细节不就是对"我"爷爷钻山猴廖家武的深情凝望与等待吗?不就是对过去烽火岁月的缅怀吗?这些细节就是叙事学大师华莱士·马丁所谓的"对日常生活所特有的那种无意义的或偶然的细节的包容成为正面故事'真正发生过'的证据"②。

三、现实主义多样化叙事形态的探索

"金寨红"系列小说的作者都是我省中青年作家的中坚力量,他们

---

① 陈振华:《〈翁同龢〉历史叙事的"真实性"诉求》,载《淮北煤炭师范学院学报》,2010年第1期。
② 华莱士·马丁:《当代叙事学》,伍晓明译,北京大学出版社,2005年版,第55页。

在小说领域深耕多年，有着良好的基础和功力。虽说这次是带着任务去体验生活，感受昔日的革命精神，但他们普遍投入了饱满的创作热情，在素材收集、命题立意、篇章结构、艺术构思等方面颇具匠心，尤其在现实主义创作手法的多样化探索方面令人刮目相看。

首先，意象化色彩的叙述颇为精彩。小说的意象具有重要的功能，或结构篇章，或预示主题，或作为深度的象征等。巴金《家》里面的"家"就是小说的中心意象，"家"既是觉慧逃离的思想陈旧、麻木、腐朽的所在，又是觉新无法割舍的宗法、亲情、伦理之所在。张爱玲的《金锁记》中的"黄金锁"也是小说的主题意象，黄金枷锁锁住的是曹七巧的青春和人性。老舍《骆驼祥子》里"骆驼"意象，它的诚实、坚忍不就是祥子命运的写照吗，但祥子最终变成了个人主义的末路鬼。因此，小说意象的恰当应用，能大大深化小说的现实主义主旨，扩展小说的主题意蕴。陈斌先的《斑竹泪》的中心意象显然就是"斑竹泪"，"斑竹泪"的意象就是漆家命运的浓缩与象征，小说由此获得了思想的升华：斑竹有泪也知节。漆家世代的命运在历史的大潮面前尽管受到了委屈，但他们知道进退和分寸，知晓历史的曲折和坎坷，深谙社会历史进程的反复与迂回向前。《碑匠》中的"碑"就是小说的核心意象，尤其是"红军公田"碑的刻、立、埋、起的命运，不就是历史进程的真实轨迹吗？前途是光明的，道路是曲折的。这是进步论历史观的自信，更是社会达尔文主义的必然体现。余同友的《鲜花岭的星星》中的"星星"，老房子上面的"红五星"，不就是画家，也是作家心中的追寻吗？当然，《哥哥莫要过河来》中的包袱——红二十五军军旗，也是小说的核心意象，小说人物的命运和主旨都是围绕着这面军旗是否能够重新插到紫云架上而展开的。《爷要一杆枪》中的"枪"同样是小说的主题意象。旧社会让爷失去了身体的枪，而革命则重新让爷修复了身体的枪的功能，是革命之枪救治了身体之枪。这有点儿类似于《白毛女》中旧社会把人变成鬼，新社会重新把鬼变成人的主题。

其次,创作主体的介入式叙述。余同友《鲜花岭的星星》成功地采用了这种叙述。小说中的"我"带着主编的使命到金寨县去组稿,想在老区的土地上发现具有生命细节和生命温度的稿件。因在宾馆看稿失望,"我"百无聊赖地出去走走,结果在去鲜花岭的车上遇到画画的老者,在他的精神吸引下,"我"对老者未完成的绘画产生了浓厚的兴趣。由此"我"知晓了老者20年未完成所绘之画的原因,也让"我"进入了老者的记忆世界——鲜花岭的星星,进而引出了红色年代的英雄人物李大刚和沈阳林以及他们回乡之后的故事。老者在寻找点睛的绘画主题,一直苦于没有找到,身为作家的"我"背负使命,也在寻找最能够反映红色土地上人的命运象征。这里"我"成功地介入了小说的叙事,"我"的寻找不仅仅具有小说的叙事功能和结构功能,更主要的是完成了小说主题的呈现与拓展,因此,小说中的"我"绝非可有可无的存在。小说也因叙述人"我"的介入,而让小说的叙述变得富有层次和摇曳多姿,也让小说的叙述节奏变得富有变化,从而充满韵味和叙述的张力。显然,这种创作主体介入式的叙述深化了小说的现实主义主题。

再次,红色历史与现实叙述的互文。历史就是昨天的现实,现实也必然成为明天的历史,历史是现实的因由,现实是历史的延续。两者不仅有因果的联系,也是互相见证和映射的彼此。历史能够照进现实,现实也每每显现曾经的历史。《寻找金桂生》的叙述就是历史与现实的互文。金桂生就是战争年代的金黑牛,他和自己的妻子田春苗在转移的途中失散了。失散时他们的女儿金盼红还只是母亲身体里的一粒种子。中华人民共和国成立后,母女俩千方百计寻找金桂生。在现实寻找的叙述过程中,金桂生的战斗经历也由回忆一点点地拼接而成。这样的叙述形成了当下现实与红色历史的互文。现实中的田春苗也遭到不公正的待遇,在"文革"中受到了冲击,于是她倍加怀念红色战斗的岁月。现实的缺失依靠回忆历史的峥嵘来救赎,寻找既是现实层面的对丈夫、亲人的寻找,也是精神层面的对红色年代革命激情、革命信仰的追寻。历史与现实的反复交叉叙述，彼此互文，相互映照，无疑深化了小说的主题内涵。《鲜花岭的星星》也采用了现实与历史的互文。小说中的两个主角李大刚和沈阳林革命胜利后主动要求返回自己的家乡，主动放弃了城市优裕的生活。小说通过李大刚为沈阳林的母牛助娩经历的叙述，将二人的现实生活与曾经战斗的历史串接起来。红色年代的革命追求是他们毕生的信仰，也是他们当下生存的精神支撑。而画家作为革命的后代不也在用绘画的方式继承其父辈的精神吗？"我"不也是赴革命老区去追寻他们当年的红色历史和生命信仰吗？不忘初心，就是现实对历史最有力的回答！当然，《等》《斑竹泪》等也不同程度地采用了历史与现实互文的叙述方式，同样也取得了良好的叙述效果。

综上所述，"金寨红"系列大型文学原创叙述之所以取得成功，主要在于作家忠实于历史、不忘初心的思想立场和创作态度，在于这些作品重返历史的鲜活场景与生命细节，在于历史现场的原生态重现，在于历史叙述对意识形态化和历史虚无主义的双重拒绝。这些优秀的中青年作家具有现实的使命责任，他们用优秀的现实主义篇章完成了对红色历史的深度挖掘和对红色精神的当代弘扬。

当然，"金寨红"系列作品也还有进一步提升的空间，系列作品在弘扬金寨乃至皖西红色精神的同时，还没有充分将皖西地区特有的地域文化、乡土人情、民风民俗等融入红色叙事之中。另外，从某种程度上而言，这些文本叙事中历史和现实的深度互文还不够。如若能在这些方面更进一步，必将获得红色精神的文化基因图谱、红色精神的历史景深，红色精神对当下信仰缺失的深度救赎。如此就有可能生成"金寨红"系列叙事的更大气象和更大格局。于此，我们翘首以盼。

从镜像真实到荒诞真实

——刘克创作论

安徽大学王达敏教授说:"刘克是一个应该进入文学史的作家,在80年代,凭其中篇小说《飞天》在全国产生的广泛争论,特别是首开描写地域西藏之先河的四部中篇小说《康巴阿公》《古碉堡》《暮巴拉·雾山》《采桑子》所达到的水准及它们在当时文坛产生的深度震撼,他应该进入文学史。但文学史确实将他遗忘了,甚至连文学社会也将他遗忘了。"①

诚哉斯言!

文学史既是文学自身行进的历史,也是一部文学史家话语构建的历史,文学史对作家刘克及其作品的遗忘反映了文学史家主体性的隐性缺失。20世纪末,文学界一直在倡导重写文学史,旨在写出一部真实反映文学本然的历史,文学史家或以审美的精神重新审视文学的历史,或以人性论考量既往的文学事实,或以纯文学的态度观照作家文本……无论选择怎样的尺度和标准,文学史家都必须还原此前被过度政治化的文学史遮蔽与有意忽略的文学史经典。但令人遗憾的是,在已经出版的大量的中国当代文学史新著中,对作家刘克的文学贡献却鲜有提及。刘克

---

① 王达敏:《安徽作家与新时期文学的崛起》,载《论文学是人学》,安徽教育出版社,2008年版,第223页。

和他的文本一直在历史的角落"存在"着，缺少公正的评述和历史的"发现"。按照西方存在哲学的观点，存在的事物——存在者，它的意义并不一定彰显，往往大量的"在"者处于意义被遮蔽的晦暗区域，只有当思想的光束聚焦到存在者身上，其存在的境遇才能被敞亮，其意义才能被凸显。

刘克的文学史境遇就是如此——"存在的被遗忘"，是其"存在"意义的被疏忽、被悬置，现在，是其回归文学史的时候了。

在当代文学的历史进程中，刘克无疑是独特而深刻的。他一生的创作基本上分为两个重要时期：中华人民共和国成立后的五六十年代与新时期的初期。他的创作鲜明地呈现出阶段性特征，而且个人的阶段性是与作家自身对社会历史的认知程度以及对文学的体悟相契相因的：刘克20世纪五六十年代的西藏题材小说，明显带有单纯、质朴的特征，反映的是西藏真实的历史镜像。新时期初期，由于受到思想解放运动的影响，刘克的创作迎来了高峰期，虽然作品的数量不多，但是达到了时代的思想高度和反思深度。虽然作品仍绝大多数以西藏为题材，但他是站在新的视点和认知上重新审视西藏的历史与历史的西藏的。这个时期的创作风格也与前期的创作出现了很大的差异。在此，个人创作的阶段性与社会历史生活进程的阶段性深度重合，体现出鲜明的历史意义和审美价值。非但如此，刘克的创作不仅具有历史性，还具有过于时代高于历史的超越性。

本文站在文学史的高度并从文学史的体系、框架出发，具体而全面地阐述刘克的文学创作，以期彰显刘克的当代文学史意义。

一、西藏的镜像，镜像的西藏

短篇小说集《央金》是刘克于1962年，在解放军文艺出版社出版的以反映西藏农奴生活和民主改革的短篇小说集。这些小说主要描绘从

1959年开始，西藏历史进程中波澜壮阔的民主改革。民主改革砸碎了西藏百万农奴身上的枷锁和镣铐，结束了人类社会最后一个不知人权为何物、奉人神为圭臬、政教合一的区域黑暗社会的统治。2009年，西藏民主改革50周年之际，我们站在现实的坐标上回眸曾经的西藏，深切地感受到《央金》所具有的重要历史文献意义和文学审美价值，文学史不应当遗忘作家刘克和他早期的藏域题材小说。

《央金》镜像式地映射了西藏农奴在农奴制下的悲惨生活图景。"即使雪山变成酥油，也是被领主占有；就是河水变成牛奶，我们也喝不上一口。生命虽由父母所生，身体却为官家占有。"① 这是西藏农奴真实生活的写照。差巴、堆穷、朗巴，他们只是会"说话的牲畜"，没有土地、没有生活资料、没有尊严和自由，不知道怎样才像真正的"人"一样地生活。《央金》里面的央金、旺堆在没有遇到扎西顿珠以前，只知整天为老爷卖命，不懂逃跑和反抗；《曲嘎波人》中，丹增的爷爷忍辱负重，人生最大的愿望就是能买一头骡子，还为此整天"唵吗呢哞嘛哄"地念经祈祷；《古茜和德茜》中，不知逃跑的德茜听天由命，被老爷扎西贡"支差"，受尽蹂躏，最后在痛苦中悲惨地死去；《巴莎》中巴莎的丈夫阿桑被少爷罗布仁青残酷杀害，自己则整天在逃跑中凄惨地奔命；《古堡上的烽烟》描述了苍姆决为了逃脱土萨尔·贡觉色色的淫威，只能去拉萨找寻幸福……无止境的劳苦、卑劣的生存、皮鞭、镣铐、残杀，以及被占有就是这些农奴生活的全部。小说集《央金》里面的10篇小说，基本发表于20世纪五六十年代，如此真实，如此早地用文学的形式揭示西藏农奴的生活情状，全方位地展示西藏变迁的历程，这在中国当代文学史上是难能可贵的。

《央金》成功地塑造了一系列栩栩如生的藏族妇女的动人形象。这些朴实、勇敢、善良、美丽的藏族妇女形象一方面承载了丰富的藏族地

---

① 刘克：《央金》，解放军文艺出版社，1962年版，第31页。

域文化意蕴,昭示了根深蒂固的农奴制存在;另一方面,丰富了中国当代文学中的女性形象,她们的意义是多重的。央金、巴莎、苍姆决、丫丫、德茜、古茜、齐美等诸多女性形象,给人以深刻的艺术感染力。她们在农奴制暗无天日的生存境况中,所遭受的苦难和屈辱远甚于男性。她们不仅承受森严的等级制度、人身奴役,残酷的政治压迫和刑罚以及沉重的赋税和压榨,还承受被老爷肆意的蹂躏和践踏——"支差",这在农奴制下是屈辱而又普遍的现象。但在新思潮的引领之下,她们的反抗意识开始觉醒,农奴制在社会最底层开始动摇。央金在扎西顿珠的引领下,有了逃跑的念头,古茜期待见到解放军或工作组,丫丫从战士的亲切友好中感受到人性的温暖,巴莎从敌视医疗组,到信赖医疗组,苍姆决在解放军的农场中感受到做人的尊严,她们反抗命运的设定,在意识中逐渐崛起,在行动中逐渐坚决。这些西藏妇女的"新"形象、"新"意识、"新"思想在以前的文学中罕有涉及,她们既是西藏人民的受难史,也是藏族人民的觉醒史。她们身上负载了社会变革年代特有的时代内涵,透过她们,读者能感同身受地走进西藏历史的变迁、世道人心的深刻转折。

《央金》故事的戏剧性既是艺术审美的需求,也是社会变迁的必然。金珠玛米和梦巴(医生)的到来,改变了千百年来西藏政教合一的精神控制和现实专制。金珠玛米不仅要砸碎农奴身上的锁链、医治农奴肉体的伤痛,也要疗治他们精神的麻木、愚昧和创伤。于是,金珠玛米引发了朗巴、堆穷们的反抗意志,引领他们走上了抗争的道路。反抗的道路充满曲折、乖舛甚至反复,因此,"翻身"的故事每每充满了传奇色彩和戏剧性冲突。《央金》里央金没有跟随扎西顿珠逃跑,而是和旺堆过着凄惨的生活,后来她的意识觉醒了,毅然离开旺堆逃跑,去追寻"人"的生活,故事的结尾,我们终于看到小央金的出现;《曲嘎波人》中备受屈辱的丹增,在经历了多种曲折之后也迎来了丹增阿爸的回归,并史无前例地给曲嘎波带来了汽车,预示着现代新生活的开始;

《古堡上的烽烟》中苍姆决也在历经劫难之后，在象征着政教合一的专制政权古堡的坍塌之后，终于说出："孩子，阿妈找到了幸福！"《铁匠和他的女儿》中的索朗和女儿齐美在阴暗的日子之后，开始了新的生活——"当天齐美帮着拉起风箱，索朗老头子的铁匠炉又升起火来了"。① 可见，《央金》里的大多数作品是由一个个"翻身"农奴的故事构成，故事跌宕起伏，情节千回百折，命运沉浮不定，冲突紧张集中，人生颇富传奇性和戏剧性。应该说，从小说情节、故事的营构上来说，这样的小说符合小说的审美建构，能够满足读者的审美需求，也是艺术美学的内在规定。但如果生活平淡无奇，作家偏离了生活实然，想当然去构造所谓的传奇性或戏剧性，势必会造成对作品真实性的伤害，从而违背了艺术自身的逻辑。而刘克的小说并不存在这样的问题。小说描绘的时代恰好是西藏和平解放到平息叛乱再到进行民主改革的时代风云，社会生活本身就富有大起大落的戏剧性变化，人物命运的传奇性自然就在情理之中。所以，我们欣喜地看到，小说的艺术逻辑、审美需求和社会生活的实际情状完全吻合：故事的戏剧性和命运的传奇性既是小说的审美需求，也是西藏社会剧烈变迁的现实必然。这注定了刘克的藏域小说具有素朴真实的风貌，没有图解生活和政策的概念化弊端，是西藏真实生活的反映和表现。

　　简括起来，刘克这一时期的小说集《央金》具有多方面的意义以及相应的文学史价值：其一，在20世纪50年代末60年代初，伴随着西藏农奴制的解体和民主改革的进程，刘克是第一个用文学参与西藏历史进程和社会转型的作家并取得了较大影响。当时反映革命历史、民主改革、土地改革和社会主义改造的文学作品很多，但涉及西藏题材的作品几乎缺失。刘克用文学形式揭开西藏独特而又神秘的面纱，这在当时的文学领域实属难得，他的创作几乎和时代同步，及时而又准确地反映

---

　　① 刘克：《央金》，解放军文艺出版社，1962年版，第36页。

了时代、见证了历史。其二,《央金》具有重要的历史认知价值和文献价值。文学不仅具有教育、审美、娱乐等功能,还具有认知功能。文学不是历史,但文学却能够以形象化审美化的社会生活场景提供历史和社会的多重面相,丰富对历史和社会的认知。文学的历史认知是感性的、血肉丰满的,充满了生活的原生态质感,非烦琐的数据、客观事实、冷冰冰的历史记载所呈现的历史真实所能比拟。《央金》的历史认知和文献价值在于:它不仅真实还原或构建了活生生的农奴生活的历史现场,也真实地揭示了西藏从专制、愚昧、黑暗走向民主、解放、光明的伟大历史进程和历史必然性。所以《央金》的历史认知意义既有对历史事实层面的直观感悟,更有对历史规律层面的理性把握:历史达尔文主义——历史进化论终于超越了历史的永恒轮回,终于打破了西藏千年不变的农奴制和政教合一的政治意识形态以及西藏长期的历史、文化、宗教的沉疴与淤积。其三,小说中所涉及的独特的西藏地域风貌、民族风情、宗教信仰、文化礼仪、日常生活不仅具有文学审美价值,也具有文化地缘意义和民俗学的价值。小说散发着浓郁的藏文化的魅力,通过神秘悠久幽昧的文化,我们能触摸到西藏遥远的昨天和现实传承的今天,而西藏也正是以其鲜明的地域特色和宗教文化氛围向世间昭示着它的"存在"。其四,小说深刻揭露了西藏农奴制社会统治阶级的罪恶,展现了农奴制下底层农奴真实的生活情状以及历史的可能性现实,尤其是刻画了一系列藏族女性对罪恶及其命运的承担和抵抗。其五,《央金》的不同凡响之处在于它能够超越五六十年代固有的叙事模式,超越简单的二元对立的阶级思维来体现生活和历史的"本质真实"。与五六十年代的其他小说相比,刘克的西藏题材小说没有多少图解政治的痼疾,没有用当时流行的阶级论简单地设置社会生活和人物关系,而是将小说置于坚实的社会生活之中,体现了艺术和生活的高度统一,是西藏社会生活和人们命运的真实镜像映射,因而具有真实的历史意义和审美价值,在中国当代文学史上应该占有一席之地。其六,小说的语言也为人所称道，简约、纯净、质朴，富有表现力和艺术感染力。刘克善于从生活本身出发，坚持用生活化的语言表现生活本身，拒绝意识形态语言的入侵，这在当时的历史语境中，是很难"洁身自好"的，但可贵的是刘克做到了这一点。

当然，《央金》也有不足之处，主要表现在对生活题材的矛盾性、社会变迁的复杂性、人性解放的长期性等方面挖开掘得还不够。

二、历史的传说，传说的历史

"历史"本身就极富吊诡意味：历史或历史学追求的是历史的本然、历史的真实，因此"真实性"一直是"历史"孜孜以求的第一准则。但历史又由于年代的久远、记忆的模糊、意识形态的遮蔽、历史学家的臆断、历史文物的出土等方面的原因，历史的"真实"往往扑朔迷离甚至隐而不彰——由此，历史是否就可以取消其真实性原则呢？显然不能。历史如果不追求真实，历史也就不再是历史了。这就是历史自身难以摆脱的尴尬境遇，既不能重返历史曾经的"现场"，不能真正或完全意义上抵达历史的本然真实，又不得不视"真实"为历史的圭臬，可见历史本身就富有悖论意味。

那么关于"历史"的历史叙事或历史言说呢？中国古典的历史叙事如《三国演义》《水浒传》基本信奉的是"七分史实，三分虚构"的叙事原则和叙事模式，既追求历史相当程度的历史真实性与可能真实性，又加以合理的虚构和想象，让历史充满感性的血肉、审美的内涵、人性的丰厚、道德的评判以及艺术的美感。而将历史的"演义"叙事模式置于当代的历史叙事处境之中，显然已是明日黄花了。当代"新历史叙事"刻意颠覆历史的真实性原则，认定历史仅仅是"话语的构造物"，仅仅是话语"表述"的历史，历史是"任人打扮的小姑娘"，是可以"随意擦写的羊皮纸"，因此，新历史叙事可以在历史领地翻云覆雨、指鹿为马——最终的结果不难想象，历史在颠覆的快感和戏说中迷失了方向，并进而消解了"历史"本身。

刘克在1979年写作《达赖六世的传说》时，当代西方的新历史理论和新历史叙事模式还没有移植过来。某种程度上，这是刘克的不幸，不然凭借刘克身上拥有的戏谑因素和审美冲动或许会写出中国当代最早的"新历史"小说；当然也是刘克的幸运，刘克没有坠入新历史主义的叙事泛滥，而是置身于传统历史叙事和新历史主义叙事之间，从而，他的历史叙事——《达赖六世的传说》，既呈现出历史的真实性一面，同时又大胆跨越历史的真实领地，将历史传说作为小说叙事的主体，且将传说置于厚重真实的历史背景之上，追求艺术的真实，生活可能的真实，将历史真实和艺术的想象高度统一起来，以至于他的历史叙事可以说是历史的传说，传说的历史，亦即在历史的真实氛围中演绎传说，通过传说的历史故事及经历来展现历史的深邃意蕴，二者水乳交融，取得了历史叙事艺术的成功。

《达赖六世的传说》即是基于历史故事或民间传说，展开大胆的艺术想象。《达赖六世的传说》取材于历史掌故，植根于历史传说，但又不拘泥于此，文本开头就明确了这一叙事原则："故事发生在一七〇一年前后（清康熙年间），其中一些人物和情节是虚构的，不完全符合历史事实。"小说中的门门原为一介贫民，因为历史的蹊跷和政治斗争的需要，门门从贫民一夜之间变成了达赖六世仓央嘉措。故事以门门和卖酒女索朗姆的爱情悲剧为线索，以门门的命运浮沉为主轴，展示了西藏旧制度下黑暗的社会面貌，串接起西藏社会各个阶级阶层的命运起伏，尤其是批判了整个农奴制残酷而又虚伪的宗教统治对美好人性的戕害。简言之，文本的成功之处在于：

全景式地反映了西藏的社会生活。刘克的《央金》留给了读者非常深刻的印象，在20世纪五六十年代的文学格局中自有不容抹杀的意义，但《央金》的小说都是短篇，是由西藏社会历史和人们的命运的横断面及其碎片组成的，这些精彩的片段固然折射出特定时代的社会境况，可毕竟没能够从更宏阔的社会时空抵达历史的纵深，没能全景式地描绘西藏扑朔迷离的权力倾轧、纷繁复杂的社会关系以及西藏社会历史的全面图景。《达赖六世的传说》很好地弥补了这一遗憾。刘克以相当大的历史跨度，相当广阔的生活内容，层叠有序的组织架构，众多个性鲜明的历史人物，错综复杂的政治、宗教、人性、爱情的纠缠，凄楚感伤的命运沉浮，向读者展示了历史的丰富底蕴。

以时代进步意识烛照传说的历史。克罗齐曾言："一切历史都是当代史。"此言不谬。刘克写作《达赖六世的传说》是站在20世纪改革开放之初的历史氛围和思想语境来观照西藏曾经的岁月。如果说刘克写作《央金》时，能够有效疏离阶级论，尽量减少泛政治化、唯阶级化对写作的设定，是因为他以生活的真切感受和对艺术的感性把握来理解历史和生活，那么，这个时期的刘克在经历了"文革"之后，思想上更加理性和成熟了。他此时的文学创作已经从初期的生活感悟上升为理性的自觉。在我看来，刘克是有意识地选择历史题材作为其现实思想、时代意识的承载与蕴涵。他希望通过达赖喇嘛六世的传说，解读西藏昨日的历史，批判西藏旧的社会制度和宗教统治，以及通过对门门与索朗姆的同情构成对人性价值的诉求和人道主义的伸张。刘克在特定的思想解放时代让时代和自身的先进意识照亮了历史沉默的素材，让历史传说或故事散发出人性和思想的光芒，历史的传说被揉进了思想意识之光，因而具有了创作主体性的担负，以历史材料的客体性演绎了作家的主体性。

将个人的命运、爱情悲剧融入时代的政治风云与宗教统治。一部文学作品的成败与否，不能仅凭它是否讲述了一个或优美或凄惨或曲折的故事，而是要看这个故事是否与故事产生的"历史""社会"及其思想语境有深度的因果关联。只有将个体的命运镶嵌在历史的背景墙上，人物的悲欢离合才能够获得历史的深度。贫民而活佛的门门、善良的卖酒

18

女索朗姆、内侍长官春丕、富商孙明楼、布达拉宫卫队长葛登巴尔、拉藏王、蒙古汗……都是"历史"的"个人",但这些"个人"的经历便组成了沧桑的"历史"。从"个人"的故事中我们能够清晰地看出农奴制的残暴及政教合一的宗法制社会必然没落的历史趋势,而历史的必然中又拥有历史的偶然。历史不是纯粹规律性的"本质真实",也不是浩如烟海的偶然性碎片的构成,历史只能是穿行于必然与偶然中的历史本身。所以,文本成功地将历史人物的命运与历史、时代、社会有条不紊地融合在一起,在个人性的命运遭际中见证了历史的升腾与坠落。

对达赖六世仓央嘉措的形象进行了新的艺术创造。作家选择富有传奇色彩、争议极大的达赖六世作为历史传说的主人公,可谓匠心独运,眼光独到。民间传说中的仓央嘉措是一个颇受争议的人物。他既是西藏宗教统治与政治斗争的产物,又是其权力争夺的牺牲品。五世达赖圆寂后,当时摄政的藏王桑杰嘉措与和硕特蒙古部的拉藏汗争权,对五世达赖的死和六世达赖的立均秘而不宣。达赖六世仓央嘉措根本不情愿做转世灵童和后来的活佛达赖喇嘛。而围绕他的政治角逐,更使得仓央嘉措急于寻找一种"生命的真在"。白天,仓央嘉措以密法佛徒出现,夜晚则化名荡桑汪波游荡于酒肆、民家及拉萨街头,以至于竟在布达拉宫内:"身着翩翩绸缎,手戴闪闪金戒,头蓄飘飘长发,且歌且舞且饮。"① 由于生命意愿的受阻,"生命的真在"的远离,仓央嘉措更加花天酒地,放浪形骸,沉溺色欲,在世俗和情欲中"沉沦"。藏族同胞从来不怪仓央嘉措风流浪荡,只要是活佛的情绪,只要是活佛做的事情,他们都表示认可,更何况一个了不起的活佛居然表达出跟他们凡人一样的情感。所以他们对仓央嘉措更加偏爱。凡人有的,仓央嘉措也应有,既然被剥夺了,他理所当然可以寻求索取。他的真实、大胆、叛逆的个性,激起了藏族同胞对他的诗歌格外的偏爱。

---

① 刘克:《达赖六世的传说》,中国电影出版社,1986年版,第19页。

文本没有原样对仓央嘉措的民间形象进行截取，而是在传说或历史的基础上进行了艺术的再创造——仓央嘉措是由贫民门门在历史的机遇中嬗变而成的，而先前的门门恰恰是到圣地拉萨来寻求活佛的，寻求的结果是自己变成了活佛。始而寻佛，继而成佛，进而厌佛，终而反佛，这就是门门的进佛之路。成了活佛的门门并没有遂了心愿，反而更加迷恋卖酒女索朗姆，在活佛与卖酒女的素朴爱情中绽放出禁锢中的人性之光。六世达赖的这种形象和传说中的形象既相近又相远。相近的是他们都不愿受到藏传佛教清规戒律的桎梏，追求"生命的真在"，以生命中与生俱来的原情或原欲抗击教义对生命本真的扼杀。不同的是，历史上的仓央嘉措纵情声色，迷恋风尘，以自身的堕落、沉沦、纵欲的姿态构成对生命原欲压抑的反抗，所以他后来成了"情歌王子"。但他的这种滥情纵情恣欲并不能真正完成对人性的最终救赎。恰恰相反，他将无可避免地陷入灵魂的空虚、情感的飘浮、精神的无家可归，最终掉入另一种意义的精神深渊。刘克的文本清醒地看到了这一点，因此，在塑造仓央嘉措形象时，有意识地将他的形象进行情欲方面的纯化处理。既保留了他对人性、爱情正常的吁求，又规避了达赖六世情欲无可遏制的释放——这样的活佛才是真正人性意义上的生命真在，才能真正构成对人性的深刻救赎。

主题的深刻与内蕴的深厚。《达赖六世的传说》之所以在出版后受到广泛好评和关注，主要还在于其主题的深刻与意蕴的深厚。概括起来，文本至少呈现出这些主题向度。1. 爱情主题。文本显在的线索就是门门和索朗姆的爱情经历和爱情悲剧。文本完全可以在爱情的主题上进行阐释，主人公对爱情的渴望，对爱情的忠贞，都能给读者强烈的感染。布达拉宫坚厚沉重的宫墙、一系列法规教规制度、无数教众的瞻仰、在别人看来难以企及的富贵与荣耀等，对活佛门门而言，无异于枷锁与囹圄，但这些并不足以禁锢门门对忠贞爱情的执着。因此，黑夜的幽会才让人为他揪心和唏嘘感叹。索朗姆不仅外表美丽，更有一颗纯洁善良的灵魂。她敢于蔑视权贵，拒斥孙明楼、噶登巴尔之流的无耻纠缠，敢于追寻和献身自己的人生爱情，这在当时的处境中无疑是一曲珍贵的生命悲歌，虽凄婉但醇美。2. 社会批判主题。在揭示爱情悲剧的历程中，农奴制下西藏的种种黑暗、龌龊，权力争夺、等级分化、阴谋算计等社会丑恶现象逐渐展露无遗。农奴制下的拉萨不是教众们心中的圣地，而是到处充满污秽。门门成为活佛的过程，也是拉萨和布达拉宫逐渐"祛魅"的过程，更是他对农奴制黑暗逐渐认知的过程。文本深刻地揭露了西藏社会"乱由上作"的历史真相，同时也广泛地反映了上至藏王、大喇嘛，下至贩夫、走卒的社会生活图景，尤其是下层农奴们悲惨的生存境遇。文本在平静的叙述背后蕴含着强烈的社会批判意味。宗教批判主题。西藏的普通百姓不仅生活在暗无天日的农奴制下，也生活在宗教蒙昧和欺骗下，文本通过"造神"的骗局，揭开了宗教被西藏农奴制的统治者利用加强统治的真实情形。宗教和世俗政权构成政教合一的统治体系，构成对农奴们的身体控制、人性戕害和精神奴役。文本无情地撕毁了宗教伪善的面纱，消解了其神圣的光环，祛除了其故作神秘的巫魅，还其精神枷锁的本相。3. 人性主题。门门前往西藏拉萨朝圣的过程，就是寻找神的过程，他期待神能够降下福祉给苦难的农奴，让他们尽快从苦难中解脱。然而，门门自己成为活佛之后，他发现所谓的转世灵童，所谓的活佛至尊不过是人类的臆造，实际上远远背离了人性的正常轨道。4. 存在主题。如果进一步深究，文本的主题还散发浓浓的"存在"意味。从某种意义上而言，《达赖六世的传说》可以对文本的主题进行"沉沦"与"救赎"或"异化"与"回归"的存在论解读。这种解读超越了历史、超越了时代、超越了世俗，而直面人的"存在"困境。门门朝圣的开始就是从"能是自己"脱离的开启。而当他无意中成为活佛时，活佛的生命禁忌和存在境遇规定了他"非人"的生活，他只能是佛是神而不能是"人"。但此佛非佛，他是人。他只能痛苦而惶惑地生活在"非人"和"人"之间。因而他的自问：

"天堂、人间、地球、神鬼，我到底是谁？"就是他存在的尴尬和迷茫。存在哲学告诉我们，从"人"到"非人"的过程，就是生命失去本真的过程，就是"此在的沉沦"。后来，门门勇于冲破现实的宫墙和精神的栅栏，完全可以看作是对"此在沉沦"的抵抗，因为他回归了原初的生命本真，从非人性的存在状态返回到人性状态。我们由此看到了人性的挣扎和抗争，看到了人之为人的悲剧的沉重和付出的代价。文本的主题也经此穿越了历史层面、现实层面向更为深邃的"存在"领域拓展，抵达了"存在"的深度，具有了普遍性超越性的主题价值。

通过上述分析可知，刘克的电影文学剧本《达赖六世的传说》的创作，出现在1979年这个历史节点上。因此，文本尽管采用的是历史题材，然而对于当时而言，仍然具有相当重要的历史启蒙意义。并且，文本相对于《央金》时期的创作，其思想蕴涵和艺术素养也有了相当程度的提升。

三、艺术的反思，反思的艺术

《央金》中的系列短篇小说，以一个个短小精悍的故事或农奴个体生活经历的悲喜两重天，向读者展示了昔日西藏改天换日前后的历史社会的转型、风俗心理的嬗变，以及历史剧变时期的艰难和阵痛，刘克打开了一扇窗户，借此人们可以了解西藏这片土地的古老、神奇、封闭和沧桑。《达赖六世的传说》从西藏昔日的现实踅身转向这片土地的历史纵深，我们发现刘克不仅具有描摹现实剪裁生活的深厚笔力，更具有穿透历史烟尘超越历史表象"言说"历史的能力。历史尽管是以"传说"的形式被言说，但爱情、社会、宗教、人性、存在等深刻的主题尽在传说的历史之中，既不拘泥于历史，又不放纵历史，且深具浓郁的历史感，然而，这一切还不足以确立刘克的当代文学史地位。

真正奠定刘克在当代文学史地位的，应当是刘克在新时期初所创作的一系列反思文学作品。

这些作品几乎每篇都是上乘之作，也是反思文学的代表性文本，具有非常深刻的思想和丰富的艺术蕴涵。发表的时候要么引起强烈的争议，要么引起文坛深度震撼，我们也是据此判定刘克是应该进入文学史的当代作家。这几部作品是：《飞天》（《十月》1979 年）、《康巴阿公》（《十月》1983 年第 4 期）、《古碉堡》（《十月》1983 年第 4 期）、《暮巴拉·雾山》（《清明》1986 年第 6 期）、《采桑子（西藏非真实纪事）》（《清明》1987 年第 4 期）。作品虽不多，并且都是中篇，但它们所达到的思想艺术水准，它们以文学的方式参与历史及其意识的进程，它们以小说的方式揭橥了历史的非想当然的内幕，均具有强烈的思想震撼力和历史冲击力。和前期的小说相比较，刘克的反思文学作品一反前期的单纯、清晰，开始走向丰富暧昧，甚至悖谬吊诡，充分体现了艺术反思的历史深度和反思历史的艺术高度以及作家刘克的创作个性、创作风范。

新时期之初新启蒙主义的历史语境中，反思文学在对社会政治、对历史、对文化的批判中建构自身的历史合理性。刘克的《飞天》也加入了批判性反思的行列，而小说的发表却引发了极大的争议。

小说的主人公"飞天"姑娘 20 世纪 60 年代生在红旗下长在红旗下，并和黄来寺的文物管理员海离子在长期相濡以沫的生活中建立了忠贞的爱情。然而，前来参观的军区贺政委彻底改变了飞天的命运轨道，他利用自己手中的特权占有了飞天，使其陷入精神万劫不复的深渊和灵魂极度的痛苦之中，最终导致了飞天的毁灭。飞天的命运悲剧在社会主义初期阶段由于封建思想的残留，还具有一定程度的普遍性、典型性。争议的焦点不在于《飞天》所表征的新启蒙现代性的文学话语/思想话语所选择的社会政治视角，而在于这种视角所触及的社会政治和社会问题具有极强的意识形态敏感性。辩护者称飞天的人生悲剧是社会主义制度内所遗留的封建性意识、封建性特权造成的，刘克的《飞天》是在现代性的制度体系和话语中进行"封建性症候"的指认，其目的是为了批判社会的阴暗面，扫除社会主义制度前进过程中的封建主义障碍。作家刘克本人也持这种认识。反对者称，飞天姑娘"飞天"梦想的破灭，人物命运的设计无疑是给社会制度抹黑。这里刘克触及的问题是以社会政治视角进行历史批判性反思无法规避的意识形态"死结"。文本的双重可解读性赋予拥护者和反对者都自以为是、言之凿凿的思想交锋。在此，刘克的创作有意无意地指向了反思领域重要的思想命题——能否在现代性的社会体制中进行封建性症候的批判？批判过程中能否触及现代性制度本身？诸如特权、官僚主义等社会病症究竟是现代性的症候还是现代性制度中的封建性症候？在现代性的制度体系中该如何进行封建性思想的指认与批判？创作主体的价值取向在文本中如何呈现，是客观公允，是暧昧模糊，还是旗帜鲜明？这些重要性问题的争议正是《飞天》的价值所在，它同时也说明了在"文革"刚刚过去不久的历史情境中，思想解放不是一蹴而就的，中间充满了反复、曲折与艰难。

我们从《飞天》可以看出，"文革"后的新启蒙主义的现代性反思话语所面向的"反封建"主题不能简单地等同于"五四"时期的反封建启蒙主题，这主要是因为新启蒙主义的反思话语所反对的封建性思想处在现代的制度中。创作主体"投鼠"必然"忌器"，必然受困于意识形态的禁忌，同时也受困于创作主体自身的认识局限，诚如论者的中肯分析："'伤痕''反思'小说中的'反封建'话语在对世纪初的'反封建'话语进行历史性接续的同时，亦有着一定的现代性批判的新的历史起点，不过，需要指出的是，由于这样一种历史性的新变，并没有被'伤痕''反思'小说作家所充分'自觉'，这便导致了他们往往将一些现代性症候指认为'封建性遗存'进行错位性的猛烈批判。这样，'伤痕''反思'小说在以'反封建'话语进行历史讲述和现实书写的时候，既有对'封建性'问题的切实'彰显'，亦有对'现代性'问题的'遮蔽'。"① 尽管小说有过于理念化的倾向，叙事有些拖沓，主题过于外在，人物形象还不够丰满等艺术上的不足，但小说发表之后所引起的震撼以及它牵涉的思想问题、意识形态问题的敏感性以及对这些敏感性问题的呈现方式都超越了单纯的道德抒情、道德义愤，体现了创作主体精神、识见和勇气，具有显而易见的文学史意义。

真正能体现反思的艺术和艺术的反思的刘克作品还不是引起激烈争议的《飞天》，而是四部关于西藏题材的反思文学精品：《康巴阿公》《古碉堡》《暮巴拉·雾山》和《采桑子》。西藏是刘克魂绕梦牵的第二故乡，刘克把一生最美好的青春年华留给了西藏，在那片雪域高原从戎十七载，也把毕生的出色文学才华赋予了西藏题材。从《新苗》《央金》系列短篇，《一九〇四年的枪声》到《达赖六世的传说》，再到上面提及的《暮巴拉·雾山》系列中篇以及还没有发表的《卜卜——一个荒诞的故事》，视野逐渐开阔，主题稳步深入，艺术渐次成熟。这种态势不仅表现在文本上，也表现在创作主体的思想认知上。尤其是后面的四部反思文学佳作应当毋庸置疑、毫无愧色地成为当代文学史的经典文本。

这些文本何以看作当代经典呢？它们是怎样成为反思的艺术并艺术地进行反思的呢？为了论述的方便并从总体上把握这几部反思文学文本，笔者从几个主要方面将它们放在一起进行思想题旨和叙事艺术的论析，并从文学史的高度认识它们的价值。

其一，思想的尖锐与深刻，反思从社会政治层面进入历史、文化、心理领域。

同样是西藏题材，刘克20世纪五六十年代写作《央金》的时候，是一个历史达尔文主义者、社会进化论者，社会前途的无限光明、改天

---

① 许志英、丁帆：《中国新时期小说主潮（上）》，人民文学出版社，2002年版，第141页。

换地的激情兴奋往往遮蔽了前进途中存在的问题，看不到现代性体系中自身的病症。那时的作者还不具备深刻的现实洞察能力、社会分析能力与历史反思能力。所以《央金》的价值不在于它的主题是否深刻，而是在于其主题的现代性、西藏题材的独特性、生活感受的真实性以及朴素的艺术审美感染性。"文革"后的作家，经历了整个国家民族以及个人命运的波折，创作主体的思想层次和深度大大跃升了。当他以时代的思想意识和新的历史认知深度重新回顾、聚焦、打量以前所熟悉的西藏题材时，深刻地洞悉了历史中那些隐而不彰，甚至暧昧不清的幽昧与复杂。历史并不是当初想当然的明朗、乐观和单纯，历史就是历史本身，充满了真实与谎言、纯洁与龌龊、光明与阴暗、激情与沉沦、崇高与卑鄙、伟大与渺小……其间更是充满悖谬纠缠或乖张诡异。

《康巴阿公》是反思文学中的经典之作，其反思的深度和力度震撼了当时的文坛。小说以康巴阿公个体命运的悲剧完成对形式主义、教条主义及其历史进程的深度批判。康巴阿公原是红四方面军一个特务连连长，1935年因长征途中受伤滞留川西康区，后成为头人的奴隶。一个屡遭坎坷的革命战士以其顽强的生命力、坚强的毅力和对革命的信仰躲过了伤病、饥饿、误解、国民党特务的追杀，最后躲到被称为"鬼地"和"罪犯之乡"的藏区果麻和刀耕火种、处于原始状态的澄巴人地区。在极端苦难的岁月里，康巴阿公仍以红军战士的思想标准要求自己，没有悲观沉沦，以自己的才干和品行赢得了当地藏民的信赖。但作为一个有着崇高精神信仰的战士，他是不会满足于民间的"日常生活"的，他的身体虽在果麻或澄巴，但他的心灵仍在"别处"。此处（果麻或澄巴）并不能构成对康巴阿公的命运救赎和精神满足，康巴阿公需要的是信仰、精神"高处"的心灵皈依——一直苦苦地追求组织上对自己真正红军身份的确认。组织上的调查确定了他的红军身份，康巴阿公自以为已冲出了命运的层层包围，然而政治意识形态的吊诡与悖谬这时显示出真实的荒悖——自己的身份不被认可的原因在于他的红军身份不能被认可！理由是真正的红军只能"死在长征路上",断不可沦为头人的奴隶或果麻人、傉巴人。社会不再接纳自己,连自己的亲人也都不再接受自己,康巴阿公的做副处长的儿子一再强调:"我的父亲是红军烈士,他在长征路上已经牺牲了。"掉队使他与自己的生活产生了颠倒性的错位,他曾是红军但又不能是红军,他只能是"康巴阿公"！精神崩溃,信仰坍塌,希望破灭,留给康巴阿公的人生之路只有一条——死亡。

小说真实地以个体的毁灭揭示出了意识形态的吊诡与形式主义、教条主义等给生命带来的巨大伤害。文本没有将历史的反思聚焦于人们普遍加以控诉、批判的"文革"时期,而是放在"文革"前的历史段落甚至是中华人民共和国成立后不久,这就大大地拓展了历史反思的空间。由此可知,这些不是一夜之间出现的,而是在"文革"前的五六十年代就出现了端倪,只不过当时没有引起足够的警觉而已,结果酿成了史无前例的十年"文革"。于此,我们发现文本的反思深度超越了同期的反思作品,具有十分重要的思想意义与文学史价值。

《古碉堡》也是将历史反思的触角延伸到20世纪五六十年代,文本一开头就标示出明确的时间刻度:"一九五九年春,西藏发生大规模叛乱……"这里的时间不仅是故事发生的物理时间,更是为了彰显时间的历史性内涵和存在性意义。小说反思了非常重要的问题:革命性、阶级性、政治性是否就是和人性、人道主义、个人"身份"等难以兼容相互对立？在特定的历史时期,"讲政治"必须牺牲人性情怀和人道主义精神吗？这些问题在文本中三个人物形象及其思想意识上有着殊异的体现。

人物之一:悲剧主人公,活佛的小老婆曲珍。曲珍的"原罪"在于长相美丽,继承了她母亲身上美丽的基因。她的母亲在农奴制度下无法避免活佛"支差"的命运,她几乎也无从幸免,她逃脱了执政佛的"支差",却深陷红教活佛贡噶桑布的摆布,成了他的小老婆,并成了大小活佛交易的牺牲品。她厌恶活佛，把青年喇嘛阿望看作是最后的精神寄托和希望，但阿望对她也是始乱终弃。后活佛出逃印度，留下怀孕的曲珍，最后走投无路的曲珍只好躲到山上颓败的古堡。极具反讽意味的是，古堡本是农奴制存在的象征，彼时却成了曲珍唯一容身的处所，而这时解放军的工作组发现了这个几乎暗无天日的古堡。按照通常的革命叙事逻辑，这肯定又是一出类似白毛女被拯救的故事，只不过故事发生的地点移植到了西藏。作者恰恰在关键的叙事节点颠覆了革命或民主改革叙事惯有的和应有的叙事逻辑——"旧社会把人变成鬼，新社会把鬼变成人"的经典法则。曲珍之所以没有成为"白毛女"，主要原因是她成了活佛的小老婆，尽管她曾极力抗争过，但最终没能改变她的命运。她的活佛小老婆的"身份"让她彻底远离了革命者眼中的贫困出身、受尽劫难的白毛女形象。如此，曲珍非但不是受同情、受悲悯、受拯救的对象，反而成了被防范、被教育、被改造的对象。这显然有悖于她受苦受难的悲剧性命运，无疑有悖于革命人道主义的精神实质。曲珍从古堡中的走出不是获得了新生反而最终导致了她的人生毁灭。小说由此凸显出了强烈的历史反思意味。

人物之二：由农奴翻身做"主人"的洛布顿珠。当古热村没有人指认古碉堡中女人的真实身份，民间以其自身朴素的价值观念、善恶观念和人道主义精神保护活佛的小老婆曲珍，工作组的工作陷入一筹莫展之际，这时，农奴出身的洛布顿珠站了出来，开始了对曲珍身世的揭发，并以此打破了民间意识形态和革命启蒙意识形态的尴尬对峙。洛布顿珠也因此从农奴一跃成为平叛生产委员会主任。身份地位的改变并不能随之完成思想意识的嬗变，当洛布顿珠给解放军长官提供"女差"，当他用所谓的阶级情感鞭笞辱骂曲珍的时候，我们发现洛布顿珠还是农奴洛布顿珠，根本没有完成精神上的蜕变，他的身体虽然跨入了社会主义改造阶段，可他的意识还滞留在农奴制的精神框架中。洛布顿珠的形象是典型而普遍的，这说明社会主义"新"人、"立"人的工作仍任重而道远。

人物之三：思想启蒙者、农奴解放者、生活引领者的古热村工作组组长的"我"。"我"是带着神圣的使命来到西藏这片古老神奇而又愚昧的土地的。"我"的使命明确，就是用革命、民主改革的意识形态唤醒农奴们沉睡的思想意识，将他们从宗教和农奴制的双重压迫下解放出来，并进而带领他们走向崭新的生活。按照革命意识形态的内在规定性，"我"必须具有高度的政治觉悟，具有鲜明的阶级性和革命性，这就意味着"我"对待同志要有春天般的温暖，对待敌人要像秋风扫落叶一样残酷无情。然而，在如何对待和处理曲珍的问题上，"我"身上所负载的意识形态逻辑和与生俱来的人性光辉、人道主义精神产生了深刻的冲突。在特定的历史时期，为了革命的需要，突出阶级性有其历史的正当性，问题是不能使阶级性绝对化，从而导致阶级性和人性的对立和冲突。"我"在古热村的工作想要有所进展，就必须强化民主改革中农奴们的阶级意识，激发他们的阶级仇恨，这样才能很好地进行民主改革。但现实的复杂和悖谬仅靠既定的政策是无法框定的，比如：曲珍虽是活佛的小老婆，但她并没有伙同活佛压榨农奴，而且她自己也是活佛权力斗争的牺牲品。因此，无论是"我"还是古热村的村民怎么也激发不起对曲珍的阶级仇恨：古热村的村民出于朴素的民间伦理对古堡中的曲珍予以秘密的保护，而"我"则被人性所召唤，同情曲珍的命运。问题的严重性在于，"我"的立场软化必将造成对自身"我"的直接威胁。由此，文本的结局不难想象，要么是"我"会犯严重的政治错误，被取消启蒙者、解放者、改造者的身份和地位，要么曲珍以某种方式"死去"，完成对反人性的现实的控诉与反思。文本最后安排曲珍自杀的结局，从而保全了"我"，个中意味可以深长思之。

《暮巴拉·雾山》的反思已不只于社会政治层面，而是向着更深处的历史文化延伸。作家站在20世纪80年代的思想意识高度重新回眸扑朔迷离的历史，发现历史真相总是遮掩在云山雾罩的历史言说背后，恰如重重迷雾中的暮巴拉山。

小说《暮巴拉·雾山》既有现实的所指，也有历史的象征意味。小说的批判反思维度是双重的，既有对连长王海龙独断专行的封建意识的批判，也有对造成颜三畏悲剧命运的幕后黑手——历史文化的批判。文本围绕着寻找失事飞机遗骸的"王海龙小分队"所发生的一系列悲剧事件展开，并伴随着战士颜三畏命运悲剧的始末。连长王海龙尽管英勇善战，但其性格简单粗暴、刚愎自用、唯我独尊，身上有着浓郁的绿林气和封建意识残留。他的"成功"的背后隐藏着巨大的隐患，他越是"成功"就会离悲剧越近。他越是具有长官意志就会越发目中无人。书生气息十分浓郁的新兵颜三畏秉承的是科学、文化、知识和自尊，而这一切定然要和说一不二的连长发生正面的冲突，这预示着颜三畏的悲剧性命运难以避免。从刚一入伍即受到下马威到养猪放羊变成了猪倌羊倌，到后来所谓的恋爱、男女关系的被处理，再到后来随连长执行任务被连长枪杀……颜三畏的人生命运因遭遇到了王海龙而难逃劫数。

表面上看，颜三畏死于王海龙的枪下，王海龙是罪魁祸首。而实际上真正的幕后元凶是千年传承的历史文化因袭。颜三畏从小就表现出了对昆虫学的浓厚兴趣和独特天赋，后受益于县生物学邱老师，学问更是精进。如果当初循此人生路径，颜三畏不会陷入人生悲剧甚或会为昆虫学做出重要的贡献。然而，颜三畏是红军烈属奶奶在南京大屠杀中收养的孤儿。颜奶奶凭借自己红军烈属的身份地位执意为颜三畏安排好了人生道路，就是希望他能够向薛仁贵东征那样去部队服役博得个营团长衣锦荣归，于是毫无怜惜地断绝了他的昆虫学之路。但这条路和颜三畏的性格秉性、人生理想大相径庭，颜奶奶安排的人生辉煌之路对颜三畏而言只能是痛苦的死亡之路。当颜三畏临死时手中还握着稀有的暮巴拉山虫，我们不难体会到颜三畏的死有着非常深广的历史文化因缘，颜奶奶和王海龙只不过是真实元凶的帮手而已。

《采桑子》或隐或显地描绘了以采桑子为中心的三代女性的爱情及

命运：采桑子的母亲索南曲错与国民党谍报官沈呼筝的爱情纠葛，采桑子和解放军战士——"和尚"南无极的爱与欲，以及他们的女儿菩萨的新生活。但作者的艺术抱负远不止如此，小说反思角度更为深入，反思的视野更为广博，涉及历史、人生图景中的政治、道德、文化、社会、宗教、人性等多方面的丰富内涵。历史不再是历史达尔文主义者眼中简单明晰乐观的进程，而是充满了暧昧、吊诡与悖谬。文本着意展现历史的"整体过程"，着意写出历史本身的复杂与纠葛，历史各要素之间的冲撞与制约。恰如沈敏特先生所分析的，"这里有尚未摆脱原始性的人类意识，被农奴主政治、经济利益钳制着的佛教文化，帝国主义政治扩张与这种佛教文化相适应的文化畸形儿，汉人的儒家文化的心理积淀，以及因这种积淀的限制而尚未成熟的无产阶级的意识形态……《采桑子》这篇小说直接的描写对象是西藏的生活，写得如梦似雾，扑朔迷离，却并不是猎奇，而是既冷静又悲悯地叙述了合理的人性要求穿行在多边多重的文化冲突和撞击中的悲哀的历史过程。"[①]

文本不仅展现了历史中各种历史因素如何形成合力，如何影响人物的命运，如何左右历史的进程，如何建构历史的复杂性本身，同时还指向历史的荒谬性真实。历史中大量的偶然性与或然性的因素的累积重叠自然会形成历史的荒谬性存在。如果说《达赖六世的传说》追求的是一种历史的逼真感，那么，《采桑子》追求的就是一种历史的荒谬感。这里历史的荒谬不仅是叙述的形式追求，更是深层次的主题传达。文本从南无极捉拿"水怪"这一荒诞的事件开始，不断揭示出历史、人生、命运甚至现实政治的荒诞性一面。南无极和采桑子爱情的真实与荒谬，一如索南曲错与沈呼筝的荒谬与真实。他们的爱欲是真实的，是真实人性的自然萌发，是青年男女正常的人性诉求，无论是基于纯粹的爱还是基于生理的欲，这种爱欲暂时"遗忘"了道德、政治、文化的外部制

---

① 沈敏特：《真真假假亦真》，载《清明》1998年第1期。

约悄然开放了。然而,"遗忘"并不是不存在,当他们的爱欲在行进的途中,遭遇到反人性的历史诸要素的禁锢时,他们的爱欲变得不是爱欲本身,显示出荒诞的本质。后来索南曲错默默地死去,沈呼等逃到台湾,采桑子成了"特嫌",南无极成了"叛徒",他们的命运无法走出历史与政治所赋予的荒诞,只能走向悲剧的结局。遗憾的是,文本中艰难挣扎的男女主人公自身合理的人性诉求只是自发的而非自觉的,他们根本无法洞透政治、文化、历史的残酷和荒诞,因此,他们还不具备对抗政治、文化、历史加诸他们命运的荒诞的思想自觉。文本并没有着力刻画人物性格的生成,也没有重点描摹西藏地域独特的风土人情,亦没有刻意强调命运的悲苦,而在于真实而客观地呈现出历史、政治、文化等许多因素对合理人性的阻碍与破坏,即使这些破坏不是有意为之的。当然在诸多历史要素中,政治无疑是最为显著的,因此,《采桑子》在此完成的是对历史与政治、文化等的多重观照和深层次的批判。

其二,叙事艺术的成熟、丰富,是真正"有意味的形式"。

文本站在时代艺术的高度,非常独到地表现了反思的深邃主题,刘克不仅是叙事思想家,也是叙事艺术家。简而言之,刘克"反思的艺术"主要呈现以下特征:

叙事从简单明晰走向复杂暧昧。写作《央金》的时候,社会的基本思潮是单纯明晰的,因此,小说表现的主题也是单纯明晰的。与主题的传达相适应,《央金》中系列小说的叙事模式、叙事话语、叙事情感也呈现单纯明朗的叙述特征。《达赖六世的传说》尽管主题内涵有了多维拓展,思维视野不再执于一端,但从总体上而言,仍然具有单纯明晰的叙事表征。到反思文学阶段,刘克的叙事思想和叙事艺术有了显著改变。他一反前期的单纯明晰而走向复杂暧昧。从叙事模式上看,前期的小说基本上是苦难—解救的叙事模式,农奴凄惨的命运,在解放军到来之后得到了解救。后期的几部反思文学代表作,不再是这种单纯的叙事模式,而是从前面的喜剧模式变成了悲剧模式,包括《飞天》在内的五部中篇都是以悲剧结束的。每一篇都有每一篇自身的悲剧叙述模式，不再有统一的叙事模式，每一篇都显示出作家创作的艺术个性。从叙事话语上来看，前期的叙事话语质朴明晰，道德判断和价值判断鲜明。从《康巴阿公》开始，小说的叙事话语不再坚持明晰的道德和价值姿态，叙述话语趋向于冷静客观，价值判断趋向于暧昧和模糊。价值判断的暧昧并不意味着价值判断的缺席，而是有意识地搁置价值和道德方面的评判，有意识地把价值判断的权利归还给读者，让读者在阅读中自行去判断。作家的任务是尽可能地营造历史的现场感，尽可能还原历史的复杂性。从叙事语调上看，作家要么采用冷静的叙事口吻，要么采用冷静与嘲讽相结合的叙事语调。作者之所以采用这样的叙事语调，主要是因为作者在洞悉了世事的沧桑和历史的实然之后，对历史政治无可奈何的悲哀。

作家的主体性穿越叙事内容。尽管作家没有在文本中体现出鲜明的价值判断，但作家的主体性依然顽强地在作品中存在，并且作家的主体性一直贯穿整个叙述内容，即使是对故事的讲述也呈现出鲜明的主体印记。作家一直在叙事现场，始终以自己的主体性参与叙事的建构。文本中作家的主体性是怎样体现的呢？

表现之一，主观性、个人性的"讲述"大于客观冷静的"呈示"。根据布斯的观点，现代的小说家倾向于客观地展示或描绘——"呈示"，亦即在文本客观呈现的过程中，作家的主体性是隐匿的，叙述对象似乎是自动在呈现自己。"讲述"则传统而又现代，说其传统是因为它一直是早期故事的叙述方式，说其现代是因为它能凸显作家的主体性，显然，作家刘克是在现代的意义上使用它。刘克站在新的历史地平线上用现代思想意识"讲述"历史中的命运或故事。如此的历史叙述必然深深体现叙述的主体性。《飞天》中，叙述的同时掺杂着议论和抒情，充分体现了作者介入故事叙述的强烈欲望，如"飞天为什么这么痛苦呢？""可别飞天啊，还是人间好！"许多语句将作者主观的情感融入叙事中，从而让自己的主体性穿越了叙事内容。《古碉堡》中"我"既是叙述者又是主人公，二者合二为一，以"我"的亲历性参与叙述的建构，同样也是叙述主体性的彰显。《康巴阿公》中康巴阿公的命运就是在"我"不断地追踪、调查、采访中逐步揭开他的命运真相的，康巴阿公的命运揭示和"我"的追查敌特和深入生活的经历构成叙述的背反，"我"的叙述主体性正是在真相获得中建构的。《采桑子》中的"我"——"西班牙"也是和尚南无极和采桑子命运悲情的见证者和叙述者。在作者经历和叙述这个故事中，加入了作者对历史的真切体会和崭新认知。

表现之二，设置叙述者与读者的价值期待和实际情形的背离来彰显作家的反思意识。《康巴阿公》的叙述期待是康巴阿公最终找到了组织，实现了命运的转折，而实际情形恰好相反，最终造成了康巴阿公的命运悲剧；《古碉堡》中的"我"一直想奉上级之命找到西藏的"白毛女"，完成剧本的创作任务，而在山上古堡中发现的女人却是活佛的小老婆，目的与结果之间的背离形成了特有的艺术张力，从中我们可以读出作者意在忠于生活、忠于历史，而不是忠于意识形态的需求。小说还多次采用了"元叙事"技巧——叙述者故意在叙事的过程中暴露自己的叙述意识和叙述动机，故意在叙述的过程中向读者交代自己怎样在文本中安排人物的命运。这种有意的暴露是现代一种"时髦"的叙事手法，能最大限度地体现作者的叙述意识和叙事的主体性存在。

表现之三，文本常常用分析性的"一、二、三、四……"进行推理和可能性分析。这些分析往往溢出文本的叙述，打断文本正常的叙事节奏，体现作家干预叙事的另一种景况。如当大家怀疑颜三畏是叛徒时，文本给出了分析："一、参军动机错误。二、王海龙的压制。三、男女问题。四、难以复员回乡。"在分析完了颜三畏有可能是叛徒的依据后，作者又从六个方面猜想可能出现的情况和后果。这种多种情况的"有意识"地阐述和分析，正是作家主体性对叙述的拓展，分析的多种向度让历史的真相具有了诸种可能性。这种叙事样态几乎弥漫于刘克反思小说的每篇，是很典型的分析性叙述介入客观描写的叙事手法。这有些类似于当代小说家王小波。刘克和王小波不同的是，刘克并没有像王小波那样进行逻辑归谬。而王小波的《黄金时代》则以巴赫金意义上的狂欢文体，大胆赤裸、汪洋恣肆的性爱描写以及贯穿始终的反讽喜剧基调和经验理性的冷静，叙述了"施虐/受虐"的规训时代的生活，以经验理性三段论式的推导模式进行逻辑归谬，最终跳出了规训逻辑的圈套设置。尽管刘克还没有进行类似王小波的逻辑归谬，但他的这种叙事手法，在20世纪80年代的反思文学中还是相当独特的。

表现之四，冷静嘲讽的叙述腔调体现叙述主体性和作者的价值立场。特别值得注意的是，作家刘克在小说的叙事过程中所出现的叙述语气和腔调的变化是从以前的叙事庄重走向后期反思小说的叙事嘲讽。嘲讽的叙述腔调以其不动声色的冷峻，解构叙事中的意识形态激情和道德激情。在对"历史"罪恶的批判和清算中，揭示社会政治内在的荒唐和悖谬比血泪控诉和伤痕展示更能切中问题的症结。文本或以吊诡性的事件（如《暮巴拉·雾山》中的颜三畏和王海龙的死）揭示那个敏感时期人们心灵的畸变，或以反讽性的场景（如《康巴阿公》中康巴阿公在找寻到组织后的生活变异）展示特定时代的政治对人性形成的深重灾难和灵魂的致命创伤，或以人物颇具讽刺性的命运遭际（如《采桑子》中南无极和采桑子的反讽性命运）控诉特定时期路线对人性的扭曲和对人们精神的摧残。可以看出，这种叙述话语的嘲讽主要从历史的荒诞起步，揭示历史、政治、人性的荒谬，从而达到对特定年代历史与政治的深刻质疑。这种叙述嘲讽带着作家深度的无奈，它在叙述上却是冷静的，并没有表现作家主体的道德义愤和政治激情，但这并没有取消作家主体性的贯穿，只不过这种主体性就隐藏在冷静而嘲讽的叙述话语背后，作家的价值立场貌似缺失，实则通过嘲讽、无奈甚或客观冷静的叙述语气构成对历史的深刻批判。

从镜像的真实到荒诞的真实。从真实性的角度看，刘克的小说对真实的追求也在不断地深入。《央金》《一九〇四年的枪声》系列小说追求的是镜像的真实，真实来自对现实生活片段的撷取、对历史真实事件的讲述以及对人物命运的现实写照或现实可能性的描绘；《达赖六世的传说》将真实的理解扩大到历史的传说性，追求传说中的历史真实感和现场感；《暮巴拉·雾山》《采桑子》以及没有发表的小长篇《卜卜——一个荒诞的故事》更是有意识地追求真实的荒诞和荒诞的真实。《暮巴拉·雾山》整个事件的发生到人物命运的结局都笼罩着层层叠叠的历史迷雾：何国的飞机坠毁于暮巴拉山脉？小分队战士为何一个个凄惨地死去？颜三畏究竟为什么被王海龙杀害，他是不是叛徒？王海龙是不是叛徒？历史的真相扑朔迷离，乍隐乍现，呈现出朦胧的荒诞感。《采桑子》不仅将历史和人物的命运推向荒诞，而且更加注重细节的荒诞性，比如，恩错湖的人头水怪、南无极的神秘武功、采桑子送给巫婆的驴子突然变成了纸驴、采桑子居住的小楼突然消逝得无影无踪、气枪打中的狗眼变成了一个大黑洞……细节性的荒诞夯实了整体荒诞的基础，在整体的荒诞情境中体现出历史、人性的真实。

从追求镜像真实到追求荒诞真实。新时期伊始，面对"文革"所留下的精神创伤，社会上出现了普遍的荒诞感和虚无意识。这里有必要把中国"文革"后产生的荒诞感与西方社会的荒诞感做一下简单的辨析：西方社会荒诞感的产生一方面是"上帝之死"后人们的精神失去了皈依的栖所和家园，另一方面是两次世界大战所造成的肉体创伤和精神劫难也从根基上摧毁了人们的理性信仰，所以西方社会的荒诞意识和虚无主义有着深刻的西方历史文化背景。与西方"上帝之死"不同，中国没有西方的宗教信仰及其文化背景，在中国"死亡"的不是上帝而是圣人。在超稳定的民族精神结构中，圣人是绝对的价值中心与道德、灵魂的渊源。圣人语录是圣人文化体系的元话语和元叙事，在诞生时刻就确立了其唯一的正当性和历史合法性。虽然这种价值结构和信仰体系在辛亥革命、五四新文化运动中遭到制度上和文化上的摧毁，但这种文化精神的思想残留，在"文革"中又达到极致。中国人的圣人崇拜、偶像崇拜和皇权思想是与现代性的启蒙精神理念水火不容的。

新时期就是偶像逐渐坍塌的时期，首先是神圣导师走下神坛，继而是人们对信仰体系神圣性产生置疑，20世纪90年代又开始对知识分子的启蒙叙事开始解构，可以说怀疑主义、相对主义、虚无主义的普遍流行是后"文革"时代的一种精神症候。这是圣人形象崩塌之后人的灵魂无所皈依的时代，"文革"的反理性与非理性极大地败坏了信仰体系和社会价值系统在人们心中的神圣性，"信什么"成了世界观、人生观、价值观领域亟待解决的重大思想命题。正是基于信仰系统的祛魅和"文革"所留下的精神废墟，现实的人们普遍感到人生的荒诞、世界的荒诞。因此，新时期的作家有很大一部分对存在的悖论性、荒诞性有了更深的体悟、更深的认识。表现在文学叙事上就是作家观照世界人生时荒诞意识的出现并逐步增强——而这种情形在十七年文学和"文革"文学中几乎是不可想象的。

作为叙事主体的作家刘克，不仅耳闻目睹而且亲身经历了教条主义、民族文化的历史因袭等"存在"的悖谬体验和本体论式的荒诞体验，因此，他看待社会人生、历史政治的思想眼光发生了重大的转变。这就决定了他对叙事的"真实性"追求也相应产生了重要变化。刘克不再满足于镜像的真实、单纯的真实、光明的真实，而是在洞透历史的迷雾之后追寻复杂的真实、悖谬的真实与荒诞的真实。由此我们不难理解为什么刘克的作品愈往后愈荒诞，从追求镜像的真实开始经由《古碉堡》《暮巴拉·雾山》《采桑子》与尚未发表的长篇《卜卜——一个荒诞的故事》，转而追求深度荒诞的真实。刘克的创作从镜像的真实、传说的真实再到荒诞的真实，不是对真实的消解，反而是对真实的理性认知和真实的深度建构——正如《采桑子》富有深意的结尾："这，就是历史。咕嘟，咕嘟。"无论真实与荒诞，一切都在历史中，历史也将裹挟着历史的所有，"咕嘟"向前。文本显示的不仅是外在叙述形式的嬗变，也是文本思想内涵的变化，更是作家刘克对历史"真实"的认知理念的变化。当代文艺理论告诉我们，形式不是单纯对内容进行承载，而是充满了文化的意味。"形式就是内容，内容就是形式"，凭借这种"有意味的形式"，刘克似乎触摸到了历史真实的脉搏，刘克从一个简单的历史达尔文主义者成长为历史的勘探者、历史多维度的认知者，甚至是历史进程的质疑者。

通过刘克的反思小说，我们可以看出，刘克既是反思的思想家，又是反思的艺术家。他的系列反思小说是"艺术的反思，反思的艺术"，在中国当代文学史上具有相应的地位。总括起来，其独特之处或成功之处在于：第一，反思的深度和力度在当代反思文学中并不多见；第二，视点独特，以西藏作为反思的特殊领域，具有相当重要的文学价值；第三，所反思的历史政治的时间段不是习以为常的"文革"，而是"文革"前的五六十年代，从而把对历史、政治的反思推向了深入，可谓不同凡响；第四，作者被评论界称为"带刺的玫瑰"，足见其反思的勇气和识见，诸如《飞天》《古碉堡》《康巴阿公》《采桑子》等篇，确实触及了许多问题的症结所在；第五，作者顺应了新时期初期新启蒙主义的思想立场，揭示出思想认识中的许多盲点和误区，以启蒙理性作为新的历史观照的思想武器，试图澄清历史真相，廓清历史或政治的意识形态迷雾，以启蒙之理性之光，照亮历史的尘封；第六，作家用人性论的思想、人道主义的悲悯关怀作为反思荒谬历史的精神支点，恰如其分地揭示了特定政治和历史情境下人性的扭曲和人道主义的缺失所导致的生存劫难和精神创伤；第七，作品由于是西藏题材，因而文本所涉及的独特的西藏地域文化、风土人情、宗教制度等也给人们带来新鲜的经验；第八，文本告别了对历史、政治的单纯认知，开创性地写出了历史、政治的复杂、吊诡甚或悖谬；第九，文本高扬作家的主体性，充分显示了作家在作品中的"在场",无论是显在的或是潜隐的,尤其擅长"我"在作品中的叙述视角;第十,文本创造性地运用现实主义的表现手法,融现实、历史、荒诞、戏谑、嘲讽于一炉,尽管也有叙述过于膨胀的缺点,但总体上叙事艺术趋于丰富和成熟。

四、结语

一部文学史应当是一部不断修正的关于文学表述的历史。尤其是当代文学还处在变动不居、不断生成中。因此,文学史家对当代文学的评价、判断还不够客观准确。林林总总的中国现当代文学史对于刘克的文学贡献几乎是一笔带过或"零"叙述,这对刘克是不公正的。通过上述较为全面的分析我们可以发现,刘克的文学创作,尤其是毕其一生心血所投入的西藏题材的叙事文本,达到了文学史历史阶段性的思想艺术"高地"——无论是 20 世纪五六十年代的现代性"翻身"叙事、"解放"话语,还是改革开放之初的现代性"新启蒙"叙事、"反思"话语,作家都以自己对历史的真实感悟写出了历史进程、社会变迁中的深度内涵。五六十年代的文本基本上是体认,新时期的文本更多的是反思和批判。他创作的两个阶段彰显了他对现代性社会制度和现代性社会症候认知的逐渐深化,而创作者的主体性也在其历史的阶段性中得以建构和凸显。

在写作西藏题材的作家中,文学史津津乐道的是 20 世纪 80 年代扎西达娃的《西藏,隐秘岁月》《西藏,系在皮绳结上的魂》、马原的《拉萨河女神》《冈底斯的诱惑》《虚构》,20 世纪 90 年代阿来的《尘埃落定》。扎西达娃侧重西藏的古老神奇和隐秘,马原侧重在神秘的基础上建构叙事的迷宫和真实的虚幻,阿来侧重历史进程的复杂和最终尘埃落定,而刘克则侧重西藏现代性的转向、现代性进程中的"病症"和现代性政治历史社会的批判性反思。他们从不同的角度,以不同的审美风格展示了西藏的历史和现实,这其中刘克涉足西藏题材最早,他的文学成就完全可以和扎西达娃、马原、阿来比肩,尽管他一直是当代文学史"在场"的"缺席"者。

斯人已远,但他的文字和思想却与我们同在。

历史与时代的多维镜像

——简论诗人严阵的小说创作

严阵是中华人民共和国成立后的第一代诗人，是时代和民族的优秀歌者，以诗作传世。他的诗歌《江南曲》《琴泉》《竹矛》《山盟》《含苞的太阳》等闻名遐迩，蜚声中外。正因为如此，人们很容易将关注的重心聚焦在他的诗歌创作上，而忽略了诗人严阵的散文、小说方面的艺术造诣和文学贡献。其实，严阵的文学才华是多方面的，他的小说创作尽管没有引起文学评论界的广泛关注，也没能引起文学家的浓厚兴趣，但他的小说却一直在那里，有为数不少的中短篇小说，也有皇皇数十万言的长篇。作家严阵不仅是杰出的诗人，也是优秀的小说家。他的小说和他的诗歌创作构成深度的互文，共同建构了历史与时代的多维镜像。如果要全面深刻具体地评析严阵的文学功绩与文学史贡献，他的小说是无法绕过的存在。

一、革命斗争年代的镜像重构与历史反思

《乱世美人》是作家严阵创作的一部长篇小说。这部小说具有较为重要的题材意义。因为在反映解放战争的文学叙事中，大多数题材涉及的是国共两党在战场上面的正面、直接的冲突，而涉及的美蒋特务的特殊斗争领域相对较少。尤其是反映有美国顾问和美国军官直接参与的特

务斗争的小说则更是寥寥可数。而这部小说则真实地重构了我党在革命斗争年代对美蒋特务艰巨斗争的历史镜像。解放战争胜利的前夕，蒋介石政府不甘心失败的命运，陷入最后的疯狂和垂死的挣扎。因此，美蒋在蓝岛市秘密留下了大量的特务，进行反革命破坏活动，妄图日后东山再起。这部小说题材的魅力不仅在于其反特题材，更具有鲜明特色的是蓝岛所处的特殊地理环境所带来的反特斗争的传奇性、神秘性和独特性。蓝岛四面环水，是远距大陆的离岛，地理环境的独特性决定了对敌斗争的残酷性。而对敌斗争的复杂性则表现在敌中有我，我中有敌：敌人缪雷尔顾问处有我党我军潜伏的地下党员；而在我地下党和武工队中也有敌人安插的内线。各种势力交错杂糅，行动队、警察、宪兵、武工队、酒店老板娘，小说将故事的传奇性演绎到了极致。并且由于美军顾问、革命者的南洋岛国生活背景以及岛上西洋化的生活方式，使得这部小说带有浓郁的国际化和异域化的风情，这在这种类型的小说中是不多见的。

  这部小说不仅具有重要的题材意义，还具有较为重要的社会历史价值。从叙事表层来看，这部小说似乎仅仅是一部反特务的斗争故事，似乎在题材上并没有特别独特的地方。但小说的故事聚焦的核心并非讲述一个反特的故事，而是借由这个革命故事来重构当时错综复杂的社会历史镜像，以及在这样的历史背景之下，再现我党地下工作者以及武工队员如何殊死搏斗的历史现场。严阵的很多诗歌是政治抒情诗，他的诗歌创作也是从政治抒情诗和颂歌起步的。严阵的《乱世美人》实际上是叙事形态的政治抒情诗，和他的政治抒情诗如《老张的手》《鸽群》《钟声》等构成抒情与叙事的互文，主要表现的是共产党人无私的牺牲、奉献精神。只不过《乱世美人》表现的是独有的反特题材和革命历史的进程。这里，地下党人的革命理想、革命气节在对敌复杂的斗争中得到了充分的表现，与此同时，敌特以及蒋家王朝的苟延残喘以及他们走向溃败的过程也被历史地呈现。如此，政权的合法性、正当性、法

42

理性得到了充分的形象演绎和历史阐释。

  作家严阵具有深刻的历史反思与现实批判意识，这在他的诗歌、小说和散文中都有重要体现。如果说《乱世美人》完成的是对革命历史的镜像重构，那么《荒漠奇踪》则从另一个角度对革命年代进行了深度的历史反思。这部长篇小说写于1979年，也是中国拨乱反正的新启蒙主义最重要的时期，这部小说加入新时期反思文学的历史潮流之中，具有一定的历史批判意义和价值。小说主要以一个年轻的红军战士司马真美的革命成长经历为主线，串结起1935年红四方面军西渡嘉陵江开始长征，后来遭遇顽敌马三爷、历经大沙漠，多次战斗及熬过各种苦难重渡黄河顽强生存下来的历史过程。这部小说充满了沙漠风情，沙漠中的传奇民间艺人老郎木驾着大轱辘车，总是在巴丹吉林沙漠和腾格里沙漠一带流浪，用三弦琴弹奏着古老的民歌；沙漠中的真假骆驼商队，演绎着革命的伪装与反伪装；马三爷的白马队、黑马队，蝴蝶夫人让残酷的阶级革命有了西域沙漠特有的风情；荒漠中的五大奇踪让红军战士的革命经历带上了戏剧化的传奇色彩；但最耀眼的是沙漠中红军战士的帽徽，红红的五角星见证了红军战士英勇无畏的气概和宁死不屈的精神信仰……所有这些都让这部革命传奇别有风采。但小说最有价值的地方还不在这里，而在于在革命历程的镜像重构中对张国焘的肃反运动的深切历史反思。小说通过小司马和老卜叔的遭遇充分地说明了在革命进程中，张国焘另立"中央"，在长征的途中，利用自己培养的心腹对所谓的革命异己分子进行残酷的镇压和清洗，让中国红色革命蒙受巨大的损失。所以这部小说在20世纪70年代末新启蒙的历史语境中出版，有力地通过艺术的方式对红军长征途中的肃反运动进行了历史的深度反思，有着深切的历史意义。

二、市场经济年代的权力镜像与欲望批判

毋庸置疑,《欲望红楼》是诗人严阵最成功的长篇小说,也是他的小说代表作。这部小说写于20世纪90年代初期,这个时期中国的市场经济才刚刚开始,社会上的主流思想是对市场经济普遍叫好。从历史与时代的主流来看,社会主义市场经济是符合历史规律和社会潮流的,但当时的思想经济界人士对市场经济的负面因素还没有获取充分的认知,尤其是对市场经济体系中权力的运作以及权力与利益的苟合还很懵懂。而作家严阵的思想触角是相当敏锐的,他敏锐地捕捉到市场经济的社会环境中权力的腐败和人们对权力、欲望的追逐。《欲望红楼》正是在这广阔的历史背景下,以某省文联领导班子的换届为主线,深度建构了这个大时代的权力镜像,并借由这个权力镜像的批判,完成对人性不知餍足的欲望批判。这部小说无疑是当代文学批判现实主义的力作,作家严阵的文学批判和历史担当令人肃然起敬。

作家、诗人、画家、书法家、摄影家、文艺评论家……省文联本来是一个文人荟萃、思想精英云集的地方,按照常理,这也是最富有人文精神、审美情怀和理想信念的地方。在人们惯常的思维中,这里应该是谦谦君子存在的场所,这里温良恭俭让等中华传统的美德和现代科学民主自由的精神应该是相得益彰的。然而,《欲望红楼》里揭示的却是权力、地位、利益、荣誉、欲望在这里的角逐、冲突甚或厮杀。文联红楼里住的文联领导和一些资深的文学家、艺术家在小说里彻底撕掉了文人素有的清高、孤傲、独立、情怀、思想,原文联主席、党组书记、画家姚岭南是个沽名钓誉之徒,在香港办画展,故意把自己的画作和刘海粟的画作并排放在一起,并以压低刘海粟作品的价格来抬高自己的身价;省委钱副书记也是一个玩弄权术和女性的官场人物,在关系到省文联换届的问题上也妄图翻手为云,覆手为雨;省委赵秘书尽管官职不高,却

依仗着靠近省委领导,也在省文联的换届上兴风作浪,小说非常早地揭示了秘书干政的某些社会政治现实;戴大器是小说着力塑造的中心人物,小说就是围绕着戴大器处心积虑、拉帮结派、制造舆论、排挤打压、玩弄女性等一系列活动展开的,他的野心很大,想从一个地市的文联主席直接成为省级文联主席,于是开始了他不顾一切地觊觎权力的近乎疯狂的举动。那个时期,还没有潜规则这个流行词,但戴大器所采用的全是潜规则的那一套,他深谙官场的权术韬略,步步为营,为自己的仕途奠定基础、创造条件。这些人没有政治、人格操守和道德底线,只要达到对权力的占有,他们可以无所不用其极。有了权力,便可以为所欲为,充分满足自身贪婪的欲望,戴大器终于通过他的手段达到了他的目的。

《欲望红楼》和一般的官场小说、官场新写实不同的是,同一时期的官场新写实小说作家的思想立场、情感态度往往是刻意缺席的。要么那些官场小说往往揭示的仅仅是官场的原生态,里面没有一个正面人物形象,官人们无不尔虞我诈、相互倾轧,将官场的关系学阐释得淋漓尽致,如刘震云的《官人》;要么是官人完成了自己人格的裂变,从以前的充满良知、正义到最后良知的泯灭、人性的坠落,如阎真的《沧浪之水》;要么是历经波折、磨难、错误完成自身崇高形象塑造的正面人物,如陆天明的《省委书记》……《欲望红楼》的独特之处不仅在于这部小说所涉及的是一向清高,和权力保持疏离的文人如何不择手段地攫取权力,暴露他们贪婪的欲望,更在于这部小说高扬创作主体清晰、明确的现实批判精神。

与20世纪70年代末的新启蒙语境不同,20世纪90年代已经是市场时代的欲望化狂欢。市场初期的无序和非理性,导致欲望空前的泛滥和权力的无节制膨胀。当社会的主流话语在为市场理性大唱赞歌,思想精英在为世俗现代性进行历史合法性论证的时候,我们的文学家、艺术家则凭借着对艺术的敏感,对市场现代性的弊端有着超前的洞察,诗人严阵不一定有反现代性的审美及反现代性的明确意识和审美诉求,但他的小说却在真正践行着反现代性的现实批判与历史警醒,这在市场现代性的早期,是非常难能可贵的。

当然,这部小说之所以获得成功,原因有以下几个:小说展现了广阔的社会生活图景,上至首都,下至省会和地级城市,各色人物的生活状貌都有所涉猎;这部小说所表现的深度思想内容和意识到的历史、时代容量;这部小说对人性的原色进行了精微的艺术表达和深入勘探;这部小说采用了多种现代性的叙事手法,有大段的心理分析,有小说人物内心所谓红黄绿的潜对话,相互抵牾又相互补充,有成功的板块冰葫芦式的结构艺术;这部小说在严肃批判的基调上对人性、爱情、正义等良善和美好进行了正面的建构,而不是否定一切的解构和摧毁,如小说中李洛民和尤美超越功利、世俗的美好、纯真爱情,小说中肖檀与韩茜的真挚感情;小说中还有一些富有正义和良知的艺术家对权力、腐败的抵制等,让读者在深入批判思想主旨之后还能感受到社会的希望和光亮;小说还全面展现了作家严阵多方面的艺术才华,文中一直氤氲着诗意的环境描写和段落,文中还有许多不羁的带有意识流意味的联想和隐喻,文中还充分显现了作家在音乐、建筑、绘画、科普等方面开阔的知识面和精神的艺术造诣——这些艺术探索是相当成功的,也是作家艺术创造的充分自觉。所有的这一切都较好地融汇成一个成熟的文本,结构成一部成功的批判现实主义力作。

三、历史转型年代的婚姻镜像与爱情伦理

严阵不仅有上述《乱世美人》《荒漠奇踪》《欲望红楼》等一系列长篇小说,同时还创作了一系列优秀的中短篇小说:《九枝水梦》《堪培拉的故事》《一见钟情》《南国的玫瑰》《岩音小筑》《数声风笛》《杜鹃啼血》《间奏曲》等。这些中短篇小说一个共同的特点就是呈现历史转型年代的各种婚姻状况并建构这些婚姻爱情的历史镜像,借由对这些功利化、世俗化、物质化的婚姻观念的批判,完成作家严阵对于超越时空、超越功利、超越世俗的唯美爱情观念的道德守望。尽管这些爱情带有一定的理想主义甚至乌托邦的色彩,但却是作家心中爱情、婚姻的应然伦理和自由王国。

《九枝水梦》讲述了一个凄美的爱情故事。莲花镇导游周源和大学毕业分配到小镇当小学老师的桂相爱了。他们的爱就像莲花镇的风景,远离尘世的喧嚣,纯净、自然、真挚,犹如绝美的桃花源。然而,周源因帮助前来旅游的美籍华人陈鹤寿而受到陈的邀请远赴美国发展。周源的命运轨迹从此改变,他后来和陈鹤寿的女儿结婚并在陈的帮助下成了ABC公司上海分公司的首席执行官。而桂则在思念周源的日子中痛苦地煎熬,被小学解聘之后只能靠缝制布老虎聊以糊口,但她却把自己的思念一针针地缝进去,不改对爱情的执着和坚守,仍然在年年岁岁、日复一日地浇灌他们爱情的约定:九枝莲花。并坚决拒绝了省长儿子以及茶社老板的爱情追求。后来她知道了周源的情况,她没有怪罪周源的负心,而是一个人静静地回到了莲花镇去过着孤寂的生活。后来周源因涉巨额经济欺诈罪被捕入狱,周源也和陈的女儿离婚,这时的桂仍然爱着周源,当周源出狱后,她仍然一如既往地对待周源。只是这时的桂已经病入膏肓,很快就病逝了。周源也因终生的愧悔,一直留在莲花镇守候未竟的爱情,于是莲花镇一直流传着九枝水梦的爱情传说,凄美、决绝、真挚,但却在现实中是那样难以存在,犹如梦幻。

"徽商家族史"多重叙述品格的艺术辩证

——季宇长篇小说《新安家族》简论

在当今戏说历史、解构历史、消费历史的创作背景下,《新安家族》却以百万字的恢宏篇章建构了一部徽商家族的历史正剧,让我们得以在颓败性的历史写作情境中终于看到了家国的期望、历史的希冀。《新安家族》集史诗性、民族文化性、家族地域性、倾向性、故事性、传奇性与真实性等多种艺术品格于一身,厚重、大气、成熟,诸种艺术品格达到了较为完美的融合和辩证性平衡。《新安家族》不仅在以徽商为题材的同类作品中取得了重大超越和突破,而且在历史创作这个极为重要的场域,尤其是家族史的创作中,也是少量值得称道的厚重的成功范例。本文拟从它多重艺术品格的辩证平衡进行简要论析,从而探寻《新安家族》之所以成功的原因和奥秘。

一、史诗性品格与民族精神的辩证融合

正如《新安家族》内容简介上提到的,"小说全景式地再现了一代徽商艰苦创业、喋血前行的奋斗历程,是一部深度反映徽商精神的宏大史诗"[①]。小说的史诗性品格主要体现在:首先,时间跨度大,从清末

---

① 季宇:《新安家族·内容简介》,安徽文艺出版社,2010年版,第1页。

民初民族资本的艰难竭蹶一直写到抗战时期的挣扎前行,《新安家族》以新安商会汪、许、鲍三家的商业竞争为背景展开,以主人公程天送的成长经历为线索,全面立体多层面地展现了半殖民地半封建社会时期中国的生存状貌,尤其是民族资本的惨淡经营;其次,空间范围广,背景宏阔,从新安江两岸的歙县,到直通外埠的上海,再到设立钱庄的武汉,以及遍布东南的鸿泰钱庄,更甚至远涉南洋和英伦,足迹所到之处,就有徽商奋力前行的身影;再次,小说反映的社会生活丰富复杂,上关家国社稷,下关儿女私情,把清末民初到抗战的官场、商场、情场、名利场刻画得淋漓尽致,有跌宕起伏的商战,有仁义为先的情怀,有不离不弃的相随,有卑鄙无耻的出卖;最后,史诗性品格最重要的表现是小说主题的宏大,主人公程天送,从一个弃儿、被卖到南洋的"猪仔"起步,历经人生磨难和商海沉浮,最后凭借超人的智慧、意志和胆略,终于成长为一代大金融家。小说以热情洋溢的基调,讴歌了徽商群体内求发展,外争公平商权,为家族、为国家、为民族大义,甘于牺牲、执着追求的精神。

  小说的成功之处在于作者将文本的史诗性品格和中华民族的文化精神进行了有机的交融,史诗性品格最适合表现宏大的主题,史诗性品格是其文本的表现形式,而中华文化精神则是它的思想"内里"。文本的鸿篇巨制,主要是为了表现民族精神的思想血脉,小说从头至尾,都贯穿着这一思想主题。主人公程天送的成长历程,一直贯穿着儒家思想的"红线",同时辅以道家的顺其自然、无为无不为等思想,而儒道互补正是中华民族最基本的精神结构。程天送实际上是德、才、情、义的化身,是民族精神的体现。既然是上天送来的(天送),程天送就要承接"天命",完成经商济世的人生宏愿。于德,知恩图报,对汪家之恩永不背叛,对鲍叔,对怀叔,他身怀感激,对庆叔的家人他悉心照料,对一些对手甚或敌人,也每每以德报怨、以德释恨;于才,他勤于钻研学习,从鸿泰钱庄的学徒开始,深入钻研钱业的专业知识,并不断开阔眼界，在实践中学习现代金融知识和经世济时的思想方法；于情，在天送与罗丝、天叶和文静的情感纠葛中，他始终坚守真爱，但为了朋友余松年他愿意放弃文静，为了母亲的遗愿，他愿意娶天叶为妻。亲情、友情、爱情在天送身上有丰富而立体的演绎。于义，他不仅有朋友之义、兄弟之义，更追求社会的正义，天送最后为了延缓日本军舰对上海的进攻，其自毁纾难的悲壮之举，更是彰显了他的民族大义。小说经由程天送人物形象的塑造和身世经历浮沉的描绘，完成了文本史诗性的叙述品格以及中华民族文化精神的有机融合和辩证平衡。同时也凸显了作者非凡的艺术抱负，正如作者所言："读懂了程天送，也就读懂了徽商……也许我这样说大言不惭，但这确是我的用心和追求所在。"①

二、家族历史性与地域文化的辩证融合

《新安家族》是对徽商家族史的全景式描述，所谓新安家族亦即徽州家族，这不是普通的新安家族，而是徽商几百年浮沉的家族史叙事。在中国近现代文学叙事中，关于家族的历史起源、生存、繁衍、发展、挣扎或没落的叙述文本不在少数，新时期以来，从莫言的《红高粱家族》之后，又掀起了一股"家族"题材热，陆续又出现了张炜的《古船》《家族》、苏童的"飞越枫杨树系列"、李佩甫的《李氏家族》、陈忠实的《白鹿原》、王旭烽的《南方有嘉木》、阿来的《尘埃落定》、李锐的《旧址》《银城故事》、莫言的《丰乳肥臀》、王安忆的《纪实与虚构》、毕飞宇的《叙事》、周大新的《第二十幕》等家族小说。这些文本都从家族的鼎盛或没落的历史叙述中，追寻地域文化、民族精神或历史哲思。综观这些家族史叙述，其着眼点主要在于这些关键词：血缘、宗法、伦理、族谱、婚姻、革命、阶级、民族、国家等。所有这

---

① 季宇：《新安家族·后记》，安徽文艺出版社，2010年版，第804页。

些，几乎都和商业家族、商业精神关系不大。相形之下，有关商人或商人家族的文学叙事只是从近些年才开始。在中国传统文化中，有"重文轻商"的观念，但在清末民初，资本主义的萌芽让商人逐步进入了社会的主流阶层。所以，以《乔家大院》《大染坊》《新安家族》为代表的商业家族，对商人文化或者说各地商帮文化做了充分的刻画。《乔家大院》里有晋商的大院文化、《大宅门》里有天子脚下的京商文化、《望族》里有沪商的时尚洋气，《新安家族》展现的则是徽商文化。尽管在此之前，已有相关徽商的文学叙述，但最能代表徽商、徽商精神与新安文化精神、徽州地域文化内涵的非《新安家族》莫属。

　　文学史上关于家族的叙述，取得成功的主要因素除了将家族和国家、民族相联系之外，另一个重要的因素就是从家族的历史演绎中充分展示家族赖以生存的地域文化。譬如《白鹿原》就是家族和陕西秦文化的辩证平衡，《尘埃落定》则是土司家族史和藏文化的辩证融合，《新安家族》自然莫能例外。文本以新安商业汪、鲍、许三大家族的兴衰浮沉为主要线索，对徽州的地域文化和徽商精神进行了深入的揭示。

　　徽州是一个山区，重峦叠嶂，川谷崎岖。多山的地理环境，必然给这里的人民带来不便，乃至带来生存的困难。另外，人口又在不断增加，环境和生存的矛盾越来越突出。解决这一矛盾的出路在哪里呢？就是走出徽州，去经商。同时，地处江南群山中的徽州，又浸润着浓厚的儒家文化传统，从中原迁徙到徽州的移民无疑都携带着儒家文化的基因。它们保持着宗族的组织结构，传承着儒家文化的血脉。儒家思想，是积淀于徽商文化心理结构中的因子；徽商的文化性格也是以儒家思想为核心的。《新安家族》正是从徽商家族的历史与徽州文化相结合的角度，塑造了程天送这位杰出的徽商精神的代表。程天送的形象完全符合徽商的基本精神。其一，徽骆驼——徽商的吃苦精神。弃子、猪仔、学徒等乖舛的命运和磨难的人生演绎了徽商的骆驼精神。其二，山外有天：徽商的开拓精神。徽州有一首流传很久的民谣："前生不修，生在徽州，十三四岁，往外一丢。"逼仄的生存地域和生活环境培育了徽州的商业精神和开拓精神。徽商绝大多数是小本起家，他们穷则思变，可谓岭南塞北，饱谙寒暑之苦；吴越荆襄，频历风波之险。史料中记载"徽之俗，一贾不利再贾，再贾不利三贾，三贾不利犹未厌焉"。一而再，再而三，三并未竭，而是继续从哪里跌倒再从哪里爬起来。《新安家族》第十六章，所讲述的就是程天送受人欺骗，与人合作到东北做生意，结果血本无归的经历，但是他总结教训，开拓进取，迎难而上，终于从悔悟中清醒过来，重新站立起来。程天送如此，汪仁福如此，鲍清源也是如此，商道九曲回肠，新安的徽商们凭借徽商精神百折不挠，终于"道""术"合一，取得商业和人生的成功。其三，赴国急难、民族自立的爱国精神。新安家族内谋发展，外争公平商权，体现出追求民族自立的爱国精神。余家少爷余松年和汪家三爷汪仁康更是追求实业救国，将父辈的商道和实业救国联系起来，同样也是追求民族自立精神的体现，而程天送和汪仁康最终凿沉华盛顿号商船的义举，正是徽商追求民族大义的崇高精神的最佳表现。其四，审时度势、不争之争的竞争精神。既然是商业，竞争是难免的。许家以许善夔、许晴川、猫眼为代表的奸商，在竞争中不择手段的行为是违反了徽商精神的，其结果只能是家破人亡。汪家则以公平竞争、商而好儒、商而好义的商业伦理，去追求商业发展，汪氏家族的最高追求就是御赐的"忠""孝""节""义"的牌坊，终于在汪仁福主持汪氏家族事业时得以最终完成，尽管其中有少许伪善的成分，但其家族主体的追求却是真诚的。程天送善于把握商机，从铁路修建需要枕木的商业契机就可以看出他的精明，而更重要的是他秉承了其老师胡东阳的教诲，顺其自然，不争之争，达到了商业竞争的最高境界。其五，大智若愚：徽商的诚信精神。在大量的徽商传记里，我们每每可以看到徽商把诚信看作经商策略的话语。清代道光年间，黟县商人舒遵刚说："生财有大道，以义为利，不以利为利。"在这里，他是用"义""利"的概念来阐发其观点的，"义"当然包括诚信。因义生财，实际上是让源头丰裕，这样去经商，才算是懂得了"大道"。天送不仅自己身体力行，而且经常教导他的伙伴、朋友甚至对手，要遵循商业的诚信精神。其六，同舟共济、和谐共赢的精神。[①] 在武汉设立鸿泰钱庄时，程天送就认识到"万物并育而不相害，道并行而不相悖"的和谐共赢的商业精神，《新安家族》中经常不惜篇幅展示汪家的"鸿泰商训"——斯商，不以见利为利，以诚为利；斯业，不以富贵为贵，以和为贵。并以此说服武汉钱庄的那些大佬们，终于获得了成功。

小说从徽商家族历史和徽州地域文化相因相契的角度，赋予了《新安家族》儒商历史与地域文化艺术辩证的叙述品格，从而完成对徽商精神的深入发掘和生动展示，也是对中国传统商业文化精神的形象化的展示，将徽商古来素有的"贾而好儒、亦贾亦儒"的美誉，给予了形象化的展现。

三、传奇性、倾向性与真实性的辩证融合

弗莱说："在传奇的主人公出没的天地中，一般的自然规律要暂时让点路：凡对我们常人来说不可思议的超凡勇气和忍耐，对传奇中的英雄说来却十分自然。"[②] 这就是说，在"传奇"这一文学类型中，主人公的角色典范是"浪漫英雄"。程天送就是徽商家族传奇故事中的"浪漫英雄"，其"浪漫英雄"形象是通过一系列生活历练和离奇的小说情节而被塑造出来的。其中，他的私生子的身份，他刚出世后不久被汪家老五追赶落入悬崖而不死的经历，他被程德水收养取名程天送，他被

---

① 徽商精神的概括，参见朱万曙、谢欣：《徽商精神》，合肥工业大学出版社，2005年版。
② [加]诺斯罗普·弗莱：《批评的解剖》，刘慧等译，百花文艺出版社，2006年版，第46页。

卖往南洋当"猪仔",从南洋逃离落入大海,大难不死被人搭救,后来到汪家做了钱庄学徒,在和洋人争取公平商权时把大量的茶叶倾倒入海的举动……,无不充满传奇的色彩。季宇在文本中对现实主义写作进行了传奇化处理,主要采用的艺术手法就是对故事或情节进行传奇化设置。在"浪漫英雄"生命攸关的时候,总能出现奇迹,在事业遭受灭顶之灾时总能转危为安。

问题是在《新安家族》中,情节、故事或人生经历的传奇性、戏剧性会不会损害小说的真实性,会不会影响小说人物形象的真实性?答案当然是否定的。

一般而言,现实主义文学作品过多地使用巧合、偶然或理想化的叙事方式,会多少影响现实主义叙述的真实性、有效性。读者会想当然地认为"本故事纯属虚构",会对文本中过于戏剧性的情节故事产生不信任感,一笑置之。于是,近现代以来,现实主义的文学叙事往往采取更加生活化或反传奇的叙述结构与叙事方式,特别是"新写实主义"的文本,取消了故事的大开大合、情节的紧张激烈、命运的波澜起伏,而让叙事处于波澜不惊的生活流程之中,这似乎成了新现实主义的叙事成规。新现实主义似乎更加贴近生活真实,更符合艺术真实性的逻辑,它一方面拒绝典型化,另一方面拒绝时代的宏大叙事,它以"日常生活叙事"的反传奇、反浪漫、反本质去消解传统现实主义。但问题同时存在——这种日常性的叙事无法以宏阔的视野、恢宏的气度,全景式地反映或表现整个时代宏大的主题或历史风云的激荡、社会思潮的变迁。尤其是处在变动不居的时代,这种叙事具有明显的局限性,其有效性也值得怀疑。

当代哲学家米歇尔·福柯(Michel Foucault,1926—1984)说过,重要的不是话语讲述的时代,而是讲述话语的时代。就此而言,这个命题提示我们,决定小说思想内涵与艺术价值的核心要素,不是小说题材本身,而是小说所处的时代语境及其叙述方式。20世纪90年代以来,这种过于生活化、日常化、琐碎性的现实主义叙事一直是现实主义文学的主流。它对既往意识形态现实主义、现实或历史的本质叙事只顾及社会上层，无暇关注草根细民，只关注帝王将相、英雄，而忽略芸芸众生的叙事倾向有重要的纠偏作用。但时至今日，这种叙事模式已经失去了往昔的冲击力和消解力量。新的时代语境需要正面地建构而非一味地解构，新的时代语境需要新的叙事方式，新的文学需要新的承担、新的意义。而传奇化的现实主义在中国当代文学界具有重要的美学意义，它超越了传统的革命现实主义写作，也超越了20世纪90年代以来的欲望现实主义写作和反讽美学，它是建构历史正剧、建构社会精神支柱的主流价值观念和思想体系迫切需要找寻的全新的话语方式和表征手段。

季宇的《新安家族》从某种意义上就是"传奇现实主义"的叙述方式，而"传奇现实主义"的目的是展现纯真的理想，找寻失落的价值坐标，去承担"文学的职责和意义"。因此，程天送的传奇性经历实际上负载着季宇在新的世纪对失落的价值目标和价值体系的询唤。功利化的时代缺少英雄、匮乏理想化的人物，传统的价值坐标也逐渐失落，而通过传奇现实主义所塑造的理想英雄，正是时代的需要，时代不需要一味地解构一切，它现在更需要价值体系的架构和价值理想的依归。程天送的传奇能否承担起价值设定的目的？它的传奇性能否经得起艺术真实性的考验？它会不会重新堕入既往革命浪漫主义或革命现实主义传奇的窠臼？它会不会再次假而空、高大全？应该说，这些都毋庸担心，《新安家族》用足够的场景、日常、细节、环境、感性生活、形象与相当充裕自然的铺垫、过渡实现了传奇性和真实性的统一，充分体现了戏剧性传奇和艺术真实的辩证平衡，所描绘的场景和时代真实而具体，所塑造的人物感性而饱满，其传奇性的情节也符合艺术的真实性逻辑。

《新安家族》的叙述品格除了其传奇性和真实性的辩证统一之外，同时也呈现出倾向性和真实性的艺术辩证。

这里的倾向性意指作家在创作中倾注了自己的政治立场、思想观点、感情态度与审美情趣,从而表现出对生活的价值评判、爱憎或褒贬等情感态度,概而言之就是指作家情感的倾向性、道德评判的倾向性、价值判断的倾向性在文本中或隐或显的体现。古往今来的很多优秀的作品都体现了倾向性与真实性的辩证统一,如司马迁的《史记》中的太史公曰对历史事件的评论,路遥的《平凡的世界》在故事的推进过程中作者情不自禁地抒情或议论,不仅没有破坏文学的真实性,二者反而相得益彰。

然而很长一段时间以来,人们一直把米兰·昆德拉的这段关于小说的评论奉为圭臬:"将道德判断延期,这并非小说的不道德,而正是它的道德。这种道德与人类无法根除的行为相对立,这种行为便是:迫不及待地、不断地对所有人进行判断,先行判断并不求理解。这种随时准备进行判断的热忱态度,从小说智慧的角度来看,是最可恨的傻,最害人的恶。小说家并不是绝对地反对道德判断的合法性,他只是把它逐出小说之外。"[1] 在这种理论认识的统摄下,新时期类似于人们在论述新写实小说所言的"零度叙述"或先锋文学中的"零度以下叙述",冷漠、拒绝介入、悬置判断、价值倾向、暧昧不明等诸如此类的"新情感"终于将作家的倾向性赶出了小说的领地。这种小说的道德自有其道理,可以摆脱小说的道德说教意味、意识形态色彩,将生活的价值评判权交给读者,但将这种认识真理化、唯一化,完全排斥创作主体性的介入,势必会使得小说单一化、绝对化,从而妨碍小说艺术思维的多向度拓展。

《新安家族》没有采用这种"纯客观"的"呈示",而是采用较为主观的讲述,在讲述故事的过程中,作家在字里行间鲜明地体现了对以程天送为代表的徽商精神、民族精神的欣赏和赞叹,仅从章节的命名就可以见诸一斑,如"布衣之怒""泣血抗争""民心的胜利""人心是秤"

---

[1] [法]米兰·昆德拉:《被背叛的遗嘱》,孟湄译,牛津大学出版社,上海人民出版社,1995年版,第6页。

"身正不怕影子斜"等。当然故事的展开、对话的设置、情节的安排均体现了作者的倾向性。这里,文本的倾向性不是贴在故事上的标签,而是以艺术的真实性为基础,揉进作者对事件的评判和人物的情感态度,其倾向性非常真实自然,水到渠成,没有丝毫的牵强。因为作者骨子里对这些思想和精神是赞同的,不存在外界的强加或内在心灵的困惑与矛盾。我还是援引布斯的言论来佐证自己对作品真实性和倾向性关系的看法:"对于那种对作者客观性的要求来说,有这样一个重要真理:真实作者的未经改造的爱与恨的标志几乎总是致命的。但是对这一真理的清楚认识,并不能把我们引向关于技巧的教条,它不应该把我们引向要求作者从自己的小说中清除爱与恨,以及它们所根据的判断。我希望说明的是,隐含的作者的感情和判断,正是伟大作品构成的材料。"① 是的,伟大的作品离不开作者的感情和判断,哪怕这种感情和判断再隐晦,但也始终存在。在此,我们看到了作家将传奇性、倾向性建构在文本叙事的真实性之上,较为完美地实现了三者之间的艺术平衡。

综上所述,季宇的长篇历史小说《新安家族》充分体现了史诗性品格与民族精神的辩证融合、家族历史性与地域文化的辩证融合、传奇性、倾向性与真实性的辩证融合。多种叙述品格的辩证平衡确保了《新安家族》恢宏的品格。文本从人物命运的跌宕起伏,到家族的荣辱兴衰,再到政治、经济、社会的波澜壮阔、风云变化的历史进程,进而深入民族内在的文化蕴含、精神肌理、心理结构进行探析,文本结构恢宏而不失细致,场景疏阔而不失绵密,主题宏大而不失深度,叙述理性而感性丰盈,它以历史正剧的形式参与建构了新安家族背后的民族精神和经商济世文化,这在当下历史消费性叙事中具有十分重要的现实意义和匡正价值。

---

① [美] W.C. 布斯:《小说修辞学》,华明、胡苏晓、周宪译,北京大学出版社,1987年版,第95-96页。

生命着,才知道了这一切

——许辉中短篇小说创作论

许辉是江淮大地的勘探者,他深切体悟、勘探、讲述关于江淮大地的生命故事、生存情感、文化地理与"存在性"风景。许辉的中短篇小说创作已然成为无法忽视的存在,因由他的创作,江淮文化的面目不再模糊不清。江淮文化的根在乡土,经由乡土叙事的呢喃,许辉敞亮了江淮文化中的生命与风景、情感与蕴涵、现实与历史——在中国现当代乡土文学史上有着许辉特有的贡献。许辉的叙事具有深邃的主题意蕴,中短篇小说一方面揭示了"存在"的久远与恒常;另一方面,在开放的现实主义中深藏着远非现实主义所能囊括的现代性思想诉求甚或后现代性的叙事题旨、许辉中短篇小说的叙事艺术是典型的许辉式的,诗意、散淡、内敛、温情、宁静,在写实的表象下,还有着先锋艺术精神的蕴藏,成为许辉独特的"有意味的形式"。

一、乡土生成的"有机知识分子"

在作家集体逃离乡土、遗忘乡土,涌向都市追寻城市化、现代化的现代性历史潮流面前,许辉仍然站在潮流之外坚执与守望。他的大多数文本涉及乡土,即便是反映城镇或历史的题材,文本里活动的人物也大多操持乡土话语,其意识、其思想、其行为做派也都源于乡土,可以说许辉的精神原乡在乡土而非都市。许辉是以怎样的立场或姿态来书写乡土的？

　　许辉不是从意识形态的规训和主流思想的宣喻来书写他的乡村，因而他笔下的乡村不是意识形态性的想象。尽管文本中的乡村话语和乡村书写里有意识形态性的背景存在，不过，它们不是作家倾心描绘的重点，而是作为乡村生活中的蕴含。文本里并不能完全杜绝的意识形态性内容已化为"乡村生活"的日常肌理，散发着生活本身的气息。如短篇小说《蚕》，明确标示了故事或乡村生活图景所发生的年份：1955年、1960年和2003年。关于1955年的乡村生活叙述，有这样的描述："年画的底下印着一行红色的小字：1955年，毛泽东思想万岁！蚕宝宝们就在贴着年画的窗棂下边的麦萝里嚓嚓嚓嚓一秒不停地吃桑叶……"① 关于1960年的生活场景，文本这样叙述："蚕场高大的水塔上用红色写着很大的一些字：总路线、'大跃进'、人民公社三面红旗！……"② 可见，"政治"就在乡村的"日常生活"中，而生活才是文本的叙事中心。年份的标示，有一定的意识形态意味，但文本不是为了意识形态的启蒙或批判，而是为了凸显生活存在的本真，展示生活本身的历史变迁和乡村里的人们在"历史"变迁中的命运。

　　许辉也不是从现代性的精英视角来看待乡村的凋敝、蒙昧，从而以相对的精神优势取得对乡村生活的话语权和裁判权，而是乡土生活的体验者、参与者、熟稔者、旁观者。从叙事视角来看，要么是"我"在文本中直接现身说法，充当主人公或叙述者，如《新观察五题》《蚕》；要么是找寻一个叙述者如记者刘康，从叙述人的角度体验、观察、感受农村的生活，如《十棵大树底下》《庄台》《飘荡的人儿》；要么是全知全能的叙述人，他完全熟悉乡土民间的世态民情，娓娓道来，没有丝

---

① 许辉：《人种》，安徽文艺出版社，2010年版，第274页。
② 许辉：《人种》，安徽文艺出版社，2010年版，第274页。

毫的牵强和隔膜,如《焚烧的春天》《一棵树的淮北》《人种》《花大姐》《吃米饭的人》等。无论采取何种视角,濉浍平原、江淮平原、皖北的河川风物、文化地理、民居民俗、历史掌故如数家珍,用文字定格了江淮地域所特有的生命和风景。作者没有采取如鲁迅的启蒙现代性的价值理念来批判乡土的滞重、落后、愚陋;也没有着眼于社会现代性的理念,揭示农村在现代性征程中不断世俗化、城镇化的时代新质;也没有如沈从文、汪曾祺、张炜从反现代性或审美现代性的角度建构乡土的诗意乌托邦,来揭示现代性的历史就是恶化天人关系乃至道德沦丧的罪恶史;当然也不类似于刘震云对故乡沉重的戏谑、阎连科对乡村的狂想……在我看来,许辉的文学抱负和文学追求不在于凸显某一种鲜明的主义或主题,不在于凸显精英的思想精神优势,而在于描摹和表现乡村固有的真实与乡村"生活的整体""经验的总体",这种江淮生活的体现是现实层面的,它向历史和文化的纵深推演,获取了"江淮生活"历史与文化的"景深",具有了"存在"的恒久意味。

许辉类似于赵树理,是完全从乡土、民间的角度,不是"为老百姓"写作,而是"作为老百姓"而写作吗?是追求"中国作风,中国气派"吗?显然不是。尽管许辉小说中的人物话语、物件(牛粪、笆斗、短柄镰刀、草萁等),风景都是地道的、纯民间纯乡土的,但我们还是能够从许辉的叙述中感受到他和赵树理的不同。

许辉是怎样面对乡土写作的呢?在我看来,许辉是乡土生成的"有机知识分子",是"乡村之子",是乡土生活的合格代言人。他源于乡村,他熟稔乡土的痛苦和希冀以及乡土存在的隐秘——正如水上勉所言:"生活在某一块土地上的人们的本质性的东西,将由诞生在那一块土地上的人们保持下去。"[①] 但他同时又能超越乡村,他能对乡土的生

---

① [日]水上勉:《土俗之魂》,转引自苗霞《回到原初》,载《当代文坛》2004年第2期,第87-88页。

存有整体的审美观照，而这种审美性的描述、体验又是完全建立在乡土经验之上的——在当代西方重要的理论家葛兰西看来，乡土叙事只有依靠乡村生成的"有机知识分子"，才能代表农民希望改变其处境时所参照的"社会典范"。许辉进了城，具备了超越性的角度和视野，但他将自己的精神之根留在了江淮大地之上，两者的结合生成了乡土"有机知识分子"，无论是在情感层面还是在思想精神层面，许辉都是真正意义上的"江淮之子"！从此，文化地域、乡土中国的文学地形图上，有了江淮地域的明显标示，而这种标示在现当代的乡土文学史视野中几乎是"不在场"的，江淮地域的文化、风俗、人情、生活、历史，它们的独特性存在几乎是匿名的，是"存在的被遗忘"。江淮文化的遮蔽和周遭齐鲁文化、吴越文化、中原文化的彰显形成了鲜明的对比。不能说许辉完全抹平了这种反差，但许辉却大大缩小了这种距离。可以说，在现当代乡土文学史中，许辉是极少合格的"江淮生活"的阐释者之一，是许辉"镀亮"了生存、地域、乡土、文化意义上的江淮，他因在江淮生命着，所以才知道了这一切。

有论者指出："当下热闹的文学界，根本无力介入农民的生存世界和底层结构的情感内里，几乎塑造不出一个像样的农民形象，刻画不出乡村世界的存在本真……与现代性不相协调的乡土叙事作为'杂质'被文学的诗意和审美剔除……中国作家在生活上和乡村中国割裂，在精神上同样难以达到对中国乡土社会的理解和认同。因而，他们的乡村底层代言尽管表现出了对制造'象征性良心作品'的极度热衷，但却总显得空洞隔膜，难以令人感动和信服。"[①]——然而，许辉完全不存在这样的问题，他的精神血脉一直和乡村广阔的世界相通。个中原因在于：一方面，许辉有着几年深切的农村插队当知青的经历；另一方面，

[①] 孙国亮：《凋敝的乡土，还能发声吗?》，载《当代作家评论》2010年第1期，第116-117页。

他曾经在皖北的工作经历；此外，是许辉时不时地到乡间"行走"，这种"行走"既是生活的一种特有状态，更是作家保持和乡土血脉、精神联系的最好方式——当然，这也取决于作家主体的价值立场和思想选择。

二、江淮文化中的生命与风景

许辉的小说从根本上而言，是写江淮大地上的生命，无论是乡土、城镇，还是现实抑或历史，正如短篇小说《桑月》的结尾借小靓桑之口所表达的："唔，我生命着，我才知道了这一切呀。"[①]

许辉是生命或直接或间接的体验者，在城镇，他化身为幸福的王仁，化身为办公事的李中，在尘世的喧嚣声中，他借王仁、李中的生活感受来探寻世俗生活的状态和奥秘。王仁和李中的生活状态就是城镇中多数人的生存景观。他们不是《一地鸡毛》里的小林，在生活中遭遇挫折后学乖，而是一开始就深谙现实的生活法则，从容其中，悠游其中，并不觉得怎样的不合理、憋屈和痛苦，甚至还觉得这就是世俗生活的幸福。久而久之，他们就视生活的实然为应然，即便他们了解这不是应然的生活，他们也没有激情去呼吁、去改变，他们深知与其无法抗拒，不如乐享其成。在乡村，作家常常以记者刘康的身份记录现实的乡村生活遭遇。在《飘荡的人儿》中，刘康"视界"里的长者带领杂耍班的青年男女，走村串镇，在泗水小镇演绎了他们"飘荡"的生命状态。挣钱的不易，生活的艰辛倒是其次，让读者受到灵魂感染的是他们在精神上的无家可归。他们尽管一直"在路上"，但他们向往固定安宁的生活。许辉写这群人物的生命状态、精神状态，如果没有具体的生命遭遇，仅凭书斋里的想象是断难做到的。《十棵大树底下》同样借刘康

---

① 许辉：《人种》，安徽文艺出版社，2010年版，第285页。

的"视界"揭示洪水泛滥给普通农民的生活带来的影响。刘康一路上的感受是,这些农民没有多少抱怨和不满,而是不等不靠、相互扶持、积极开展自救,艰辛中透出生命的坚韧和达观,甚至还不乏幽默:"俺们这回可真是五湖四海了……住的帐篷是德国的,吃的大米是泰国的,吃的饼子是香港、广州的,打的针是科威特的,盖的毯子是巴基斯坦的……"①坚韧如他们,没有什么灾难能让他们倒下,这就是江淮人的生存品格,这种品格是对江淮"人种"的历史继承。而《人种》讲述的就是濉浍平原上我们祖先的生存状态和起源,我们祖先坚忍的意志、充沛的生命力在当代子民身上仍有很多的遗传,或许这就是遗传基因决定的。

从《人种》开始,许辉就有意识地表现江淮大地上生活的人们身上所具有的超越历史时空的生存品格。这或许就是江淮"人种"特有的属性——中短篇小说集何以命名为《人种》,也许这就是其中的一个原因。"黄枯的荒草和小灌木也看不见了。暴风雪严密地封锁了整个濉浍平原。死寂、寒冷、漫长的冬天开始了。突如其来地开始了……"②这是江淮"人种"生存背景的一段描绘,这种生存背景彰显了江淮人韧性的生存品格。这种生存品格是千百年来历史的养成和环境的形塑,它既具有悠远的历史感,又是当代生活的体现。《花大姐》中的胖妮"花大姐"和她的儿女们其生命力就像大蜀黍地那样肥沃妖娆,无论经历怎样的岁月变换,都活得有滋有味;《鄢家岗的阚娟》中的阚娟以女性的丰腴柔韧、逆来顺受最终收获了卑微的幸福,反而那些在她面前逞淫威的人没有好下场,是她身上的生存品格构成了对她命运的深刻救赎;《一棵树的淮北》中的老大沉闷、木讷,但踏实、质朴,他用独轮车推出了自己的家庭和幸福生活……文本里活动的乡村人物或城镇人

---

① 许辉:《人种》,安徽文艺出版社,2010年版,第291页。
② 许辉:《人种》,安徽文艺出版社,2010年版,第274页。

物，叙事不在于讲述他们的时代新变，而在于呈现他们性格和行为思想的亘古遗留，由此文本的历史感厚重感油然而生。

许辉不仅写出了人独有的生命体验和生命状态，即便是动物、植物也在许辉的笔下生命盎然。《麦月》里麦香的原野，《桑月》里小胖头、小嫩桑、嘟嘟穗……都在生命蓬勃的桑月，感受生命特有的律动和经历，《槐月》里的池塘、槐树、水草、槐花都一样地膨胀、蹿长，生命沛然。动物也不甘落后，小泥鳅、大龙虾、麦丝鸟一个个也舒展筋骨，在春日里，生命在不断地苏醒。

写生命，写生命的状态、感悟和体验，作家的情感态度、叙事立场非常关键。在写作情感上、价值倾向上，许辉是一个"仁者"，尽管许辉的小说多数呈现出原生态的客观、本然甚或模棱两可，我们依然可以看到叙事背后"仁者"的情感温度。对生命的体恤、仁爱、悲悯、理解、尊重、友善是许辉一贯的情感态度和叙事伦理。每一种生命状态都有其生成而来的理由，每一个生命存在都具有"属己"的特殊性，每一种生命价值都值得尊重，许辉从生命哲学的高度，来体悟生命的"在世"过程。因此，作家对待生命的态度更多的是理解性认同、理解性尊重。在这样的生命体悟基础上，许辉的文字就濡染上了诗意的温情，他以审美的、诗意的眼光观察、体验周围的人物与风景、运命与遭际。所以在《焚烧的春天》中，小瓦因丈夫长期在外打工而无法忍受荒甸的荒凉孤独寂寞和生活的困难，而有了一段和自己的丈夫的朋友算是出轨的经历，最后她焚烧了自己心爱的家，坚决跟随丈夫进城务工，彻底告别了自己的过去和伤痛，也算是完成了对自我迷失的救赎。很显然，许辉没有对小瓦的所谓出轨行为进行道德苛责，而是给予了理解性的同情。这就是生命自身的运命，符合人性人情的"在体"逻辑，远非道德所能涵盖。

三、经验写实之上的形上诉求

如果说许辉在生命情感、态度上是个"仁者",那么他在艺术表现上就是个"智者"。他的个性化的语言只能是许辉式的,他所描绘的生命、场景只能是独属于江淮或皖北的,他的叙事模式是人物的经历大于故事,叙述中的文化、风情、历史、饮食氤氲在人物的经历和命运之中,在独到的文化思考、风情展示、历史追寻中理解体察江淮人的存在原貌,破译他们的生命隐秘。许辉的叙事风格淡到极致,不是在平淡中看到奇崛,而是在平淡中臻于一种审美的极度境界:诗意、散淡、内敛、温情、宁静。许辉的中短篇小说叙事确实有着某些"新写实"的因素,比如,文本叙事层面鲜活的生活质感,反传奇、反戏剧性,甚至反故事性的叙事风貌,悬置情感、道德、价值方面的判断,貌似"零度情感"的叙述等。然而王达敏教授早就告诫读者,不要把许辉的创作等同于新写实。顺着先生的思路,我们可以进一步追寻许辉中短篇小说的精神品格和深度追求,我们要关注的是许辉小说在写实表象背后的"深度"诉求,亦即作家在感性层面之上的形而上的探寻。

其一,传统现实主义的叙事成规是在典型环境中形成典型故事、塑造典型人物,传达社会生活的"本质真实",而新写实反其道而用之,通过肢解这种叙事成规,刻意用自然主义的结构方式解构传统结构,构成对"结构的意识形态"的反驳。许辉的小说呢?是传统现实主义抑或新写实主义?在我看来,都不是。自然,许辉早就舍弃了传统现实主义的"典型""本质真实""宏大叙事""史诗性"等叙事成规,他的写实有自己的独特追求。尽管许辉的小说从生活的感性经验出发,甚至他的叙述"江淮生活"的文字每一个毛孔都散发着乡土生活的气息和馨香,但它不是类自然主义的。他的中短篇小说都有着匠心独运的剪裁和精心结撰的设计,许辉的高明之处在于这种结构方式不露痕迹,自然天成，却很好地为"意义"诉求服务。如短篇小说《碑》看似没有什么精心的结构设计，实则在罗永才三次寻碑、洗碑的遭遇中，体现出了文本的思想意蕴。前两次罗永才找寻的是有形的碑，后一次解决的是心中无形的碑，获得的是心灵的释然。再如《十月一日的圆明园和颐和园》，从叙事表层来看，只不过是"我"在北京待得有些腻烦，想趁十月一号假日期间让妻子、女儿来参观圆明园和颐和园，但因为电话沟通方面的原因，事情没有按照预定的程序进行。因此，"我"对圆明园、颐和园的观感以及对郑天玲的念想等纷至沓来，最后妻子、女儿莫名其妙地和我在颐和园"遭遇"了。这样的结构看似非常生活化、非典型化，可结构里面传达的人生的百无聊赖、人性的悸动与诡异、人们对"历史"的态度、当下文人的生命状态，在此，许辉也写出了"存在"的"吊诡性"、"存在"的"不确定性"。他并没有采用先锋小说惯用的后现代主义的叙事拼贴、零散化、语言的能指化，但他的思想意蕴却是先锋的，是一种非先锋形式的先锋。

其二，新写实小说素以"鸡毛蒜皮现实主义"著称，刻意展示生存的"一地鸡毛"，表现生活的尴尬、烦恼、无奈、诗情消解、理想遁逸等生活的"庸常"。许辉的小说似乎也是展示日常波澜不惊的生活细部及其流程，但他的小说不是为了表现"存在"的琐屑、无奈和生活无法承受之轻，而是揭示生活的存在本真，找寻生活本身的存在奥秘，勘探存在本身的来龙去脉。《幸福的王仁》《夏天的公事》《康庄》等就是这方面的代表。文本经由生活的"庸常"，抵达存在本身的"恒常"。《幸福的王仁》里的王仁的生活就是由钓鱼、搓麻、买菜、打牌、喝酒以及略带世故的为官之道构成，即便是腐败也显得有些温情。《夏天的公事》经由李中的公事经历展示了公事的一般性图景和程序：宾馆接待、体味当地的特色美味、轿车接送、听报告、到某某地考察……微讽的背后揭示的是"存在性合理"的现象学命题。《夏天的公事》不同凡响之处还在于，写实之中有着很深的先锋思想、先锋精神的探索，尤其是其中的人物老夏——"老夏不去心中还真没底,不过他肯定要来的",但老夏最终并未现身,所等的戈多依稀莫辨。如此的文本叙事已然大大超越了新写实的自然写实,而是将写实和先锋不着痕迹地交融,达到完美的平衡。这种写法,我个人觉得非常值得提倡,它不依靠先锋的句式和叙事迷宫,而是浑然于写实之中。非叙事上别具抱负无以成此境界。《康庄》似乎也是一样,人们厌倦了千篇一律缺乏激情的生活,找寻所谓的康庄,可最终康庄并不在生活的彼岸,或许康庄本就不存在,或其实康庄就在生活本身。文本略带现代和先锋的笔触仍然指向的是生活的此在性维度,以此靠近生活"恒常"的哲理追问。

其三,新写实小说不太关心"存在"的历史性、文化感、超越性,而只关心存在的此在性。海德格尔把存在的此在性本质规定为生存,因此,新写实的许多文本的主题深度受到了"生存"的囿限,无法做生存论之上的形而上提升。要在感性的生活质地上进行深度的形上探求,只关注"存在"的此在性是不够的。它必须要抵达历史的纵深,追寻文化遗传的因由,超越于日常感性生活之上,就是在日常生活的感性层面做深度的形上追求,而这些存在性意蕴主要得益于文本的反时间性叙述。许辉的中短篇小说,时间性线索不是很明显,或者说是反时间性的。即便在文本中出现明确的时间,但这些时间大多并不具有特殊的象征意义。许辉的文本时间是可以忽略的,他笔下的人物、生命或风景经常呈现为自古如此、历来如此的色彩和格调。时间是凝固的,变动的只是人物和风景,由此,许辉真切抵达了"存在"的恒常,抵达了"江淮生活"的实质性内涵。人种、花大姐、阚娟、王仁、老大,他们都生长于江淮,都是"吃米饭的人"。另外,这些存在性意蕴还体现在文本的溢出性叙述上,即在讲述乡村人物或城镇人物的经历、故事、命运时,许辉的文本经常会出现溢出故事和人物经历的笔墨。这些笔墨或描绘人物活动的生存场景(如《焚烧的春天》),或演绎历史的来龙去脉(如《在卫运河艾墩甸的高坡上》),或津津乐道地域文化的丰赡与美妙（如《庄台》），或勾勒人与物结合的风景（如《变形三题》），它们正是许辉的与众不同之处。这些笔墨是人物活动的基础性存在，是人物命运展开的空间和布景，是人物生命其中的文化氛围，是人物赖以"存在的寓所"。它们绝非闲笔，而是构成小说的重要因素，和人物的"存在性"状态相辅相成。某种意义上，许辉的小说并不以故事或人物形象取胜，而是人物的生存状态和人物的生存背景完美融合的生活整体给人们留下非常深刻的印象。

刘小枫在《沉重的肉身》中把叙事家分成三种："只能感受生活的表征层面中浮动的嘈杂、大众化地运用语言的是流俗的叙事作家，他们绝不缺乏讲故事的才能；能够在生活的隐喻层面感受生活、运用个体化的语言把感受编织成故事叙述出来的，是叙事艺术家；不仅在生活的隐喻层面感受生活，并在其中思想，用寓意的语言把感觉表达出来的人，是叙事思想家。"[1] 许辉个性化的语言、个性化的文体、独到的叙事理念和主题追求，淡然超拔的抒情风格，很明显，他已经超越了叙事艺术家的境界，正行走在通向叙事思想家的路上。

---

[1] 刘小枫：《沉重的肉身》，华夏出版社，2004年版，第202页。

"井中人"命运的现实镜像与历史景深

——简论洪放长篇小说《井中人》

著名作家洪放的长篇小说《百花井》在《中国作家》2018年长篇小说专辑头条刊出,后出版单行本易名为《井中人》,这部作品是安徽乃至全国近几年优秀的现实主义力作。小说的思想深度、历史厚重感源于历史、现实、时代、人性和人在历史、时代中的命运起伏与情感纠葛。同时,小说也以出色的结构艺术和叙述语言实现了对庐州(合肥)地域文化、历史的深度书写,为读者建构了庐州百花井地区"井中人"命运的现实镜像与历史景深。作家超越性的人文情怀,有灵魂有温度的写作,使得文本不仅具有历史的穿透力、现实的概括力、艺术的表现力,也获得了审美的感染力。

一、人的命运串接起历史与时代

文学是人学,这几乎是文学界的共识。如何表现人的情感、刻画鲜明的人物形象、书写人物的存在命运是文学,尤其是叙事文学的核心命题。《井中人》的叙述重心显然是"人",从小说的命名"井中人"就可以略见一斑。小说围绕着百花井人的命运展开叙述,开头即以丁成龙的命运拉开小说的叙事帷幕:曲折一生。文本以丁成龙的曲折一生作为小说的叙述主线索,为叙事的时间纵轴,以丁成龙的人生命运折射百花井、庐州城乃至中国大半个世纪的历史变迁与世道人心的嬗变,正如题记所言:"星空浩茫,世事侄偬,江流石转,岁月不居。"① 不难看出,作家的艺术抱负是想写出历史流变中人的存在性命运。

小说的落脚点是人的命运,而非历史与时代、自然,以人的命运反思、审视历史与时代也是题中应有之义。因之,小说的叙述反其道而行之,并非开篇伊始就是直接叙写时代背景和历史语境,而是从丁成龙的出生情景落笔:1928年冬,鲁北萧索的小山村,天气寒冷,雪花飘零,枯枝上老鸹的不祥的叫声。这样的出生场景宿命般地框定了丁成龙一生曲折的命运。后文中审美性展开的丁成龙的人生轨迹似乎在逐步验证这甫一出生的命运前定。丁成龙的父亲被乱兵抓走,一生未曾谋面;母亲因贫病交加栽倒在河边沙地,一句话也没留给孩子们就撒手人寰;大哥丁成江被日本人用狼狗撕咬,死时的情景极为惨烈,且当着年幼的丁成龙的面;二哥丁成海也在码头被日本鬼子杀害;后来丁成龙逃到桐柏山区参加了革命,革命胜利后回到了庐州城娶妻,生活在百花井,五年后因政治运动受人举报,又以逃犯的身份逃离庐州,颠沛流离到河南三门峡、新疆石河子、伊犁、特克斯、呼图壁,最后在新疆昌吉长期驻留,20世纪80年代初期才获得平反回到阔别20多年的庐州百花井。他的一生"以笑的方式哭,在死亡的伴随下活着",芳华和青春几乎完全交给了逃亡的岁月。小说中另一个中心人物是长期居住在百花井的孟浩长。他的母亲跟着副官私奔,父亲因情变差点拔枪自杀,后来离家上了紫蓬山上的法音寺,他自身也经历了和高巧云(孟小书)的情感波折,和前妻离婚后内心发誓终身不娶,尽管徒弟陈兰对他有别样的期待和情感。他是百花井及其庐州城历史沿革、世道变迁的见证人,他和丁成龙的共同坚守,保护了百花井的历史文化遗迹,他们所守护的是他们那一代人的生存理想、价值信念。围绕着丁成龙和孟浩长以及在百花井生活

---

① 洪放:《井中人》,三辰影库音像出版社,2018年版,扉页。

的陈健康、耿丽萍夫妇,小说中还涉及百花井诸多人物的人生命运。丁成龙的妻子胡满香、大儿子叶抗美、二儿子丁石子、女儿丁昌吉,孟浩长的私生子李光升、儿子孟明月,陈健康与耿丽萍的儿子陈小健、女儿陈春、陈兰,还有当年写举报信的冯卫国,以及三门峡的竹花,远在新疆的胡团长、玛伊娜等。在历史洪流和时代大潮中,每个人都有着自己独特的人生命运与存在轨迹。

文本叙述以百花井人的个体命运串接起历史与时代、既往与当下,以期凸显历史、时代与人的个体命运之间的深度关联。在访谈中,作家洪放直言:"丁成龙就是这些人的代表,他几十年的生存体验,改变不了时代,唯一能够改变的是他自己的生活情态。作为那个时代的亲历者和过来人,丁成龙都还没能在时间的缝隙里梳理完自己情感的羽毛,便又被另一个步履匆匆的新时代裹挟着向前迈进了。我希望通过这样一种范围广阔的文学意向的宣泄,试图去捕捉住我们内心那柔软的悸动,以此来烛照着人物命运的多舛和人性良善的伟岸。"小说中作家多次借助小说人物丁成龙的感受,传达他对历史与个人之间关系的思考。小说中的丁成龙、孟浩长不仅是历史的亲历者、实践者,同时也是历史的旁观者,以他们自身的命运遭际和悲欢离合呈现历史和时代洪流裹挟下个体的历史命运。小说中丁成龙每每对着淝河水陷入久久的深思,这本身就富有象征意义。著名学者吴义勤指出:"历史/时代与人的关系是文学作品惯常的母题,历史/时代的不可抗拒性以及人与历史/时代命运的同步性是大多数作品处理这一母题时的基本模式。对历史/时代主体性及其对人的命运支配性的强调常常使得某些文学作品给人一种'历史/时代'大于'个人'的感受,'历史/时代'成为文学的主角,而'人'反而成了配角。"[①] 这部小说成功避免落入这样的窠臼,小说的成功之处在于,小说在处理历史、时代与人的关系的时候,是以"人"为中

---

① 吴义勤:《大时代的"小生活"》,载《当代作家评论》2011年第3期,第118页。

心的叙述，而不是相反。小说以人物的命运为中心，写出了个体的命运与历史、时代的多重纠葛，可以明确地说，作家的创作抱负得以充分实现。

二、人性与情感的多维深度书写

如果按照刘小枫的叙事伦理学划分，现代叙事伦理可以划分为"人民伦理的大叙事"和"自由伦理的个体叙事"。二者的区别十分明显："在人民伦理的大叙事中，历史的沉重脚步夹带着个人的生命，叙事呢喃看起来围绕着个人命运，实际让民族、国家、历史比个人命运更为重要。自由伦理的个体叙事只是个人生命的叹息或想象，是某个人活过的生命印痕或经历的人生变故……"① 显然，《井中人》属于自由伦理的个体叙事。《井中人》不仅写出了个体命运与历史、时代的复杂关系，小说还用了大量的笔墨聚焦人物内心的孤独和情感的复杂纠葛，从而抵达人性应有的心理深度。小说的创作不是为了教化、动员和规范，而是对受伤的个体和灵魂进行抚慰，伸展的是个人的生命感觉和存在性感悟。

由个体的命运出发，小说写出了人的存在性孤独。个体的孤独甚至无处诉说，当丁成龙逃亡桐柏山的时候，内心的恐惧、绝望和孤独是空前的。当被检举逃离庐州百花井的时候，无法面对妻子胡满香和即将出世的孩子，他选择沉默地逃离，隐姓埋名一直到新疆边地，一路的颠沛流离也只能孤独地自我支撑。孟浩长的灵魂也是孤独的，母亲私奔，父亲皈依佛门，年幼的他心灵遭受重创，只能在高巧云姐姐般的呵护下孤寂地成长，这不可避免地影响了他日后的性格生成。高巧云的离去，更加剧了他内心的孤独，他的一生也没能逃离孤独。胡满香的内心也是孤

---

① 刘小枫：《沉重的肉身·引子》，华夏出版社，2007年版，第7页。

独的,当初丈夫逃亡时不辞而别,她多少年没有丈夫丁成龙的音信,后来带着孩子万里迢迢到新疆寻找丁成龙,内心经历了怎样的挣扎、孤独和现实的无助。多年的在外生活,丁成龙邂逅了生命中的其他女人,三门峡的旅馆老板娘竹花、新疆昌吉的维吾尔族姑娘玛伊娜、庐州文化局的女同事开远。胡满香在万般无奈之下还收养了丁成龙与玛伊娜的女儿丁昌吉并视为己出,对丁成龙其他的婚外女人也并非不知情,但她选择一生的沉默,等待着丁成龙主动开口。可以想见,胡满香需要多么坚强的内心和承受内心多么痛的孤独才能做到这一点,后来的胡满香陷入浑然忘我的境界,陷入对往事的无限追忆之中。尽管一生沉默,但浑身依然散发着人性的光辉,始终让丁成龙处于不安和愧疚之中;丁昌吉有丁昌吉的孤独,她一半的维吾尔族血统,让她在百花井的生活世界里充满了孤独,因此,她执意要回到新疆昌吉查询自己的身世真相。丁石子有丁石子的孤独;陈小健有陈小健的孤独;高巧云有高巧云的孤独;即便是写检举信的冯卫国,这么多年也是在内心的煎熬、愧疚和孤独中走过来的,临死前给丁成龙道歉请求丁的原谅之后,才终于释怀……《井中人》在目录前援引博尔赫斯的名言:"人既沉默,大理石也无须开口",小说不仅写出了人的内心孤独,也写出了人在历史、时代面前的沉默。这样的沉默、孤独不仅具有深度的心理内涵,同时也深具历史、时代、人性的深刻内涵。

小说不仅写出了人的内心孤独,还写出了人的复杂多重的情感纠葛。这里复杂多重的情感纠葛既有人性的基本诉求,也有历史、时代的深刻烙印。譬如丁成龙,当他逃离庐州百花井的时候,在河南三门峡工地,遇到了旅馆女老板竹花。命运的乖舛、内心的孤独无处缓解,短暂地在竹花那儿寻求释放。后来因为要填表政审,他才不得已逃离三门峡继续一路向西逃亡。在昌吉丁成龙遇到维吾尔族姑娘玛伊娜,尽管这个时候胡满香在身边,他还是与玛伊娜发生关系且生了一个女儿取名丁昌吉。平反回到庐州之后,他又遇到崇拜他的女同事开远,开远对他个人的历史及其命运非常崇拜和着迷。这样的婚外情,我们不能简单地进行所谓的道德苛责,而是要依据当时的时代情境、个人处境以及人性的需求历史地看待。小说没有简单地将人性删繁就简,而是在特定的时空中写出了情感的纠结与人性的幽昧。孟浩长亦是如此,他童年的伤痛记忆,高中时对女教师的暗恋,和高巧云的情感,最终和前妻朱平的离婚,由于情感的波折、纠葛,他退回到自己的内心,不再轻易将感情示人,对高巧云(孟小书)的深度眷恋与终身愧疚,让他之后终身不娶,算是救赎,也是对孟小书的深切祭奠。还有丁昌吉和买提明江、陈小健的情感纠葛以及丁昌吉对新疆、庐州百花井的情感倾向;高巧云对孟浩长、李天大的情感纠葛由此引发对东大圩、百花井的特殊情结。陈春与孟明月的情感波劫而最终导致陈春到紫蓬山出家为尼,还有陈兰对孟浩长的特殊依恋……小说中每一个人都有属己的情感波折和人性呢喃,尤其是写出了一代人的青春,一代人的悲欢离合,写出了他们幽微的情感肌理和心路历程。文本思想的深邃之处在于写出了历史、时代的变动不居与个体心灵内在的裂伤之间的相互缠绕,个体无论怎样卖力演出也拗不过时代、历史、命运的大逻辑。小说对人性的悖谬、情感的纠葛、信念的坚执等都有多维度的勘探,而这一切都源于人性原初的悸动,正如沈从文所言:"一部伟大的作品,总是表现人性最真切的欲望。"① 诚哉斯言!

三、庐州地域文化的多方位呈现

　　文化具有一定的地域性,生活在不同地域的群体,就拥有不同的地域文化。一般来说,地域文化,也就是一定地域内历史地形成并被人们所感知和认同的各种文化现象,"是在人类的聚落中产生和发展的,它

---

① 沈从文:《给志在写作者》,载《大公报·文艺》,1936年3月29日报。

以世代积淀的集体意识为内核，形成一种网络状的文化形态，风俗、民情、宗教、神话、方言，包括自然生态和种族沿革等等，组成一个相互关联的有机的系统。"① 在安徽文学史上，书写徽文化、淮文化、皖江文化的作品不在少数，用文学的方式表现地域文化，以地域文化的视角聚焦文学创作，仅就近代以来而言，皖江文化出现了桐城派文学，出现了张恨水的一系列文学创作；淮文化出现了王安忆、许辉、曹多勇、潘小平等一大批高质量的文学创作；徽文化也出现了季宇的《新安家族》《徽商》、赵焰的徽州文化系列等。但真正深度书写庐州（合肥）地域文化的作品却极为鲜见。然而据记载，庐州，合肥别称，是自西周置古庐子国。隋朝设置行政单位，至1912年废，治所为今安徽省合肥市。以庐州为代表的庐州文化，在人类历史上产生了极其深远的影响，孕育出庐剧等优秀戏曲。可见，庐州地域文化和安徽其他地域文化相比丝毫也不逊色，具有自身独特的魅力、悠久的历史以及重要的历史影响。庐州文化的悠久历史与深远影响需要文学的呼应，需要时代的应答。

洪放创作的《井中人》无疑是对安徽地域文化的文学书写的一个重要补充，它有效地完成了体现庐州地域文化内涵与特色的文学书写。这部长篇小说由中国作家协会编辑出版的《中国作家》刊发，可见其分量之重，是合肥市乃至安徽省长篇小说创作的一次重要突破。目前，小说入围安徽省长篇小说精品工程，同时进入合肥市重点宣传扶持项目，自然与小说多方位呈现庐州的地域文化有直接的关系。文学之有地域性，富有地域文化的思想艺术意蕴，是一个基本的事实。《文心雕龙》称北方的《诗经》"辞约而旨丰""事信而不诞"；而南方的《楚辞》则"瑰诡而惠巧""耀艳而深华"，明确提及地域文化与文学的关系。法国19世纪文学史家丹纳在《英国文学史》引言中，把地理环境

---

① 田中阳：《论区域文化对当代小说艺术个性形成的影响》，载《中国文学研究》1993年第3期，第67-72页。

与种族、时代并列，作为决定文学的三大因素，由此可见地域文化、环境对文学的影响是多么深远。

《井中人》在故事、命运的演绎中自然而然地嵌入庐州的文化地理、人文风情、历史掌故、人物传说以及庐州的历史沿革。作家具有清醒的文化意识和充分的文化自觉，从文学的角度多方位呈现庐州文化的深层底蕴和其来有自。"百花井"是小说的核心文化意象。小说对百花井以及吴王、百花公主的传说进行了详细的叙述。百米巷深的百花巷、磨痕累累的百花井、历史悠久的公主府第见证了庐州城的历史兴衰，以百花井为中心，东连金斗河，西接城隍庙，这一地区成为庐州城的核心区域。文本这一核心的文化意象让庐州文化呈现出应有的历史性和地域性特征。由这一核心意象出发，文本涉及人物生活的各种文化地理：泗河、赤阑桥、金斗河、巢湖、中庙、东大圩、临淮镇、稻香楼、城隍庙、紫蓬山、吴山镇……尤其是吴王以及吴山贡鹅的历史由来和紫蓬山佛道兼容的文化心胸在文本中更是得到了充分的呈现。

庐州地域文化的思想内涵与小说中人物性格特点之间有内在的关联，庐州居皖中，兼容南北，荟萃东西，因此，庐州文化更具有开放包容的胸襟和南北兼济的气度。小说中各色人物的性格或多或少都带有庐州人的文化基因。对庐州优秀的文化传统，他们坚守继承不放弃，面对时代的变迁，他们又不固执于一隅，选择开放的视野和襟怀。这一点在对百花井拆迁的态度上表现得尤为明显。丁成龙、孟浩长等老一代百花井人愿意付出牺牲和代价，保留庐州城古老的人文风物和历史遗迹，但面对时代的发展，他们又不拘泥，同意丁昌吉在保护既有文物的基础上进行开发。而年轻一代的百花井人如陈小健、丁昌吉，既有对优秀传统的景仰，又富有开拓和进取精神，这不就是庐州地域文化的深度内涵吗？东大圩的李光升也是一样，踏实、低调、务实，也是百花井人的生命态度写照。还有胡满香、高巧云、李天大等的牺牲、宽恕、隐忍等性格基因，甚至还有学成归国的李光雪，无不有着庐州的文化基因与精神品格。这样的庐州文化既尊重传统，又面向时代和未来，其文化场域和精神内核自然和淮文化、皖江文化、徽州文化有所区别。

四、出色的结构艺术与叙述语言

初拿到小说，一看目录，出现了类似这样的章节纲目："商场情场""情天恨海""孽缘孽果""终有月圆"……曾疑心这是一部通俗的言情小说。看完之后，我发现完全不是，而是一篇具有出色结构艺术和叙述语言的现实主义创作。

众所周知，长篇小说结构的重要性不言而喻。纲举则目张，结构就是长篇小说的框架和脊梁。《井中人》的结构，纵向上看，以丁成龙一生命运起伏为小说的主线索，从他出生时的1928年曲折一生伊始，写到当下的庐州现实生活场景，串接起庐州百花井人长达半个多世纪的历史与现实，着墨于井中人命运的现实图景与历史现场。横向上看，以丁成龙的百花井生活为中心，空间上延伸至鲁北、河南、新疆等地，进而引出孟浩长、陈健康、胡满香、陈小健、丁昌吉、丁石子、冯卫国、高巧云、李光升、李光雪等一大批百花井人的生命空间与命运轨迹，因此，小说的时空范围得以极大的拓展。这有点儿类似于老舍《骆驼祥子》的结构，以祥子的三起三落为小说结构线索，祥子的生存轨迹延伸至车行、大杂院、白房子以及拉车所接触到的三教九流、弄堂馆所，很大程度上从横向扩展了小说的空间范围，形成了纵横交织的网状结构。客观而论，《井中人》的时空范围比《骆驼祥子》的时空范围更大，牵涉的人物及其命运更多，形成的网状结构也更为复杂。不仅如此，小说结构艺术的出色还不仅仅停留在这一网状结构，而是每一个章节的故事情节都因叙述的需要和小说主人公命运、情绪、心理的需要，在现实、记忆、历史之间不断地回溯，形成了线性叙述不断被切割、延宕甚至局部倒置的叙述场景。如此一来，现实和历史彼此镜像，深度互文，历史照进现实，现实映射历史，心理图景、回忆图景、现实图景、历史图景融为一体，而这一切都归功于成功的叙述。恰如苏童所言："打开记忆之门，是为了让漂浮的记忆稳定下来，要成型，要凝结，而且还要扩张，或者辐射，最后依赖于理性的组合，而这类组合说到底是叙述，所以，小说里的河流与其说来自记忆，来自文化想象，不如说是来自叙述。"① 小说就是在丁成龙的回忆性叙述中，将现实、历史、时代、心理、情感等叙述元素理性地组合在一起，获得了文本应有的深度思想内涵。这样的结构艺术非常契合小说中人物的命运，是一种"有意味的形式"，大部分章节都有一种内在的审美张力，章节与章节之间既有审美的张力又有审美的呼应，现实是历史逻辑运行的结果，历史是现实多方合力形成的历史。当代哲学家米歇尔·福柯（Michel Foucault，1926—1984）说过，重要的不是话语讲述的时代，而是讲述话语的时代，《井中人》的回忆性讲述正是如此，历史和现实由此形成了当下性的统一。

洪放的叙述语言颇为出色。汪曾祺曾言："写小说就是写语言。"② 罗杰·福勒也曾说："小说的结构以及小说传达的一切都是靠小说家熟练地操作语言来实现的。"③ 语言建构历史，语言建构世界，语言也演绎人的命运。《井中人》的语言主要有这些特色。一是语言的平实，主要体现在故事的讲述、情节的推进和文本中人物的话语等方面。比如，写到丁成龙的出生："一九二八年农历戊辰年，龙年，这年也是民国十七年。闰二月的最后一天，他倒着头从母亲的肚子里出来。彼时，鲁北那个小山村里，还飘着雪花。他的第一声啼哭，吸引了雪天停留在枯树

---

① 苏童：选自《井中人》封底，三辰影库音像出版社，2018年6月版。
② 汪曾祺：《中国文学的语言问题》，载《汪曾祺全集（四）》，北京师范大学出版社，第218页。
③ ［英］罗杰·福勒：《语言学与小说》，重庆出版社，1991年版，第25页。

枝头的老鸹。老鸹一共叫了三声。"① 叙述话语平实、迂缓、细腻、传神，富有意味，体现了作家小说叙述语言方面的良好素养；二是语言的淡雅。如对百花井、百花巷的描写："青石井台，突出地面约一尺。井圈上可见数道磨痕，乃长年汲水所致。下井台三米，有青苔数株，长年阴凉，青碧可爱……巷深百米，两旁高墙，生有爬山虎，连绵苍郁。"②稍不注意，读者以为在读明清的小品文，语言精练，语句短小，非常富有表现力。三是语言富有哲思性。比如，文本叙述到丁成龙对个人历史的感慨："每个人有每个人的历史，那是个人史；而所有的个人史，都无一例外地被概括在民族史之中。探询一个人的历史，最终探询到的必然是这个民族的历史。而且，即使再怎么探询怎么深入，除了自己，没有人能真正进入他人的个人史。所有进入的，只不过是最接近历史的历史。"③ 这段叙述语言是丁成龙的个人历史观，也是作家洪放借助小说人物丁成龙表达出来的个人历史观，思想性、哲理性的话语透彻地阐释了个人历史与时代历史、民族历史之间的包含关系，以及个人历史或时代历史的难以进入和真正抵达，除非历史主体的亲身经历和现场体验。这就是为什么丁成龙一直没有阅读开远所写的《丁的个人史1959—1979》的原因。当然，文本的语言特色还不只这些，还有语言的书卷气息、语言的诗意化等。语言的上述特色非常融洽自然地形成了艺术表达的整体，真诚而质朴。

综上所述，洪放的长篇小说《井中人》，无论是表现现实生活的广度和社会历史的深度，无论是开掘人的心理、情感的多重纠葛，揭示人性的复杂悖谬，无论是凸显庐州地域文化的独有魅力和内涵，还是在叙事结构和叙述语言方面相当成熟的艺术表现，这部小说都取得了不俗的

---

① 洪放：《井中人》，三辰影库音像出版社，2018年版，第1页。
② 洪放：《井中人》，三辰影库音像出版社，2018年版，第17页。
③ 洪放：《井中人》，三辰影库音像出版社，2018年版，第204页。

成就，应该是洪放创作生涯中极为重要的标志性、代表性作品。诚然，如果以挑剔的目光进行审视，小说在揭示庐州地域文化与小说人物性格养成方面的深度关联似乎还不够充分，以人物命运的书写展现庐州地域文化独有内涵的叙事还可以进一步提升，个人的历史与时代的、民族的历史之间的辩证还可以更加深邃。期待洪放在今后的创作中不断突破和超越，有更多优秀的作品面世，在我看来，他具备这样的实力、才华、情怀和真诚的态度。

生存真相与人性隐秘的艺术追索

——评朱斌峰短篇小说《木头的耳朵》《红鱼记》

朱斌峰是当前文学皖军新势力的代表作家之一,他的小说从来不让人失望,倒不是因为他的作品频繁亮相于《钟山》《山花》《西湖》《天涯》《长江文艺》等重要期刊,也不是因为他的作品在鲁迅文学院开了高规格的研讨会,而是在于他的小说具有成熟独特的质地。最新的短篇小说《木头的耳朵》《红鱼记》,延续了他一贯对生存真相的探寻与人性隐秘的追索,既有现实的深度、浑厚的历史感,也具有人性、心理的多维勘察与精微呈现。

《木头的耳朵》里,卓凡、蓝兰和"我",是少年时期的玩伴,随着时代的嬗递,历史中个体的境遇与命运发生了重要的变化。因矿厂即将关闭,卓凡早早地离开矿山,去外面的世界寻求发达的生活,蓝兰则一心想离开封闭、逼仄、灰色、单调的矿上生活到充满想象与欲望的南方,"我"因为性格内敛、痴傻、憨愚而留在了矿区并开了书店,钟爱上了文字,始终喜欢以文字去打量周围的世界。成长的过程中,我们每个人都有了不同的命运方向和遭际,卓凡从疲惫的闯荡和浮浪的生活中最终退守到矿区,回到了大山的怀抱,蓝兰则可能依旧迷失在南方纸醉金迷的世界里不知所终,蓝大厨从老年痴呆或精神分裂中走出,开始回归大厨的角色掌厨半岛山庄,而我依旧沉迷在现实之外去访问梦境。时代的变迁在我们成长的途中投射了丰富的历史内涵,文本巧妙地将时光的流逝,生存环境的更迭不经意地镶嵌在几个时间节点构成的历史框架内:《咱们工人有力量》大致指的是 20 世纪六七十年代,《上海滩》的热播应该是 80 年代,《相约九八》是 90 年代末期,《二〇〇二年的第一场雪》已经是新世纪了。仅仅一万字左右的短篇小说,囊括了近半个世纪平凡、普通的我们的生活状貌及其发展变化。不仅如此,小说对人物的心理、精神世界也进行了深入的勘探和追寻,揭示了人性在时代变迁过程中的裂变。"我"是时代的落伍者,"我"的人性的坚守源于"我"的愚钝,卓凡和蓝兰在时代的裂变过程中,人性也随之发生了裂变,在欲望的追逐中愈走愈远,蓝大厨的神经紊乱源于孤独和对女儿的极度思念,每个人的生活真相里都有着丰富的人性、心理内涵,可以说,矿区人的成长史,既是他们的生活史、境遇史,也是他们的心灵史。

《红鱼记》也展开了生存真相的层层揭示,在生存真相的打捞回忆过程中,人的内心世界的深度挖掘赋予文本应有的心理深度。老余头是小说中的中心人物,他是江心洲出名的渔老鸹,靠打鱼为生,到了老年他每日坐在江边痴呆地注视着江水,洲人误以为他想捕捉江里的红鱼。因为在当地的传说中,谁喝了红鱼煮的汤就能远离江心洲的辛苦、贫穷、腥臭,到城里过上美好的生活。据传老余头的儿子黄毛就是因为喝下红鱼的汤而到城里当上了矿工,由渔民身份一跃成为国家工人,可谓鲤鱼跳龙门。而实际的生存真相是:他的儿子黄毛从小迷糊,分不清水深水浅,不会划船捕鱼。老余头害怕洲人笑话,让黄毛喝下染有朱砂的鲤鱼让他坚定离开江心洲的决心。后来黄毛果真顶了二爷的职当上了矿工,但因矿厂的倒闭,黄毛失业,万般无奈之下到建筑工地觅活,结果摔死了。文本以"红鱼"为线索,牵涉匋余、红船,意在揭示以老余头、花木匠为代表的老一代江心洲人的生活真相,以及以黄毛为代表的父亲一代人的生存遭遇,还有以华子为代表的年轻一代新的生活。时代的变迁导致江心洲人命运的变化,从户籍无法脱离江心洲的祖辈时期,到向往城里生活,各种努力逃离江心洲的父辈时期,再到当下离开江心

82

洲仅仅是一张车票的事的孙子辈时期,历史就是无形的巨手,在岁月的因袭中逐渐改变了江心洲及其洲人的命运轨迹。历史的沧桑巨变无法掩盖个体的生存伤痛,小说具体而真实地描摹了一家三代人的生存,不仅具有真实可感的现实性,也具有穿越时代的历史感。朱斌峰在以往的创作谈中曾说:"个人史不是大历史,而是日常的、喜怒哀乐的小历史。它是独特的人性经验,是历史记录对象的多元化,是借普通人的命运窥探历史的秘密。"《红鱼记》不仅揭示了江心洲三代人的生存真相,还深入到人物内心深处去体察他们人性的隐秘和特定时代在他们灵魂的投影。老余头长年累月坐在江边,他心里在想着什么,他是在等待红鱼,还是在等待訇余,还是在等待红船?他当初给黄毛喝朱砂炖的鱼汤,黄毛到城里矿上,后来殒命于城里,他坐在江边是一直在忏悔吗?最终,他也追随着红船而去,是不是完成灵魂的自我救赎?老余头究竟有着怎样的内心隐秘?小说借红鲤之口道出了真实的看法:"可我知道老余头没有迷糊,他的心里应该藏着洲人琢磨不透的秘密。"[①] 黄毛也是一样,抱着所谓国家工人身份的架子,不愿意回到江心洲,他的心里固执地认为再次回到故乡是件令人蒙羞的事情。他也不愿意放下身段,从事别的营生,每每被妻子怨怼,万般无奈之下去了工地,结果出了意外。黄毛从小就迷怔、梦游、无端地和天地自然动物的对话傻笑,稍微长大一点迷恋上了下棋,只有在下棋的时候精神和身体才能短暂地安宁。他的心理症状不仅有先天遗传的问题,也有时代的因素在内心的投影。所谓城里人、国家工人的身份认同不正是特定年代城乡差别导致的身份差异吗?黄毛的命运和心理症候无疑打上了深刻的时代烙印。当然还有华子这样的年轻一代,他们没有把江心洲当作故乡,他们在城里打工,做快递小哥,他们的心灵处于一种流浪的状态,还不知道最终的归处在何方?华子的生存状态和心灵状态不正是当前乡下人进城的真实境遇吗?

[①] 朱斌峰:《红鱼记》,载《当代人》,2019年第6期。

他们是都市里流浪的鱼,城市无根,而乡村已然无法回归——小说以个体的生存史和心灵史抵达时代的内在伤痛与历史的隐秘。

朱斌峰的小说一贯是成熟、地道和独特的,有着不俗的艺术表现力,《木头的耳朵》《红鱼记》也绝非平庸之作。首先,这两部小说有着独特的叙述视角以及由视角带来的叙述口吻。《木头的耳朵》的叙述视角是第一人称"我","我"在小说中既是叙述者,也是小说中的人物,其独特性倒不在于第一人称,而在于小说中的"我"似乎始终长不大,不仅是身高,而且是思想,有着对时代变化的迟钝、木讷,但又不同于当代文学中习以为常的"疯傻"视角。正是这样的视角带来了小说别样的叙述口吻,而这种口吻有着对蓝兰的疼惜、对蓝大厨的不舍,有着对卓凡的微愠,有着对时代的浮华、欲望化的生存以及价值观混乱的嘲讽,正是"我"的性格与时代、世俗格格不入,才映照出世道人心的衰颓。《红鱼记》则以"红鲤"的第一人称视角和"华子"的第一人称视角展开交叉叙述,构成彼此的镜像与互文,显示出作家的匠心独运。有意味的是,红鱼拟人化,不是"智障者"的视角,恰恰相反,红鲤似乎是看穿、见证世事真相的睿智老人,而形成对照的华子视角则显得稚嫩、不够成熟。这种对照视角的使用,别具色彩。其次,小说的语言富有联想和诗意哲理色彩。比如,《木头的耳朵》中的:"我想把那些蝌蚪般的文字捉起来写出诗,说出事物的秘密。我写井下黑煤燃烧的寂静,矿灯帽光芒闪亮的仰望、井架戳破天空的疼痛。"[①]这样的语言具有作家特有的感受与体悟,小说是语言的艺术,朱斌峰深谙此道。

作家既往的短篇小说追求先锋精神和现代性意识,在复杂隐喻、象征的世界里追索世事的真相或人性的复杂幽微,具有较为鲜明的先锋品格,应该说斌峰的创作在此路径上已经形成自己的风格。成熟的作家形

---

① 朱斌峰:《木头的耳朵》,载《当代人》,2019年第6期。

成自己的风格和艺术个性，这本是文学创作孜孜以求的目标，多少作家苦于没有属己的艺术品格，但风格形成之后，如何不被自己的风格所束缚，如何突破"风格的陷阱"，是作家创作取得突破无法规避的艺术难题。《木头的耳朵》《红鱼记》似乎没有沿袭先锋性书写，没有采用荒诞、悖谬、迷宫、分裂的叙事外衣，而是回到了具体的历史和现实，在历史与现实的真实情境中继续追索生存、人性和时代的真相与隐秘。

苏北散文创作论

江苏的里下河地区与安徽的天长仅高邮湖之隔。作家苏北（陈立新）的老家在天长，而他的精神故乡却在苏北，在高邮，在里下河。1988年10月14日，陈立新在行走笔记中写道："苏北里下河地区是个美丽的地方……我将记住这次旅行，从此，我的笔名便叫了苏北。"让苏北着迷的不仅仅是里下河地区的田野、湖泊、人文地理、热情的乡民，让当时年轻的作家痴迷的更是高邮的汪曾祺。由此，里下河文学脉络里就有了苏北。苏北的文学成就主要在散文，其次是小说，今天这里讨论的是苏北的散文创作。

一、其来有自的精神谱系

一个人的创作和自身的成长环境、生活经历、性格性情、志趣爱好、知识学养、创作观念等息息相关。对于一个作家而言，一个人精神谱系的构建，不是一次性完成的，而是在生活和创作实践中逐渐形成，最终形成自己的精神脉络与思想理路。苏北的精神谱系深刻影响着他几十年的创作，或者说苏北的散文创作就是其自身精神谱系的"话语织物"。

从1986年开始进行文学创作，迄今为止，苏北发表的散文文字有150多万字，尽管不算是高产，但也是收获丰盛，形成了自己的创作特色与气象。纵观苏北散文创作的发展历程，我觉得其创作的精神根柢在于真实、诚恳、立足于生活的本原。这自然和他的性格志趣有关，在不同的场合诸如闲谈、研讨会发言、酒桌上的随性聊天，苏北对当下世界、社会、生活和文学都有着自己的见解，鞭辟入里，臧否现象与人物，有时还有着一定程度的"偏激"，比如对评论家晦涩文风的憎恶。而这些正是其思想性格真实、诚恳的表征，不虚饰、不矫揉、不伪善，这为其后来的散文创作体现"修辞立其诚"奠定了坚实的精神底座。

循此前行，他在精神上找到了依归——汪曾祺的文字、生活态度和审美情趣以及其他。苏北在精神上邂逅汪曾祺而非其他作家，除了地缘上的相近相亲之外，更多的是心灵上的契合。正是汪曾祺的"一切"全面贴合了作家的审美理想，从日常生活到文学创作。"天下第一汪迷"绝非浪得虚名，苏北对汪曾祺的痴迷是"无可救药"的、全身心的、五体投地的。汪曾祺对苏北创作的影响也是全面的、深刻的、无所不在、无时不在的。但据此判断苏北迷失在对汪曾祺的痴迷中，那又是武断的、失当的。前些年上海几所大学的评论家为苏北的散文集《像鱼一样游弋的文字》开了一个研讨会，会上杨剑龙、杨杨、王宏图等都不约而同地指出苏北的散文借由"汪曾祺这个通道"承接了中国传统散文的精气神。我认可他们的观点，确实，苏北的真实、诚恳、立足生活本原，借由汪曾祺打通了自己的心灵、思想与情感通道，并由此建构了属己的个人精神谱系。苏北说："有人说，一个好的作家，其实是一个通道。我很同意这种说法。一个好的作家，他不是一个点，而是一个面。"[①] 写作伊始的时候，或许苏北对汪曾祺的崇敬迷恋只是纯感性层面的心性契合，他还没有明晰的审美意识自觉，随后鲁院的经历和他个人创作研讨会的召开，苏北的写作理念和审美意识愈发自觉，自觉地找寻、接续中国传统散文的思想理路。远的如先秦、魏晋、唐宋姑且不

---

① 苏北：《忆·读汪曾祺》，安徽文艺出版社，2015年版，第221页。

论，起码承接了明清时期张岱、归有光、三袁等散文的性灵和中国气派。同时，他还有意识地继承了五四新文学之后周作人、废名、沈从文的创作理念和审美风格，尤其是受到汪曾祺的影响最大。继承不是简单的复制或移植，苏北在继承的基础上，并没有太多"影响的焦虑"，虽没有达到超越性的突破，但也有了自己的风格与特色。

　　苏北散文的精神谱系不仅仅来源于性格志趣，来源于师承的"温暖包围"与传统的氤氲，同时也来源于山川风物、原野村落、江河湖海的自然以及人声喧嚣的世俗社会。杨杨认为："苏北的文章能够跟自然山水接通气脉，我觉得从文学创作来说，有一种新的气象。但各人才能有大小，苏北的文章不一定有汪曾祺写得那么老到，但是他这样的一路，跟大地结合，跟自然结合。"[①] 不仅仅是自然的山水，苏北散文还从社会底层、市井人声、日常琐屑中发现"存在"的隐秘与真相。苏北散文的题材是非常广泛的，他在现代性的历史进程中发现、咀嚼和打捞那些"残存的诗意"，洞悉历史洪钟大吕所忽略的人、事、物存在的美与价值。因此，可以说自然本原和生活本原也是其精神谱系的依托所在。

二、读汪忆汪的心灵情结

　　"情结"（complex）一语是一个常用的心理学术语，指的是一群重要的无意识组合，或是一种藏在一个人神秘的心理状态中，强烈而无意识的冲动。不论是弗洛伊德体系还是荣格体系都十分看重情结。苏北对汪曾祺的痴迷只能用情结来进行阐释，他在1984或1985年的时候就开始接触汪曾祺，痴迷汪的文字是从汪的《晚饭花集》开始的，并且手抄了四大笔记本。1988年，在苏北26岁的时候，他因夜读《晚饭花

---

① 《苏北作品五人谈》，载《东方早报》2007年1月23日报。

集》，书中淳朴的风土人情令其难以释怀，遂翌日凌晨，怀揣50元钱，只身开始了一个人的第一次行走，因为一个人，汪曾祺；因为一本书，《晚饭花集》。由此可见苏北对汪氏文字的钟情、痴迷与彻底的沦陷。这不是情结是什么？一种神秘难以解释的心理状态，一种强烈无法阐明的无意识冲动。苏北和汪曾祺见面的契机是在鲁迅文学院，后来苏北在北京工作，有了更多接触汪曾祺的机会。从此，苏北一生在精神上都没有离开过汪老，直到汪老谢世这么多年，他仍然痴迷于收集、整理、发掘汪曾祺的文字、绘画，依然在精神上依恋追随。

个人以为，在苏北所有的散文创作中，他对汪曾祺的回忆、研读最有价值，也最为精彩。他在《读书》《文汇读书周报》《文汇报》《光明日报》、香港《大公报》、台湾的《联合报》上发表了一系列回忆性散文，后来收在回忆性著述《一汪情深：回忆汪曾祺先生》《忆·读汪曾祺》《汪曾祺闲话》中，产生了较为广泛的影响，在当代回忆汪曾祺的散文中具有独特的贡献，也是当代回忆性散文的名篇佳作。一方面，这些散文对汪曾祺的回忆和研读非常系统，忆汪十记全面回忆了汪曾祺生活、创作、性情、日常等多方面的性格、经历与形象，多维度地再现了汪曾祺的一生。在苏北回忆性的文字里，汪老爷子是如此鲜活、饱满、立体。另一方面则是为读者还原了一个真实、可亲、和蔼的汪曾祺形象。一般而言，汪曾祺在读者心目中是高高的存在，是泰斗级的文学大师，是被神话了的权威。而在苏北的回忆里，汪曾祺是多么接地气，既有人生的审美化追求，又有世俗意义上的人间烟火气息，而汪曾祺形象的立体化完全凭借着苏北和汪老交往的细节加以叙述。汪曾祺的眼神、汪老的幽默、老爷子的"有蛋"、老爷子的"外遇"、老爷子的生气、汪老的自负与自信……无不活色生香地呈现在我们面前。

不仅对汪曾祺的回忆是独一无二的，苏北对汪曾祺的研读也极具个性化色彩。读汪十记非常细致地书写了苏北阅读汪曾祺的独特感悟与深度发现。苏北研读对象不仅有名满天下的《受戒》《大淖记事》，还有汪曾祺年轻时期没有被普通读者关注的那些作品，也包括一些散逸的后来被重新发掘的作品。苏北的阅读不仅充分阐释了汪老作品的审美风貌、艺术品格、至臻境界，同时也深入揭示了汪曾祺文学创作风格的其来有自。苏北分析指出，在西南联大时期，汪曾祺的风格就初见端倪，且汪曾祺的创作不仅限于中国气派，年轻时还非常时尚，经常使用意识流等现代手法，将散文的诗化，小说的散文化运用得炉火纯青。同时他也分析了汪曾祺散文风格中的周作人基因、废名因素、沈从文影响甚至是孙犁的影子。苏北的阅读具有"阐释者的魅力"，极富苏北个人化的色彩，有时甚至在分析文本中带有强烈的情感爱憎，充分显示出苏北性情为文的特点。汪曾祺的文字对苏北的影响是巨大的，苏北曾言："他的那些文字，改变了我的生命——我整日痴迷地浸淫在其中——它们改变了我的性格，改变了我对生活的态度。"[①]"不疯魔，不成活"，苏北对汪曾祺的疯魔，对汪曾祺的特有情结注定是中国当代散文界的一段佳话。

三、日常生活的诗学建构

当然，苏北的散文题材绝不仅仅限于对汪曾祺的回忆与研读。他的散文视野是非常开阔的。不能因为他是"天下第一汪迷"，他对汪曾祺的忆读散文很有反响而遮蔽了苏北其他方面的散文成就。苏北其他方面的散文多聚焦于自然山川风物，爱情、友情、亲情的呢喃，普通民众的生活以及对城市生活各种况味的勘察与体悟，其核心则是对日常生活的诗学建构。"日常生活"是一个和宏大叙事相对而言的审美范式，在宏大叙事和革命叙事高扬的年代，"日常生活"叙事被驱逐出文学的园地，后来的回归才具有审美反叛的意义。幸运的是，苏北生活的年代是

[①] 苏北：《忆·读汪曾祺》，安徽文艺出版社，2015年版，第222页。

"日常生活"合法化得以确立和正名的时代,他不仅在小说方面建构日常生活的叙事诗学,在散文创作方面也是在日常、平凡、世俗、琐屑中觅得生活的"真意"、美与善。于此,苏北有充分的文本自觉,他以日常生活为核心进行文本建构,在形而下的柴米油盐般的俗世生存中寻求形而上的诗意,对琐碎的、习焉不察的生活细节、时间、空间进行意义阐释与审美表达,从而建构起"质朴为衣,日常为本"的日常生活诗学风貌。

首先,苏北散文建构的是那些作家、诗人、学者的日常生活图景与世俗生存的诗意。除了汪曾祺之外,苏北还对一系列文化名人的日常进行了诗意的描摹。《沪上访黄裳记》真实呈现了苏北和黄裳交往的林林总总,写出了黄裳性格鲜为人知的丰富层面,也写出了黄裳日常生活的状貌;《和丁聪先生的一面之缘》写出了漫画家丁聪的命运与生活;《听沈从文说话》《福山路3号》则对沈从文的生活细节有精彩的刻画;《邓友梅侧记》为读者奉献了邓友梅的日常生活状貌;《有关季先生的趣事》还原了季羡林世俗日常的一面;《无比的苍凉与寂寞》是对林斤澜先生的深切哀悼,也展现了林先生的亲切与和蔼……还有周作人、废名、孙犁、木心、史铁生、迟子建、范用、李娟等等。这些散文的着眼点都是这些文化名人的日常性、世俗性和烟火气,在苏北的笔下,他们的形象才如此鲜活、真实、可亲。

其次,苏北的散文关注市井民间生存的小人物及其命运悲欢以及各种人伦情感。《家常时光》以自身的切身感受写人的感情总要被一些东西牵挂着的体验;《梦想一个诗意的春节》写出了春节回归庄台的所获和无奈;《樱桃肉、烩鱼羹及其他》回忆了母亲生活中的种种温情细节;《刮鱼鳞的小姑娘》显示了作家柔情似水的人道情怀与对底层民间生存的悲悯;《天堂里没有垃圾》写捡垃圾的老妇人手虽是粗糙的,可她的心是柔软的、清澈的,她的遽然离世让作家内心无比沉痛:天堂里再也没有垃圾。这一类的篇什还有很多,如《母亲进城》《父亲》《九十四岁的外公》《离巢》《挑担棉衣上北京》等等。聚焦于市井民间,聚焦于普通百姓的生存艰辛与悲欢,聚焦于日常伦理温情,视点下移是这一类散文的主要立足点,同时也表明了作家苏北的人文立场与价值倾向。苏北在日常民间的生存群体中找寻生命的温暖、情意与存在的意义。

再次,苏北还将自然景物以及日常生活审美化。苏北流连于山川风物、自然景观、人文地理。《有个公园,叫花溪》《阳朔:从历村到燕村》《雨·雪·雾》《云海·温泉》《我家的金银花》《我和山的一些关系》等一系列篇什将自然景物审美化,苏北像谢灵运、陶渊明一样纵情山水,情寄田园,在山水田园中释放自由的心性。苏北还将文笔聚焦于日常化的生存,比如饮食、读书和书画。例如《云片糕》《安徽茶》《一张徽菜单》《高邮大肉圆》《我的签名本》等。当然不单单是就生活而谈生活,就艺术而论艺术,而是将饮食、阅读、绘画等生活内容充分生命化、体验化,将日常生活充分审美化。这里面更多是对生命趣味的服膺,注重生命的现实体验,将日常生活的审美精神融入生命态度和存在方式。因为无论是历史还是现在,这种审美的生存态度都是中国实用主义哲学和实用理性所匮乏的。

四、深具魅力的艺术个性

苏北的散文尽管受到汪曾祺影响至深,同时也有废名、沈从文、孙犁的影子,但他仍然深具魅力与艺术个性,有着迥异于同时代诸多散文家的辨识度,有着自己的独特风采。

一是平淡中富有趣味与灵性。苏北如汪曾祺一样写人性、写人情、写平淡的生活,写生命中琐碎的日常。这些平淡的生活也是以平淡的调子、亲切的口吻自然地流淌出来的,不矫揉,不造作,完全凭借着作家对生命的理解与感悟写作。这里的平淡绝非寡淡无味,而是在平淡的外衣下蕴藏着丰富的人生趣味和艺术的灵性。这里"趣"的内涵是多方面的，包括雅趣、谐趣、兴趣、情趣、乐趣等等，苏北善于在生活细节中找寻、发掘生命存在中的趣味。趣味人生，是一种审美人生。席勒曾指出，只有当人是完整意义上的人时，他才游戏；而只有当人在游戏时，他才是完整的人。当然，苏北并非仅仅是游戏，苏北追求的趣味人生是跳出世俗的功名利禄，以一种审美非功利的态度享受人生，是一种较高的人生境界。他的诸多散文就体现了从琐碎中去寻觅趣味。有些篇幅直接以"趣"命名，如《有关季先生的趣事》《书店记趣》等。"生活，是很好玩的"是汪曾祺的一句名言，代表了他的人生态度，我想苏北也是一样，崇尚"生活家"，陶醉于浓郁而有趣的世俗生活并乐此不疲。同时，苏北的散文又是充满灵性的。这里的灵性主要是指苏北经由汪曾祺接续了明清时期公安派、竟陵派文学性灵的传统，后又受五四以来的周作人、废名、沈从文的影响，表现出对生活的独有审美感悟，行文不滞涩、不故作高深，不刻意追求思想的深邃或微言大义，而是在散文中充满直观的感受、体验与心灵悸动，表达自由的心性。在我看来，苏北的散文是用心灵在感悟世界与人生，而不是用哲学、理性去分析。

一是真性情中体现了主体性。由人论文，苏北将自己的真性情融入他的散文随笔创作中。他的文字充分展现了他的性情、爱好，尤其是闪耀着个性的光芒。王国维讲境界，最高的境界是"无我之境"，这没几个人能达到，苏北目前也没能达到，他的散文目前就是在"有我之境"这个层次，而且这个"我"的主体性非常强大。他的那些回忆性著述以汪曾祺为主兼及沈从文、黄裳、孙犁、林斤澜、邓友梅等。这些人都是苏北的前辈，苏北当然采用的是"我注六经"的情感性研究，在散文领域和学界都有良好的反响。尽管是"我注六经"，但"我"对这些前辈的理解与阐释，都带着苏北个人的精神印记，其主体性仍不容小觑。而他回忆青春的美好，回忆爱情的初绽，写少女、女性之美的散文,尽管有一些美化的成分,但仍然带有作家本人极具个性化的理解甚或想象,也充分彰显了作家创作的主体性。如《那年秋夜》《长山》《水吼》《美丽》《农林口》《被女孩咬过的苹果》《用花瓣拼一个名字》等等。某种意义上这一类散文是一种"六经注我",以这些散文题材演绎、凸显创作主体的情感、理念以及对生命的理解。

  一是语言的自然晓畅与质朴。一切文学都是语言的艺术。"语言是存在的寓所",海德格尔的话语则更为深邃,直抵语言的本质:"人活在自己的语言中,语言是存在的家园,人在说话,话在说人。"① 因此,语言不仅仅是工具论意义上的,更是存在论意义上的:语言建构历史,语言建构世界,语言也演绎人的命运。苏北如汪曾祺一样,特别注重语言的自然、晓畅与质朴,注重自我语言风格的锻造。应该说,在语言方面,苏北的表现是十分优秀的。有一次我和著名评论家安徽大学博导王达敏谈到苏北的散文语言时,王教授直言,苏北的语言他是模仿不来的,当时的王教授正在写一系列学术随笔,可见他对苏北散文随笔语言的推崇。"不张扬,不堆砌,表象自然而内里斐然,能让你畅快进入而又流连忘返……叙述平实,文字简洁,但平实中辄见细致,简洁中又有韵致,这与他宁泊淡定的人生美学相互映衬,又相得益彰"② ——这是白烨眼中的苏北散文。苏北的文字朴素,重白描,少渲染,虽没有汪曾祺般老到,笔力遒劲,但也早已自成气候。他的散文写人记事不疾不徐,娓娓道来,明白晓畅,颇有浑然天成的艺术品格。

  综上所述,苏北以极富个人化的散文而颇具影响,以"天下第一汪迷"为读者知晓,总体而言,他的前期散文回忆青春、少年、爱情的系列还显得比较青涩,他写日常生活中小人物的生存悲欢则达到了一定的境界,而他写亲情、友情等人伦情感的文字则充满深情,他的寄情

---

 ① [德]海德格尔:《路标》,孙周兴译,商务印书馆,2000年版,第366页。
 ② 《苏北作品五人谈》,载《东方早报》2007年1月23日报。

山水，徜徉自然的散文则有别样的韵味。而写得最好的则是回忆、研读汪曾祺及其他文学名流的散文，在中国当代回忆性散文领域当有自己的一席之地。散文作家凸凹说，"苏北文字心存善意，悲天悯人，温暖和煦，冲淡平和。"诗人蒋林认为，"苏北的文字，给人的印象，里面藏着一个古灵精怪。"① 这应当是中肯之论。另外，他的散文平静中隐藏着激情，不事张扬又个性十足，始终保持低姿态的飞翔。苏北的散文创作还在路上，一直在路上，在里下河文学脉络里，苏北的散文当然是其丰富内涵的生动体现，是里下河文学的又一"文狐"。

---

① 《苏北作品五人谈》，载《东方早报》2007年1月23日报。

历史品格与文学性情的深度交融

——评季宇长篇历史纪实文学《淮军四十年》

季宇是纪实文学名家,《段祺瑞传》《共和,1911》《燃烧的铁血旗》,一路走来,成绩斐然。作家聚焦晚清的动荡历史、辛亥的风云跌宕、民国的浮沉沧桑这段特殊的历史段落,充分揭示了中国近现代历程的历史复杂性、艰巨性和悖论性。刚刚出版的《淮军四十年》(2015年1月,人民文学出版社),又是作家厚积薄发的一部长篇纪实文学力作。

一、文学性深度融入历史纪实

历史纪实文学不是纯然的历史著作,不是只有冷冰冰的历史数字或历史事件的进程,而是一方面保持了纪实的历史品格,另一方面又具有文学的独特魅力。具体而言,《淮军四十年》这几个方面令人印象极为深刻。其一是历史场面的情境化。比如,开篇的引子就以一场大雪引出了将要讲述的历史事件、历史人物、世相百态及人心种种。季宇老到的文字仿佛复原了历史的固有现场,让人身临其境。这种历史纪实的方法很快就将读者带入到历史的特定情境之中而欲罢不能。不仅是引子,这部50万字的厚重著作,很多地方都将历史现场化、情景化了。这样就能够给作家提供充分的文学可能性空间,从而作家可以闪转腾挪,尽情挥洒自己的才情。其二是历史进程的情节化。晚清以来的历史进程本来就纵横捭阖，充满戏剧性和历史的偶然性。作家在此基础上进一步将历史进程条理化，把淮军四十年的起承转合、命运遭际充分凸显出来，同时作家将关乎淮军命运与发展的一些关键性的节点、事件、人物进行浓墨重彩的渲染，这样淮军的历史发展进程就被深度情节化了，这样既不违背纪实性的历史要求，又使文本酣畅淋漓的叙事性得到尽情发挥，可谓相得益彰。历史事件的前因后果、历史过程的跌宕起伏、人物命运的阴差阳错、世道人心的变迁推移都在历史情节化的叙事中得到了全面深刻的展示。其三是以历史人物带动历史事件，串结历史进程。文本取得成功很大程度上得益于人物被塑造得真实丰满、形象生动。书中的曾国藩、李鸿章、刘铭传、李秀成等许多历史人物，既写出了他们的雄才大略，纵横驰骋，也写出了他们的真实性情、个体欲望与历史局限。这些人物都曾经在历史上叱咤风云，不能说他们是历史的创造者，但他们对历史进程施加的影响足以撼天动地。文本着重讲述了历史人物的命运故事，他们的故事让读者了解了历史的真实进程和错综复杂的历史面貌。正是季宇深厚的文学修养进入到历史的讲述之中，才能如此妙笔生花，使得文本的文学性与历史的纪实品格如此水乳交融，浑然一体。

二、多维度地逼近历史的本然

既然是纪实文学，当然纪实就是文学叙述的前提和基础，否则就是历史的想象或虚构。那么，《淮军四十年》是怎样逼近历史的本然的呢？一方面，文本在讲述历史的过程中，作家首先做了大量的历史功课，在海量的历史材料面前，作家的贡献就是不仅要去伪存真，找寻到佐证历史的真实材料，同时还要从这些材料中寻找到历史的逻辑线索。唯有如此，才能构建起合乎历史逻辑的框架，才能将历史素材还原为真实的历史场景。所以文本援引了大量有关晚清、太平天国、捻军、义和团等的历史人物、历史事件的第一手资料。另一方面，偏听则暗，兼听则明。每一种历史叙述都有其一定的叙述立场和价值判断，这里不仅有官方的历史资料，也有散落民间的历史遗迹，也有一些地方百姓的口耳相传。作家的高明之处就在于把对同一事件的不同回忆、见解、史料等拿到文本中进行共时性"晾晒"，这样，作家将各种资料的说法、观点进行分析对照，多角度、多方位地对事件、人物、进程进行聚焦，力图在"视界融合"的多重观照下找寻历史真相，找出最合乎逻辑的史料和线索。作家自己还多次到历史曾经发生的场所身临其境，感同身受，实地探访，力图将自己的历史认知和自身的感受统一起来。再一方面，作家善于构建历史的大逻辑。历史虽然杂乱，各种事件、人物纷繁复杂，没有历史大识见的人往往会迷失在历史的重重迷津中。但作家却在文本中构建了晚清四十年淮军发展变化的大逻辑。作家将涉及的所有历史人物、事件、活动纳入历史大逻辑之中，这样，淮军发展的整体线索就非常清晰了。尽管历史逻辑不属于历史的表层真实，但它属于历史的本质真实，更能说明历史的大趋势、大走向和历史规律。作家还时不时地对历史大事件进行假设，如李秀成保卫天京，比如李秀成若当年不顾及洋人而直接攻打上海，历史将会呈现出怎样的面目，历史是否将会改写？他把这样的假设留给读者去想象，赋予了读者更多的历史沧桑感和唏嘘不已的历史情愫。如此，文本就不仅无限地逼近了历史的本然，更抵达了历史的本质真实。

三、创作主体对客体深度介入

如果仅仅停留在历史真实的表层实录，无法获取历史纪实的思想史意义和历史叙述的启示性价值，那么这样的纪实就是历史事实的罗列，历史材料的堆砌。《淮军四十年》的厚重、大气，不仅来自文本真实地讲述了淮军自1862年创立后近40年风雨浮沉的命运，在"千年未有之变局"中，淮军所承担的历史角色、应有的历史定位，更主要体现在创作主体对创作客体的深度介入。可以说是作家的历史洞见、历史认知、思想情怀以及历史精神照亮了历史晦暗的存在，才让淮军四十年命运的历史意义得以凸显。首先，作家的题材选择别具历史意义。因为淮军虽然在安徽有专门的研究人员和研究会，但毕竟只是限于学术圈内部，如何让更多的读者了解淮军发展的历史及其历史价值，那么纪实文学可以说是最佳的选择，因此季宇的题材选择具有重要的历史认知价值，充分体现了创作的主体性，而且在此之前，还没有讲述淮军发展历程的如此厚重的纪实文学著作。其次，作家在淮军历史叙述的过程中加入了自己的评判和分析。文本中多处出现类似"我觉得""我认为"等主观评判的叙述段落。这些评判不是作家想当然，而是创作主体在掌握大量历史事实的前提下做出的理性分析和判断。而这些分析评判正是作家历史洞见的深度体现，同时彰显了作家的历史情怀、人文思想，是基于史实之上的史识，也充分展现了作家书写历史"不隐恶、不虚美"的责任担当。再次，作家对历史人物的心理动机、情感意绪、权谋韬略也进行了合理的"臆测"，对历史的一些环节进行了一些必要的"想象"，对历史的迷津进行了一些大胆的"假设"。这些臆测、想象、假设表面看来似乎和纪实文学的纪实品格相互抵牾，但是正是这些臆测、想象或假设让历史富有更大的弹性和张力，更具历史鲜活的感性，也让读者具有更广阔的历史审美空间。

可以说，《淮军四十年》的出版是2015年纪实文学的重要收获，再一次展现了纪实文学名家的历史洞见、思想功力、人文情怀和艺术品格。然而这是纪实文学，体裁的限制与历史的"非虚构"性决定了文本还有提升的空间，也决定了作家的才华还没有得到淋漓尽致的发挥，文本中人物众多，人物之间关系的交代和叙述，彼此还有一定的交叉，但这些都是细节问题，瑕不掩瑜。期待季宇有更新的力作问世。

匍匐在地的诗篇

——读纪开芹诗集《修得一颗柔软之心》

安徽有很多优秀的诗人，纪开芹就是其中非常低调朴实的一位。《修得一颗柔软之心》是诗人优秀诗作的结集，也是第33届青春诗会的代表性作品。诗集共分为六辑：我的村庄、名词组成的人间、时间之下、低微如尘、人间琐碎、折叠一朵柔情。"修辞立其诚"，诗歌重想象，重语词，更重要的是要基于内心的真诚，其真诚来自其匍匐在地的诗心，来自对故乡、土地和生活的真挚感情，来自这种感情的语词表达。纪开芹的诗歌创作不一定有自己完整的体系，但已经具备较为明晰的辨识度，这是衡量一位优秀诗人的重要尺度。我想，她的诗歌辨识度就是来自其诗歌理念与感悟，在《自画像》里，诗人说："我写匍匐在地的诗篇，一棵草不能凌空，一首诗，高不过生活。"

"我的村庄"是诗集的第一辑。诗人以"马北村"为精神原乡，对故乡的日渐荒芜、苍凉、萧瑟、凄惶进行了多层面的观照。"这时你带着诗句还乡，从矫揉造作到厚重深沉，中间只需走过几条田埂。"诗人对乡村现状的摹写不仅仅是基于乡村的生活经验，而是在世俗性、现代性的历史进程中打量乡村的生存，并以此作为诗歌的精神背景。诗人的笔下，河流不再清澈奔腾，"我收集雷霆、闪电、深情的文字，也找不回河流丢失的嗓音"。土地还是那片土地，只是"这个春天用美丽的荒芜换来一片虚假的繁荣"，"麦子不长，所有的景物都是虚构"。诗人以女性的细腻感受、摹写乡村的生存图景，蒿草、鸟巢、羊群、房屋、蜿蜒的路、原野、废墟、金银花、野蔷薇……—系列乡村的意象，乡村特有的存在物，写尽了乡村的现实性和存在性孤独。乡村不仅有现代性历史进程中颓败的一面，诗人也在"我的村庄"里用一定的篇什展望乡村的未来。《乡村五月》写出了乡村生命的绵延不息；《旷野里亮起的太阳能灯盏》写出了太阳能灯盏在驱赶乡村的黑暗；《通往春天的路》中通往春天的路尽管曲折，但"路通了，马北村就从冬天走出来"了。对于乡村、故土，诗人充满着复杂的情感，一方面对故土的荒寒、寂寥、被遗忘充满了细细的悲悯，另一方面也理性地认知这是现代性历史的必然产物，因此，诗人的乡村歌咏就有着浓郁的挽歌意味。诗人敢于同荒芜对视，敢于直面乡村存在的被遗忘，牢牢把握住乡土的根系、大地的脉络与神经，从而接通"存在"的辽阔与深邃。

"名词组成的人间"是诗集的第二辑。这是一组以名词为标题的诗歌。废品、安装工、孔乙己、茶经、白马寺、书签……它们不仅仅是一组名词，而且是这个世界的"存在者"，它们的各种状貌组成了丰富多彩的人世间。诗人敏感地捕捉这些事物的现实存在，然后由当下的存在延伸及它们曾经的历史与沧桑。这组诗不似"我的村庄"中的诗作沉重，而是对人间各种况味的复杂感受与哲理领悟。世间万物都在时间中，时间的流逝带来景物的更迭与心境的变迁，生活依然一往无前。诗人敏感的心理对应着这些时间中的存在物，于人世间的日常中修得一颗柔软的诗心。《安装工》《孔乙己》《哥哥》《隐形人》是人世间"人"的存在；《桃花》《那条路》《中原大地》《悠然子房湖》《云台山》《一场雨》《那朵花儿》是自然存在物；《废品》《六安公交车》《窗口》是物质文明的存在；《茶经》《书》是精神性寄寓的所在；还有《春天的马蜂》《屋檐下的麻雀》是动物性的存在。"名词组成的人间"打通了存在与诗思的通道，让我们一窥人世间的况味与究竟。

"时间之下"是诗集的第三辑。一切皆流，因为都在时间之下。也

101

许因为诗人是女性，对苍老、对时间的流逝步步惊心，有着格外的敏感。《当我老了》《那时，我日薄西山》《致若干年后的我们》等将时间之痕幻化为唯美的诗句，填充生命的空间。时光的苍老并没有带给诗人沮丧，"时光厚道，总会留给我一点念想去反复回忆"，时间老去，"终于平静如水。所幸曾经的狂澜没有伤害到我"。"我已日薄西山，心中点着宽恕的灯盏"。诗人对时间的感悟就是对生命本质的体验。诗人以文字为拐杖和扶手，让精神的语词堆砌得越来越高，以此来抗衡时间的无情，让语词中藏着时光的印痕和个性的精神风骨，纵然时间疏松、瓦解了人的躯体。《今日立冬》《下午》《一个温暖的春天》《2016》《人间四月天》，这些诗篇就是对生命、时间的祭奠或铭记，每一个时间节点的凸显都能够彰显时间流动的意义："每一缕时光在告别时，都会献出自己的颜色。"

"低微如尘"是诗集的第四辑。偌大的世界，历史的长河，每一个生命都是如尘埃般的存在。低微如尘或许是诗人对自身存在的理性观感，抑或是诗人面对宇宙与世界的谦卑姿态，也或许是对世界万物的存在性认知。《我也只是个异类》中诗人写道，"从来我们对不能言说的生灵都居高临下，甚至，我并没能想到，对它们而言，我也只是个另类"。这是诗人明确的存在性境遇的自我体认。低微如尘埃并不代表要取消存在者的主体性和它们的在世体验，再低微的存在者也有存在的意义。有生命的存在者都有自己的爱恨情仇悲欢离合，无生命的存在者也经历沧桑风雨世道轮回，它们共同组成了大千世界和芸芸众生。这一辑的诗歌大多以诗人的低微姿态构成和世界的对话。《经历波涛的人是柔韧的》《我理解的飞》《登茱萸峰》《当我坐着》等篇什就是以低微的姿态去理解她所寓居的世界。作为主体的"我"并没有凌驾于对话者之上，而是相互体认与指证，"我在故我思"与"我思故我在"亦难分彼此。

"人间琐碎"是诗集的第五辑。这一辑的内容比较纷杂，正应了人间琐碎的主题。生命就是由很多琐碎的细节、场景、经历、感受构成的。在这里琐碎与庸常就是生活的常态，也是世界的常态。这里有《刺客列传》的历史悲壮；有《我喜欢这怒放》的倾其所有；有《天空看多的蓝中》"生前喜欢吵架的兄弟，在另一个世界中握手言和"；有《放牛的时候》的生命感悟；有《接受万物与彼此别离》的伤感；有《炊烟温暖》中"哪一座村庄，在袅袅炊烟下没有一部厚重故事"的喟叹；有《风》中"热情洋溢的风和那个在天地间劳作的人"的融合。这是人间生命斑驳应有的图景，也是人间琐碎的恒常价值。就单个的图景而言并不一定琐碎，若置于历史的苍凉和世界的浩瀚中，生命的每一次呢喃和情绪的每一次喷发又如何能逃脱人间琐碎的局囿？

"折叠一朵柔情"是诗集的第六辑。诗人柔软的内心再一次风情万种，歌咏美好的爱情以及其他美好的感情。仅从诗名就可以略见一斑：《拜天地》中"他们每拜一次，茶几上的红烛就摇曳一下，幸福的生活啊，就忍不住战栗一下"。诗人的内心盈满爱，所以看到蜡烛的摇曳就感受到了幸福的战栗，多么生动形象、贴切自然；《唯有爱你，这一生才有意义》中，"唯有来到你身边，我才觉得世上所有的跋涉都值得尝试"，诗句赋予了人生别样的意义与价值；《像爱着一泓清泉那样爱你》中，"突然渴望成为一株植物，这样才会更好融入你。我知道，我的灵魂深藏在你的碧波之中"；《我们相依一生》中，"这些天，我一直在你的名字中打转，迷失自己。纵使我快马加鞭，也走不出你的柔情"；还有《唯有你让我保留桃花的形状》《内心的狂潮被你掀动》《像一粒萤火那样爱你》……诗人满含着爱的柔情，为理想的爱情歌吟。这里的爱情是唯美的、忠贞的、反世俗的、纯洁的，这些诗歌执着于自身爱的执念，构成了对当下爱情世俗化、欲望化、消费主义的反抗。

诗集《修得一颗柔软之心》的诸多诗作都是"匍匐在地的诗篇"，其语感、修辞、形式、情感、意义都是贴近现实、乡土、生活、爱情的低姿态吟咏。诗人的诗句并不刻意追求现代的象征结构或隐喻意义，也不过多追求语词的悖论性、杂糅性组合，而是自然而然顺着心灵的逻辑、情绪的脉络演绎。因此，整本诗集毫无晦涩和矫揉造作之感，语言清雅、干净、富有艺术表现力。并且开芹的诗歌深得古典诗歌的审美精神：哀而不伤。她将古典的精神融入现代的日常生活，书写"匍匐在地的诗篇"，的确是良心之作，的确是纯粹的生命之歌。

"淮文化"的深度勘探与价值弘扬

——许辉淮河文化系列散文的文化意义

2013年与2014年交会之际，著名作家许辉的"单独"系列散文五卷本（《和自己的淮河单独在一起》《和地球上的小麦单独在一起》《和自己的脚步单独在一起》《和自己的心情单独在一起》《和自己的夜晚单独在一起》）重磅推出，这是安徽散文创作界的盛事。五部散文随笔集，相当多的篇目都试图对淮河从物质、精神到文化进行实地探访或镜像重构，尤其是散文集《和自己的淮河单独在一起》荣获第六届冰心散文奖，不仅享誉安徽，在全国也产生了相当大的影响，具有重要的文学与文化价值。

其一，清醒的淮文化勘探与弘扬意识。"单独"系列散文多数和淮河文化相关，是许辉有意识地、系统地对淮文化进行深度勘探与发掘的话语营构，是淮文化的"在"与"思"。许辉在一次访谈中坦言："我对整个淮河流域都有一种很深的情结。以前在那儿生活，有几十年的感情，后来又读了很多有关淮河的书，基本上都不是很成系统的。我认为淮河流域的文化挖掘是非常不充分的……淮河流域我的概括是一条思想之河，孔孟老庄包括管仲，淮河流域作为一个整体，是产生思想哲学的地方，是影响世界的。所以我将自己的生活感受，加上研究与思考，通过文学的形式提炼出来，对整个淮河流域的人文地理都很关注，这是我个人的兴趣。"许辉对淮河流域有着清醒的文化意识和文化自觉，可以说，迄今为止，当代作家中，许辉对淮文化的知识占有得最多，情感投入得最深，感受思考得最远，历史了解得最透，对淮河及其文化亲历性最广。许辉的淮文化自觉，主要体现在他有意识地引入其他地域文化做参照系，譬如黄河流域出政权，长江流域出经济，徽州文化出商人。然而和这些地域文化的价值彰显相比较，淮河文化的历史意蕴与现实价值并没有得到现实弘扬。淮河独特的地域文化价值不仅在省内与徽文化、皖江文化相比较显得晦暗不彰，在全国范围内更是没有得到充分挖掘。从这个意义上而言，许辉的散文对于淮文化的勘探与弘扬，其意义是不言而喻的。

其二，亲历性的行走哲学和历史思考。许辉对"淮文化"的勘探与思考不是停留在书斋里查阅资料、皓首穷经，而是设身处地，用脚步去跋涉、去丈量，用心灵去感受、去倾听，"行走"是其独有的文化、历史与哲思的路径。他的系列淮河大散文就是这样且行且思考的结果。

池河、东淝河、窑河、濉河、涡河……百水归淮，淮河正是因涵纳百川的气度与兼容并蓄的胸襟才能成就其地理上承接南北东西的交汇，农事上独具南北东西的过渡，文化上特有多种文化碰撞融合的异禀。散文《百川归淮》不是一般的地理或文化散文，平实的字里行间具有大格局、大气象、大抱负。地理源头的寻踪、历史掌故的打捞、沿河物产的熟稔、风俗习惯的流变、人物命运的悲欢，许辉的淮河系列散文有大境界。肤浅者以为许辉酷爱旅游，这或许也没有错，但只是触及最表层之腠理。许辉是行走哲学的践行者，他将亲历性作为个体意绪与整体存在之间的浪漫，个体认知与历史文化之间契合不可或缺的纽带。西淝河、颍河、润河、洪河、淠河、北淝河、汲河、史河、白露河……淮河支流每一条河的下游、尾闾、河口，许辉按图索骥，一路行走，一路追访，一路文字，一路情怀，淮河大散文《三河口》就是这样炼成的，任何书斋里的先验想象和浪漫虚构在这里自然无能为力。对许辉而言，淮文化的勘探与发掘，必须是亲历性、及物性的，否则他不会原谅自己。他的亲历性跋涉实际完成的是对淮文化的存在性叩问与许辉自我的主体性建构，许辉的"行走"不仅是他特有的生命存在方式，也成为其散文、随笔特有的审美性标签。

其三，个人性的文化认知与人文情怀。散文集《和自己的淮河单独在一起》确实不同凡响——"作家的眼光""文化学者的视野""地理学家的脚步"，凝聚成这部有分量的独特著作。无论眼光、视野还是脚步又都统一于许辉的个人视阈——"写作绝对是个人化的事儿"，作者一贯追求的就是"独立行走，独立思考，独立为人，独立看世界"的个性化理念。于是从他个人性的文化视角里，他审美地发现了淮文化的中庸思想。可以说这是对淮文化审美勘探中最精当的概括或者说是最重要的"发现"。兼收并蓄、不走极端、顺其自然、儒道融会、瞻前顾后，甚至模棱两可，都体现出淮文化深邃的中庸价值理念。中庸虽然源自儒家经典，但绝非儒家思想的专属。无论是儒文化的入世进取，还是道家文化的出世归隐，无论身在庙堂之高，抑或处江湖之远，在这里都能找到思想的归宿。淮河南北东西交汇的地理环境不一定就是淮文化生成的唯一决定性因素，但环境的形塑和历史影响也定然起到极为重要的作用。许辉的个人性赋予了写作主体独立不依的思想品格，他的眼光不仅穿越历史，洞悉淮文化历史流变的来龙去脉，充分书写淮文化的时间性生存，也注重时空环境下，那些反时间性的恒常图景：麦月、槐月、季节风、小麦、露水，千年不变的习俗，以及淮文化里百姓固有的朴讷、憨直、中庸、平和。个人性的文化认知背后是许辉深广的人文情怀。淮河系列散文有历史社会的宏大思索，但许辉更多关注的是普通的芸芸众生。我曾评价过许辉的人文情怀："关注黄钟大吕、主流价值、显性文化之外的'存在的细部与庸常'是作家真正人文情怀与审美精神的体现，作家的脚步、眼光和文字重新激活了一直'沉默的在场者'，传达了对日常生活、存在的诗学理想，从而形成了对'人性与生命的自觉肯定'。"① 正是这样的人文情怀构筑了许辉淮文化的历史认知与现实图景。

　　生于淮，长于淮，将来也将老于淮，许辉对淮河的用情之深难以言表。五部散文集把大部分的篇什给了淮河流域的生活与文化，许辉自觉用散文写作的方式承担了淮文化深度勘探与价值弘扬的历史使命。许辉在获得冰心散文奖后感言："《和自己的淮河单独在一起》是一部以行走的方式展现淮河流域地理地物、风土民情、历史人文的散文集，这部散文集也是我打算以淮河流域为主题创作的一个散文系列的开篇。对我而言，淮河流域是我的精神宝库，它浩大渊深的内涵和内容取之不尽、用之不竭。我所能做的，就是尽力汲取其中微不足道的点滴，充实我自己，也奉献给他人。"许辉的"单独"系列散文是通向淮河文化整体的一扇门，横向，能知道淮河文化的广度，纵向，能知道淮河文化的深度。许辉的为文、为人一直是低调的，但他的文学创作、文化实绩、艺术抱负就无法低调了。

---

① 陈振华：《重新发现"淮文化"》，载《光明日报》2015年6月22日报。

在场·内在·智性·深度

——当代文学名家洪放创作印象

洪放是一个非常内在、低调、谦逊而又才华横溢、富有思想深度的60后作家，具有多栖的文学才情，诗歌、散文和小说兼擅。迄今为止，作家创作了数百万字的文学作品，作品曾被《新华文摘》《小说月报》《小说选刊》《中华文学选刊》等转载，多次被收入年度作品选，获安徽社科奖（两次）、浩然文学奖、《安徽文学》奖、《广西文学》奖、《红豆》文学奖等奖项，成就斐然。综观洪放的文学创作，我觉得，首先，他的写作是"在场"的写作，无论是诗歌，散文还是小说，均聚焦时代的社会现状和世道人心的历史变化，表达其个人化的审美认知；其次，洪放的文学创作是一种"内在"的写作，这里的内在指的是一种心灵、心理对审美、对象的涵纳和过滤，语词的表意世界里充溢着创作主体的情怀、识见甚至判断；再次，洪放的创作还是一种"智性"的创作，作家以清明的理性洞穿色彩缤纷、光怪陆离的生活迷雾，抵达对生活和世界的根性认知；同时，洪放的创作还体现出对"深度"的追求，历史的深度、时代的深度、现实的深度和人性的深度，在现实主义的摹写下，于现实的背后勘测、打捞其存在的奥秘抑或真相。

诗歌：情感、哲思、审美的多维交织

洪放从1985年开始发表诗歌，这么多年他陆陆续续在各种刊物上发表一些诗歌，诗歌数量不多，质量却不低。诗歌创作之于他的整个创作只能算是"闲笔"，并非是他的主业。他的主业在小说领域，同时也兼修散文。他的组诗《苍茫》曾经产生过广泛影响，让世人知晓了作为诗人的洪放。组诗《中年书》是诗人人到中年对时光和生命的感悟以及对日常生活诗意的呈现。《小松林》中，抒情主人公"驻足于松林后那黄土的坟墓。简朴的碑，近于无字"。诗人将自然的物象与对生命的感悟融合起来，对"不朽"和"无法不朽"的生命/精神现象进行形象化的吟咏，人到中年的体悟都氤氲在诗歌的意象和语词中。《过故人庄》："故人早已不知踪迹。江湖高远，谁能蹈尽盈虚之数？"诗人无意经过"故人庄"，满目的荒凉，诗人将庄内的荒凉和庄外的"喧闹"进行对比："庄外，那宗族的大坟，一到夜晚，萤光流落，流磷四散，旷野里一片光明。人影憧憧，笑语喧哗。"这样的故人庄，江淮大地上星罗棋布，多少个庄台和郢子在现代性的历史征程中，走向了沦落和荒芜。"阡陌成了草场，一人多深，足以湮没我生出白发的头颅。"人到中年的况味和乡村的破败荒凉彼此镜像和映照，似在凭吊逝去的、曾经充满人性、人伦、亲情、友情的村庄，也似在感叹早生华发的人生沧桑。组诗里面的《与小弟》："小弟……笑声，被你一千倍放大。而我的心，却一万倍地收拢。"正反极度富有张力的诗句写出了诗人内心无比的沉痛，兄弟之情，血浓于水。《同学会》则以叙事的语调，写出了"她"和"他"同学时代的朦胧情愫，时过境迁，"落花人独立""微雨燕双飞"，曾经的诗意情怀，还能在疲乏、油腻的中年回归么？当然这组诗还有《白马》《今夕何夕》《过武昌湖》《预测者》《秋日山坡》

《早点夫妻》《彼岸花》《夜游者》《西风禅寺》《死亡者》《蓝》《本命年》……共30首诗。这组诗歌既有对形而下物象的吟咏，也有对形而上神思的喟叹；既有现实的人事、人间烟火的描摹，又有心灵呓语的深夜独白；既有地理风物景致的流变迁徙，又有禅意和神秘的命运预感和直觉，更有对乡土、人伦、情感的沉溺和对人性幽昧的窥探。这是纯粹的中年写作，摈弃了年少的浮华，变得愈加内在和沉潜。诗人兰坡对这组《中年书》评价道："没有功利的诗歌写作，比以前更加深入内心，也更加契合他此刻的心境与灵魂。洪放写了多年小说，其实也还在写诗。只是诗歌更加私密和个人化了。不再讲究抒情，也不讲究诗歌为何人写，有何人读。他现在的写作，是一种内在的写作，近乎零度。这是转折，或许也是一个标志。"[1] 这种诗歌观非常类似于评论家杨庆祥对诗歌的理解——自己的写作就是自由表达，"当我想念某一个人或者有某种情绪的时候就会写诗，如果成功了，这种情绪就没有了，反之这种情绪就仍然存在。所以在某种意义上，我的诗歌是管理情绪的一种方式，甚至是管理我自律生活的一种方式。同时，诗歌也成为我个人疗愈的一种方式"[2]。诗人洪放人到中年，繁杂的社会生活会导致内心的疲乏和困顿，生命的内在激情或许也会消退。恰恰这个阶段更需要诗歌对其内心进行自我疗愈，所以这个时期的诗歌创作更多地是写给"自己"，是更内在的生命体验。最近两年，洪放的诗歌创作似乎又"回来"了，复苏的迹象明显。按照李云的说法："洪放八十年代就纵横诗坛，后来去写小说了，并有了很大的斩获。近期，他又携自己的重磅诗作'王者归来'。他的近作依稀有抒情旧痕，更有新的发现。他在传统美学里汲取营养，并给予新的素描和当下经验的介入，他多用'审美情感'来审视事物的本质特征和诗性呈现。"[3] 2021年《诗歌月刊》第

---

[1] 兰坡：主持人语，《诗歌月刊》，2015年第6期，第4页。
[2] 杨庆祥：《诗歌是我个人疗愈的一种方式》，中国新闻网，2017年2月27日。
[3] 李云：主编荐语，《诗歌月刊》，2021年第7期。

7期推出头条诗人：洪放的诗。这是洪放"王者归来"的宣言。《敬亭山之暮色，独处有诗》写"独处之时，人生最能明白"；《濡墨》里有墨色洇染的人生和"无数分岔的小径"，雨天、濡墨、缅想、时间、空间、心境和想象妙合无垠。《从泥土开始》或许能表达诗人的立场或姿态，"泥土包容了一切／使所有的狭隘／成为了悲悯。"《安静》借一枚石子的火洞透情感或生命，从而让心趋向安静。《某些地方》中"某些地方"曾刻骨铭心地进入我们的肌体，构成了我们内在的生命，我们也因"某些地方"而获得了超越或个性化的体验。《雪：远处的风景》中"雪，我们彼此来过／互相注视，遵循了／内心的法则"……还有《山长水远》《荷》《托克马克》《远看山》《虚影》等，这些诗歌的抒情性有所降低，诗歌侧重点从"主情"转向了"哲思""领悟"和"超越"。组诗借助一系列物象、心像表达内心的清寂、孤独、安静的在世体验，有一种阅尽沧桑之后的淡然。当然，诗人也没有完全退回内心的静守，《虚影》以天马行空的想象将个人体验与社会观照有机交融，可谓气象万千又独抒机杼。从整体上而言，洪放的诗歌将审美、哲思、情感多维交织在一起，无论是从早期的《苍茫》，中期的《中年书》，还是近期的《洪放的诗》，在时代语境递嬗的宏阔背景下，洪放以诗歌为心灵的依凭，向外，呈现了存在的广度，向内，开掘了心理体验的深度。

散文：个人的心灵史与"智性"的参悟

洪放散文集《南塘》的封底有这样一段文字："这是一本一个人的心灵史。从青春到秋风，从苍茫到澄澈，从张扬到内敛，诗意的文字和深刻的思考，渗透了作者对生命、自然与高远的天空以及悲悯的大地的观照。"这段文字可以理解为作家的散文观。他的散文和诗歌一样，经历了从青春、苍茫、张扬到沉潜、澄澈、内敛再到悲悯的"美的历程"。散文当然和诗歌不一样，诗歌可以秉持内心，在此基础上虚实互证、象由心生，具有汪洋恣肆的跳跃、飞升、超越。散文虽云"形散而神不散"，格式自由活泼，但散文毕竟是写"真实"的文体，自由中也有"质"的规定性。如果说洪放的诗歌是心灵内在的敞开，有一定的个人性，也呈现出一代知识分子较为普遍性的精神征候。而散文则是作家纯粹的"个人心灵史"和对生命特有的"智性"参悟。

"南塘"可以说是作家的心灵憩园，尽管散文集《南塘》里实写"南塘"的篇幅并不多。文集以"南塘"命名，可以想见作家对"南塘"的寄寓与心之所属。《南塘》里许多散文都具有良好的质地：《纪念落日》《西部：怀念与倾诉》《黑暗中的花朵》《花开》《浮现》《烟雨徽州》《清香桐城》《呈现与消隐——内心的城市》《告春及轩》《勺园》《白雪覆盖的村庄》《穿越山谷》《在泪水中重走祁连》《在语词中行走》《和一朵花一道经过黄昏》，等等。这些收集在《南塘》里的文字都漫溢着个人对生命、自然、社会的追问，是个人心灵的倾诉与体悟。文中有很多经典的句子已经深深镌刻在读者的心里。诸如："既然死亡是宿命的、生存是无由的，那么生命的过程，是否会是无奈的？""就像生命，即使没有了怀想，春天却照旧会来。""春天收留青草，南塘收留灵魂。""是不是人类的每一次前进，都将以个体的丧失为代价？是不是生命的每一次蜕变，都必须以自我的痛苦为契机？"作家俞胜认为："从书的基本情调上来看，《南塘》有着一种淡淡的感伤，但绝不悲凉。因为个体的生命虽然短暂和渺小，但通过自己点滴的努力仍然可以聚沙成塔，甚至创造出一些伟大的事物。"[1] 个体生命时间的有限性和宇宙无始无终的无限性确实让人心生怅惘，感受到自身的卑微和渺小，但洪放的散文却以旷达的姿态，超越个体的困惑和无奈，在个体有

---

[1] 俞胜：《身在红尘 心存隐逸——读洪放的散文集〈南塘〉》，中国作家网，2009年12月17日。

限的生命中寻求生命内涵与情感的无限丰富,从而让生命自身的存在从混沌、迷茫、有限走向澄明。"作者澄怀,才能从自然中见宇宙之道,见生命之道。作者澄怀,才能在纷繁复杂的世界中,守住'南塘'的一片安宁。"①

洪放的散文不仅仅表现的是"个人的心灵史",还表现为审美"智性"的参悟。评论家江飞曾从三个方面对其散文的"智性"进行了分析:"第一,对诗意缺失的个体生存境遇乃至人类命运的反思。第二,警惕缺乏思想的时代,寻找安放性灵的憩园。第三,从事物和语词出发,实现审美与审智的交融互渗。"② 智性写作或者说散文中的智性,体现了作家作为思想者的主体品格。作家深感当代人的生活包括作家本人沉沦于世俗、表象、肤浅太久,而普遍缺乏内在的、有精神向度的、丰富的心灵生活。洪放以客观冷静的叙述揭示个体生存境遇的这种生活无事的"悲剧性"。如"更多的时候,我们已经失去了梦。我们行走在尘世之中,思想消失,对美的感觉迟钝。除了机械的生存,我们已经毫无诗意可言。(《白日梦中的草原》)"。这种"悲剧性"是海德格尔所言的"此在的沉沦",也是马尔库塞意义上的"单向度的人"或索尔·贝娄所指称的"被悬挂起来的人",一维化的生存、单一的生活彻底抽空了灵魂的充盈和丰富,沦为麻木、被动、不觉醒的缺乏生命主体性的生存动物。洪放用生活的现场、生存的实感将这种智性的思想融入散文的字里行间,看似漫不经心,实则触及了我们生存的根基和内在的苍白、撕裂或隐痛。

最近几年,洪放主要从事小说创作,诗歌也是"王者归来",但洪放一直很看重自己的散文,他甚至认为他自己的散文不在小说之下。他的散文创作一直没有中断过,不像其诗歌创作断断续续的。客观而言,

---

① 俞胜:《身在红尘 心存隐逸——读洪放的散文集〈南塘〉》,中国作家网,2009年12月17日。
② 江飞:《洪放〈南塘〉:建构散文的诗性与智性》,《安庆日报》2010年1月16日。

现在是小说强势的时代，小说受到了更多的关注，散文相对落寞。洪放的散文有思想、有情怀、有见地、有真诚，其散文品质如果不从影响力来判断，仅就文学性、审美性、思想性来考量，似乎也可以和其小说等量齐观。

小说："在场"的书写与思想的"深度"

小说是洪放创作的主阵地，迄今为止，创作了十余部长篇小说和数十部（篇）中短篇小说，另外还有少量的非虚构叙事。长篇小说主要有《秘书长》《挂职》《领导司机》《最后的驻京办》《党政班子》《政绩·政纪》《党校》《班底》《撕裂》《井中人》《追风》等。中短篇小说则以《清明》《失踪者》《绘声绘色》《守夜》《大飞机》等为代表。非虚构类叙事则有《领跑者》《安徽造》等。可以说在小说及非虚构叙事领域，洪放取得了令人羡慕的丰硕成果。

1. 新官场小说：官场小说的别样形态。他的新官场小说数量多，对官场的各种现象、心理及人性进行了深入的开掘，具有别样的形态。洪放被称为"新官场小说"的代表性作家之一，甚至被民间誉为新官场小说第一人。这里仅以《秘书长》为例来做简要的阐析，该小说是其新官场小说的代表作。在洪放看来："真实的官场是很平静的，所有的一切都在水下。我的《秘书长》从一开始写作就力图表达这一点，这也是它不同于同类小说的一个亮点：真实，平静，内在，深度。"小说塑造了市委秘书长程一路的性格形象，尤其是深入描摹了作为"秘书长"这个角色的心理、行为。按照黄亚明的解读："我们知道，秘书长无疑是特殊的职位，坐上这位置就意味着要接触各路人马，看到、听到、了解到一般人无法了解的事实（包打听），很多时候，又并没有那么消息灵通，却还得假装通透（聋哑人）；必须在最需要的时间、地点随时出现（消防队员），又得随时准备留守（守门员）；把一切看在眼里，是最清醒的参与者（潜水员），又是最'近视'的局外人（近视眼患者），不能从属于任何派系（无党派人士）；要慎言慎行，不能有丝毫懈怠，绝对的八面玲珑（管家），必须是最能踩着钢丝跳舞的人（走钢丝者）。也就是说，秘书长永远站在刀尖上跳舞，扮演老生小生花旦诸般角色，成为钱穆先生所云之'不器'者。"① 小说之所以能将南州市秘书长的角色塑造得如此真实、鲜活、饱满，与作家多年的从政经验有很大的关系。洪放从1983年参加工作，历任安徽省桐城市水利局干事，市农委科长、副主任，市文明办主任，从政的经历让他获得了官场第一手的经验，因此他的新官场写作可谓驾轻就熟。"在场"的写作，一方面指的是作家本人的"在场"，熟悉官场的生态、规则和运作，另一方面则是指他的新官场书写直指当下生活中的官场现状。洪放的官场小说之所以被赋予"新"的含义，主要在于他的官场系列不是完全聚焦于官场的贪污、腐败和官场内部的黑暗，而是将笔墨聚焦于在官场中活动的"人"，写他们命运的波诡云谲，写官场人物在欲望、权力、地位、规则中的挣扎及其可悲、可叹的人生境遇。写作的目光是平视的或者说是内聚焦的，所揭示的官场形态不是表象的，而是抵达了时代、人性、世道人心应该有的思想深度。洪放曾说，"写作源于生活，思想来自于对生存和当下境况的思考。"

2. 庐州"井中人"的历史与今朝：洪放的合肥书写。除了"新官场小说"有一系列贡献之外，洪放在书写合肥（庐州）的文化、历史和人的命运方面，有一部出色的长篇小说《井中人》。"长篇小说《井中人》是作家洪放的代表作，也是作家从官场写实到富有历史深度写作的转型之作。小说以庐州（合肥）百花井为叙述基点，深度建构了

---

① 黄亚明：《现实主义者的悲悯之刀——读洪放〈秘书长〉》，花间一缸啤酒的新浪博客（2007年8月4日）。

'井中人'命运的现实人生并追问了历史源起,以人的命运串接起历史与时代,对人性与情感进行了多维的书写,小说也对庐州的地域文化有多方位的呈现,文本也展现了作家不俗的语言功力和结构艺术。小说的思想深度、历史厚重感源于历史、现实、时代、人性和人在历史、时代中的命运起伏与情感纠葛。相较于文学皖军较为彰显的徽州文化书写、皖江文化书写、淮河文化书写,庐州地域文化的书写也有了较为厚重的文本。因此,小说不仅仅具有文学审美的意义,也有地域文化的审美拓展。"[1] 文本以丁成龙的曲折一生作为小说的叙述主线索,为叙事的时间纵轴,以丁成龙的人生命运折射百花井、庐州城乃至中国大半个世纪的历史变迁与世道人心的嬗变,正如题记所言:"星空浩茫,世事侄偬,江流石转,岁月不居。"著名学者吴义勤指出:"历史/时代与人的关系是文学作品惯常的母题,历史/时代的不可抗拒性以及人与历史/时代命运的同步性是大多数作品处理这一母题时的基本模式。对历史/时代主体性及其对人的命运支配性的强调常常使得某些文学作品给人一种'历史/时代'大于'个人'的感受,'历史/时代'成为文学的主角,而'人'反而成了配角。"[2] 这部小说成功地避免落入这样的窠臼,小说的成功之处在于,小说在处理历史、时代与人的关系的时候,是以"人"为中心的叙述,而不是相反。作家洪放直言:"丁成龙就是这些人的代表,他几十年的生存体验,改变不了时代,唯一能够改变的是他自己的生活情态。作为那个时代的亲历者和过来人,丁成龙都还没能在时间的缝隙里梳理完自己情感的羽毛,便又被另一个步履匆匆的新时代裹挟着向前迈进了。我希望通过这样一种范围广阔的文学意向的宣泄,试图去捕捉住我们内心那柔软的悸动,以此来烛照着人物命运的多舛和人性良善的伟岸。"我个人觉得,这部小说对于洪放自己有着特别的意

---

[1] 陈振华、张登林:《"井中人"命运的现实镜像与历史景深》,《合肥师范学院学报》,2019年第5期。
[2] 吴义勤:《大时代的"小生活"》,《当代作家评论》,2011年第3期。

味，有着重要的转型意义，同时也是对庐州文化、地域、地理的深度书写，对于合肥这座城市的历史与现实而言，也具有相当重要的审美价值。至此，洪放的长篇小说创作告别了昔日的官场写实，将现实的"在场性"书写更进一步拓展至历史、人性和地域文化领域，并取得了艺术上的成功。

3. 新时代叙事：直面时代的云起云飞。洪放的新时代叙事包括两副笔墨，一副是非虚构的时代纪事，代表性文本是其领衔创作的《领跑者》和《安徽造》。《领跑者》分重器、群雕、领跑之路三个部分，聚焦安徽、特别是合肥科技创新，全方位地呈现了安徽省科技创新的发展历程和取得的辉煌成果，重点展示了一批热爱国家、不断进取、奋发有为的科技创新群体形象，为合肥科技创新做了一次全景式的深度解读。《安徽造》既有宏观层面叙述，又有典型案例呈现；既注重立体勾勒，又不无细节描摹；既有领风气之先的大型企业发展轨迹介绍，又有若干人物故事穿插，力求体现思想性、时代性、地域性和文学性。[①] 另一副笔墨是刚刚出版的长篇小说《追风》，是对合肥这座城市"追风"精神的艺术虚构。作为中国第一部全面反映一个省会城市科技创新奋斗历程的长篇小说，洪放表示，这是一部以合肥为蓝本创作的小说，"合肥的科技创新精神深深感染了我，这是我对这座城市的献礼"。小说没有以城市的科技创新的事件为主线，而是以"人"写城，写这个城市心怀"追风"梦想的政府领导、企业家、科学家、大学教授、产业工人及普通劳动者的创新精神和创业品格，尤其是整个城市所具有的"追风"精神。小说写北京来的一个宏观经济学家杜光辉南下到南州担任副市长，通过他的视角、经历、情感、境遇串联起南州的人文地理、人情世故、经济发展、科技创新、城市规划和产业布局，其中科技创新是南州这个城市发展的灵魂，处在时代的"风口"，也是这座南方城市

[①] 参见中安在线报道：《深耕合肥沃土　厚培文艺百花》，2017年7月14日。

"追风"的底气和梦想。小说将主人公及其主人公周围的人的理想、信念、创新精神有机地融入城市的发展蓝图中,以"人"带"城",以"人"的思想、意识、观念引领城市的发展,以"人"的行动摹画城市的经济蓝图,以"人"的命运和境遇彰显城市的包容与胸怀。小说不仅写出了"人"与"城"的追风精神,同时小说在塑造人物方面也取得了成功,杜光辉不是一个"理念人"而是一个"生活人",他到南州的经历,他的人生信仰、价值追求和家庭、情感的冲突,他的踌躇满志以及在重要关头内心的矛盾、纠结、忐忑以及如何克服心理障碍都展示得非常充分,同时杜光辉周边的人与事也很好地为中心人物的形象刻画起了重要辅助作用。杜光辉是新时代的改革英雄,他和改革之初的乔光朴(《乔厂长上任记》)、李向南(《新星》)不一样,他的历史任务是面向未来、带领南州产业升级,城市如何在科技创新中谋得先机,如何在"风口"的历史机遇期完成"追风"的时代和历史使命,而乔光朴、李向南则是如何清理"文革"留下的积弊。从这个意义上,杜光辉的形象在当代改革文学系列中,有其不同的时代内涵和审美意义。

探讨了这么多洪放的长篇小说,其实,洪放的中短篇小说也可圈可点。长篇小说有时要直面时代的重大命题,不得不压抑个人性的思想与艺术追求,比如新官场小说系列,新时代纪事系列、庐州人的历史、命运及其文化以及科技创新的叙事等,还不能完全释放作家的艺术才情。而中短篇小说则随性很多,作家对生活、情感、世界、人性更多个人性的理解或认知可以以小说的形式呈现出来。比如他的中短篇小说《清明》《失踪者》《绘声绘色》《守夜》《大飞机》等,每篇都意味深长,无论是故事、人物、情境、语言还是对生活、人性、心理的丰富性、复杂性甚至悖论性的艺术表现都属上乘。它们或许没有像长篇小说那么醒目,受到更多世俗的关注,然而它们的思想艺术自有其价值存在。

综上所述,洪放的文学创作从整体上体现出"在场/内在/智性/深度"的特征与品格,为当代安徽文学做出了重要的贡献,也为当代中国文学的繁荣做出了一己的努力。洪放的创作还在路上，人在中年，正值文学创作思想、艺术稳定成熟的时期，创作的势头良好，具有很强的冲击力，并且洪放的语言表现力很强，这得益于多年的诗歌、散文、小说创作对语言的涵养。在取得既有成就的基础上，思考创作如何超越既有的生活经验和写作经验，在原来的框架、体系、风格中如何突围，如何在三栖的文学路径上寻找到合理的平衡点，如何在繁杂的事务中保持宁静的内心，如何在写作气象中更具个人辨识度等是作家在未来写作中要思考和面对的。我想，还是要慢下来，写作慢下来，心慢下来，慢工出细活。

"新乡土"镜像的故事呈现与经验主义写作

——评陈斌先《吹不响的哨子》及其乡土叙事

从《蝴蝶飞舞》到《知命何忧》，再到《吹不响的哨子》，作家陈斌先在中短篇小说创作领域一步一个脚印，一步一个台阶，一部一个气象，尤其是新近出版的中篇小说集《吹不响的哨子》，从整体上而言表现出不俗的实力，是当前"新乡土"写作的新进展、新收获。

一、"新乡土"叙事的价值取向

之所以使用"新乡土"这样的所谓新名词，不是隐含地意味在此之前的乡土叙事就是旧乡土，而是着眼于乡土社会在新的历史语境中的时代新质。肇始于鲁迅先生的启蒙主义乡土叙事，中国现代文学开启了中国乡土叙事的现代性进程。在启蒙视野里，中国乡土社会一直处在现代性的历史进程中，而乡土的现代性历史不是自发的主体性行为，而是需要精英阶层的引领启蒙。后来，"救亡压倒启蒙"，启蒙现代性中断，倒是在夹缝中成长出审美现代性的历史性游离，既游离于主流救亡图存的历史，也游离于启蒙现代性的国民性批判，体现出乡土诗意性的生存，可以说，沈从文的湘西世界是特定历史阶段的另类审美存在。延安、解放区、新中国成立后的阶级性乡村，是政治与历史意识形态建构的乡村叙事，同时也以自身的权威话语与叙事模式深刻左右着、改变着乡土的生存图景。20世纪80年代乡土叙事的新启蒙又开启,韩少功、王安忆等持续发力,某种意义上接续了"五四"以来的启蒙传统。之后就是历史的深刻转型,计划向市场的蜕变,整个社会的世俗化进程——启蒙现代性还是远未完成的现代性,只能以潜隐的方式时断时续,但已远非时代的主潮。转型期,乡土叙事也多呈现的是世俗现代性,但也有例外,张炜就一直肩执审美现代性的旗帜,构建他世俗社会的"葡萄园"。"清洁的精神""葡萄园"并不能抵挡天空的灰霾和人性、道德的溃散。21世纪开始,2012也并没有到人类的末日,历史的现代性进程依然故我。乡土叙事在新的世纪情境下何为?乡土叙事又到了新的历史阶段:可以底层叙事,因为乡土依然承载着中国绝大部分的苦难;可以问题叙事,乡土的问题层出不穷,留守女人和儿童就足以震慑世人,斫伤历史;可以诗意叙事,毕竟乡土还残存着传统的守望……陈斌先未必有这样的乡土文学史自觉,他的"新乡土"写作也未必对现代以来的乡土叙事做过系谱学考察,他的乡土叙事价值源于他的艺术直觉和深厚的生活积累。如是,其乡土叙事"新"在何处?无论作家有意或是无意,文集中的大多数篇目都能将叙事主题嵌入农村新现代性的时代进程中加以观照。之所以称新现代性,主要是聚焦农村的时代新变:土地流转、规模经营、农民工进城、家庭空巢、妇女儿童留守、乡土道德伦理式微、心灵创伤、人性的沉沦与挣扎……现实问题的镜像与心灵内在的裂伤相互缠绕,可以说当下的乡村社会仍百般纠结,远未完成历史性嬗变。作家陈斌先很敏锐地抓住了乡土历史性事件、经历来呈现乡村新的历史性躁动,他一定程度接续了"五四"以来的乡村文学精神,其"新乡土"小说的意义也在于此。比如《吹不响的哨子》就是抓住了土地流转这样乡村标志性、时代性事件呈示乡村新现代性的愿景。在新的历史现代性面前,以黄瘪子为代表的集体主义、传统价值观念遭遇现实严峻的挑战。在新现代性面前,黄瘪子是新时代吹不响的哨子,但吹不响的哨子依然是哨子,哨子的象征意义非同凡响。此外,像

《天街咋就恁么长》《天狗》《秀秀这个娃呀》《乡村大客户》等展现了在新现代性的历史面前，历史变迁带来诸如传统、道德、人性、爱情的沉沦、变异与坚守，多层面、多主题体现了作家的价值倾向与审美选择。

二、"故事"里的乡村社会镜像

作家许春樵说陈斌先的小说都有很好的故事框架，乡村社会的林林总总都被恰如其分地囊括其中。讲好故事是小说家的基本素质，诺贝尔文学奖得主莫言也自称是讲故事的人，他的获奖词也是讲了三个故事。可见故事的价值之于小说意义非凡，尽管传统却并未过时。想当初，先锋文学如何进行故事的"反动"，放弃情节，追寻不确定的主题内涵，可后来，先锋作家余华、莫言、格非等还是回到了现实，回到了故事。问题不在于故事本身，而在于故事如何被讲述。高明的作家很擅长讲故事，但故事不是其真正目的，其真正的目的在于以故事的形式彰显他的思想艺术抱负。譬如刘震云，他的《一句顶一万句》实际上也是讲了一个人出延津、回延津的故事。孤独无助的吴摩西失去唯一能够"说得上话"的养女，为了寻找，走出延津；小说的后半部写的是现在：吴摩西养女的儿子牛建国，同样为了摆脱孤独，寻找"说得上话"的朋友，走向延津。一出一走，延宕百年。小说中所有的情节关系和人物结构，所有的社群组织和家庭和谐乃至于性欲爱情，都和人与人能不能对上话，对话能不能触及心灵有关。简单的故事框架，思想内涵却深厚丰赡，《一句顶一万句》相比他反故事的四卷本先锋小说《故乡面和花朵》影响要大得多，也成功得多。就故事层面而言，陈斌先的中短篇小说无疑讲述了很好的故事，小说的成功之处不在于故事讲述得多么圆熟，而在于凭借故事给我们建构了乡村新现代性的生动镜像，在于塑造了一系列活色生香、原汁原味的乡村人物。故事所呈现的镜像、人物远远大于故事本身的起承转合、波澜起伏。我们在读完小说之后，记住的不是故事，而是故事里的人物形象、乡村命运与社会现实。《吹不响的哨子》里黄瘪子与王大麻子之间的恩怨情仇已经不再重要，重要的是在新的历史潮流面前，黄瘪子所秉持的价值信仰与党性观念之间如何悖谬纠缠；《响鄂》中董家和廖家的恩怨纠葛、妖怪皮的成长经历是用来阐释时代变迁所产生的变与不变，伤痛与欣慰。《天街咋就怎么长》中二娥的故事或经历，《天狗》中天狗的故事与命运都与时代的变化息息相关，故事透露、揭示的是社会历史新质所赋予人性的变异与救赎。陈斌先的小说无一例外地采用了较为传统的现实主义叙事，传统并非老套，文学叙事手法没有优劣之分，适合自己的就是最好的。作家充分发挥第三人称叙事的优势，注重故事叙述的节奏，每一个事件的进展都铺垫到位，水到渠成。小说擅长通过人物的行动刻画人物的心理，真切自然。故事展开的独特方式是采用非直接引语的对话推动，整本小说集，包括此前的《蝴蝶飞舞》与《知命何忧》，几乎找不到一句直接引语形式的对话，这是陈斌先小说叙事的一个重要特色。所有的话语都经过了作家的讲述而非故事中人物的直接对话，这种对话方式打上了作家深刻的主体烙印，在讲述故事的过程中充分体现了作家的情感态度与道德取向。

三、"非典型"时代的亚典型性

我们生活在非典型的时代，当欲望狂欢、消费主义话语、解构主义、日常叙事席卷文学的时候，文学叙事的典型性追求必然式微。在非典型追求陨落的时代，亚典型的创作不是是否可能，而是应当担负着怎样的文学建构使命。可以说小说集《吹不响的哨子》给我们塑造了一系列亚典型的人物，给读者留下了很深刻的印象。这里所谓亚典型，就是有意或无意摈弃了传统现实主义在典型环境中塑造典型人物的写作手法，或多或少地降低了环境或人物的典型程度、集中程度或戏剧性程度，但又和当下反经典、类型化、日常化叙事有所区别。非典型时代的亚典型创作意义何在呢？我以为既往的典型塑造由于过于追求典型的思想艺术高度，在环境塑造与人物塑造方面都容易极端化，所谓的典型往往就是在极端环境中塑造非生活化的"高大全"或"假恶丑"集于一身的人物。杂取种种人合成独特的"这一个"，非但环境特殊，人物的遭遇、命运也是极端戏剧化的，这在一定程度上牺牲了人物的真实性。而反经典的文学叙事则彻底消解了人物与环境的典型性，重返鸡毛蒜皮的生活现场，人物往往是灰色的，没有理想的色泽，尽管有着所谓毛茸茸的真实。新写实小说，现实主义冲击波等并没有给读者带来温暖和希望，反而增添了沮丧甚或绝望。而亚典型创作，既一定程度保留了典型性写作思想艺术高度，给读者留下深刻印象，又能有效规避高度典型化带来的不真实性，同时在典型溃散的时代留给人们关于典型的怀念与追随。不仅如此，亚典型叙事还能矫正反典型时代人物的扁平化、类型化、庸俗化甚至符号化。陈斌先给我们在这个时代贡献了一系列亚典型性的乡土人物形象，这些形象还未能达到时代典型的高度，但非常具有代表性且意蕴丰厚，负载着特定时代的思想内涵，是特定时代的人物面相与精神表征，具有多层次多元化的艺术效果。比如乡村干部或准乡村干部的亚典型形象有李天（《行走的姿态》），何建（《铁木社》），何时老（《吹不响的哨子》）等。这些人物形象具有一定的典型性，他们具有一定的党性修养和意识形态观念，但这些教科书般的理论或政策很多时候对乡村社会现实无效，所以他们多数时候都是凭借着乡村传统或经验伦理来治理乡村和单位，有时还不得不略施计谋和权术，这是特定时代乡村干部的生存法则和政治宿命，他们无法超越。再比如乡村特殊人物的呈现，如《天狗》中的天狗，可谓乡村中的能人，乡村的红白喜事都少不了他的鼓噪和弹唱，但时代的变化，在新的利益分配格局面前，他遭遇到从未有的失落。他的吃青皮、闹事、反抗没有什么崇高的动机，仅仅是为了平衡心灵的落差，即使他把弄来的钱给了黑孩盖房子，我们也无法觉出他的无私和人格高尚。但他的形象在乡土社会的转型期确实非常具有代表性，人物形象也鲜活饱满、真实自然。《响锣》中的妖怪皮也是乡土社会生长出来的独特性人物。他的性格打上了源于乡村伦理特有的执拗与乖舛。他的人生际遇、情感理路和成长经历只有放到乡村现实的生存环境、历史演变中才能见出其形象的文学价值。值得称道的是，陈斌先还为我们形塑了一系列乡村女性亚典型形象。《留守女人》中的香辣蟹，《吹不响的哨子》中的达家嫂子，《秀秀这个娃呀》中的秀秀，《天福》中的嫂子，《天街咋就怎么长》中的二娥……乡土的生存环境造就了她们的生存性格，她们的故事或遭遇逐渐退隐了，她们的形象和性格却在我们的脑海里长久地盘桓。可以说，小说的成功相当程度应归因于这些亚典型形象的成功塑造。

四、"资源型"的经验主义写作

陈斌先有着深厚的乡土生活历练与乡土感性经验的积累，这是他创作的优势，从目前来看，他的创作更加趋于深厚和稳健，处于创作的上升期。不难看出，他的创作基本凭借丰厚的生活积累，可谓生活"资源型"作家。这里不是否定他的艺术禀赋和才华，只是相比才华而言，他更擅长从生活实有的经验出发，是"资源型"作家颇有成就的经验主义写作。他的生活范围基本处在县乡之间，长期在县乡基层任职，对乡土社会有着非常深刻的理解。他的经验既有生活其中的鲜活性、亲历性和广泛性，又有着乡土社会沿革的历史"景深"。无论空间还是时间，广度还是深度，文化还是地域，他都拥有得天独厚的资源条件。乡土的熟人社会、乡村的血缘伦理、乡族的婚恋情感、乡野的世道变迁，当下乡村的痛苦与希冀都在陈斌先的笔下娓娓道来，盈满温暖的回忆气息。在经验的统领之下，陈斌先小说可贵之处在于写作主体所体现出来的乡村问题意识、乡村社会关怀与人文情怀。从这个意义上而言，他的乡村叙事不仅仅是乡土改革开放的文本实录，更是乡村各色人等的情感表现和心灵秘史。作为政府职员的作家，他熟稔笔下的现实、生活和人物，敢于直面乡村的问题和疼痛，能够敏感地把握乡土转型裂变过程中极具代表性的题材和现象，在乡村镜像还原的过程中体现出作家的精神追求和价值判断。作家在《吹不响的哨子》的序中写道："我是农村长大的孩子，农村生活对我的影响很大，进入乡村叙事，就像找到了自己的母题。有人说，童年生活决定作家的高度，阐述的道理可能是童年的记忆，它是作家叙述的立场，决定了一个作家的感觉和态度。"[①] 作家的经验写作揉进了作家主体的生存疼痛和叙事伦理。故事演绎的过程中既有作家的责任担当，更多的是作家主体精神的困惑迷惘。作家深知乡村世俗化的历史进程不可逆转，但他还是对乡村既往的传统无法割舍。只不过作家在文本中没有现身说法，而是通过小说的人物如黄瘪子、妖怪皮、何时老（和事佬）等传达作家的主体情怀。从叙事抱负上看，他的乡土经验主义写作既不是宏大叙事，也不是乡土琐碎的日常叙事，而是介于二者之间，以乡土的普通人物、事件来折射大时代的内涵；从叙事立场或角度来看，这既不是放大苦难的所谓底层写作，也不是与意识形态相悖的民间立场写作，而是作家主体置身其中的农村基层写作。基层是中国社会的根基，尤其是中国乡村基层更加需要引起全社会的关注，如今乡土世界的颓败，已经足够触目惊心，从这个意义上说，作家的乡村关怀不仅是责任担当更是良心发现。当然陈斌先的经验主义写作不仅仅停留在乡村生活的表象，文本还有意识地向乡村的风俗人情、地域文化和伦理道德等纵深领域延伸。寿州、淮河、皖西的地域风情、文化俚俗、方言口语也较多地进入他的叙事文本，因此，他的乡村叙事地道、成熟、真实、自然，富于浓郁的乡土气息。

---

① 陈斌先：《吹不响的哨子》，安徽文艺出版社，2012年版，第1页。

当然，任何一个作家的创作达到一定的高度或发展到一定的程度时，总会遭遇创作上的瓶颈，陈斌先也莫能例外。当前，以《吹不响的哨子》为代表的"新乡土"叙事正渐入佳境，也正因为如此，作家今后创作若要进入新的境界还需要着力在这几个方面努力超越：一是他的乡村故事的叙述还缺乏一定的张力，叙事动力还有不足，稍显拖沓；二是其乡村叙事尽管有意识地与地域、文化接通，但内蕴还不够丰富，今后可以在接通历史、接通"存在"上着力，尽量写出地域的文化感，存在的历史感和现实的存在感；三是经验主义的写作还需要做进一步"形而上"的提升，可以将现实主义进行开放拓展，可以在经验层面的基础上增加想象空间，写出经验背后历史文化的纵深和其来有自；四是作家更应当心存高远，有更大的艺术抱负，具备清晰的文学史意识，写出乡土文学史中堪称经典的作品——倘如此，善莫大焉。

女性婚恋主体困境及其突围的艺术摹写

——简论李凤群中篇小说《象拔蚌》

从城市题材、女性情感、成长心理，到乡土、家族、历史、时代，从《非城市爱情》《活着的理由》《背道而驰》到《良霞》《颤抖》，再到《大江边》《大风》《大野》，李凤群在中国小说界的"崛起"，已是不争的事实。李凤群的小说从未让人失望，针脚绵密，感受细腻，意蕴幽深，尤其对于苦难、家族、女性、成长、疾病、心理等领域的探索，愈发具有个人鲜明的风格和辨识度。中篇小说《象拔蚌》（《上海文学》2020年第5期）是作家最新的创作，既延续了作家对女性婚恋心理幽秘地带的探寻，又深度揭示了女性在婚恋"围城"中主体性的迷失、困境及其艰难的挣扎、突围和最终的"妥协"。就其书写女性婚恋主体性的迷失、突围与追寻的意义向度而言，小说某种程度上颠覆了习见的女性婚恋叙事，取得了较大突破。

关于婚恋女性主体性的建构努力，自现代文学以来时断时续，时隐时现，试图顽强浮出历史地表。20世纪20年代《莎菲女士的日记》中的莎菲，摇摆于苇弟和凌吉士之间，在灵与肉的迷乱中，并未完成灵与肉的统一，莎菲最终选择了逃离，留下一封信后不知所终。可以肯定的是，莎菲女士的女性婚恋主体性的建构是失败的。20世纪80年代的《方舟》，书写的是一群在婚姻中失败的女性，结成所谓的寡妇命运共同体，想借此对抗男权对女性的侵犯，后来证明只能是乌托邦的幻想。

20世纪90年代的《一个人的战争》《私人生活》等文本，女性在遭受创肉体和精神的双重创伤后，退回到女性自身隐秘的私人领地。这种女性的主体性建构不可谓不另类，所以女性"私人化小说"被赋予了女权主义色彩，只是女性婚恋的主体性在与男性的禁绝中成了乖戾病态的症候，其主体性并没有在"隔绝"中得以反向建构。当然还有稍后的《上海宝贝》《糖》等身体写作，更是乏善可陈，单纯的性放纵，只能是女性主体性沉沦的深渊……

　　《象拔蚌》的主题也是探讨在婚恋"围城"中女性主体性的迷失与尝试突围或重新建构的痛苦挣扎。小说的女主人公槿芳家境殷实，衣食无忧，顺利嫁给了他哥哥单位的员工程健，住着娘家的别墅，为丈夫生了一个儿子，不用上班，她现有的物质生活境遇是聚会七人小群体中其他人一生或许也难以企及的。聚会七人群中，其他人各自在人生道路上殚精竭虑，但他们的生存处境依然充满委屈、艰辛与磨难。聚会的时候，各人都有自己的经历、故事、遭遇给大家分享，唯独槿芳"从来没有人想起问她的境遇，仿佛她是一幅画，静止不变"。她优渥的生活似乎是她的原罪，聚会的时候她始终保持沉默、顺从甚至是歉意地微笑，做忠实的听众以及聚会后的买单是其唯一存在感的体现。然而，这并非是槿芳婚姻生活的真实情状。一次深夜她看到了自己的丈夫程健像剥了壳的"象拔蚌"般露出最丑陋最糟糕的一面，从此她的婚姻生活陷入恶心、厌烦、过敏直至绝望的深渊。她的婚姻并非如别人艳羡的那样建构起女性/自我的主体性维度，而是陷入女性婚恋主体性的迷失和沦落。经由小说叙述，其主体性困境表现在诸多方面。一是她发现自己所嫁非人，当初只不过被程健热烈追求的话语所蛊惑，以为自己嫁给了爱情，婚后发现这完全不是自己所要的"应然"的婚姻生活；二是生活陷入毫无诗意可言的庸俗和一地鸡毛，亲戚的熙来攘往，婆媳关系的扭曲，死水般的婚姻现状让她逃无可逃；三是对丈夫在外应酬，有可能出轨的担心、臆想；四是槿芳心中仍然没有放弃对美好诗意爱情婚姻的憧憬和幻想；五是她的婚姻生活被外界认定为生活优裕、感情稳定，如有不满或抱怨就属矫情……这样的婚姻"实然"情态，作为婚姻主体的槿芳还有自身的主体性可言吗？单纯的物质无虞无法建构起婚恋的主体性，而匮乏的则是婚恋的核心：爱、灵魂的愉悦、感情的相契。"此在的沉沦"，主体性的沦落才是槿芳婚姻生活的真相。

于是，外表温婉、性格柔和的槿芳开始了"观音娘娘"式困境的自我突围，对婚恋主体性失落的救赎。她首先在七人群里公然宣称自己的丈夫程健出轨，引起大家对程健的集体声讨、谴责和对槿芳的同情、安慰。自此，她以婚姻生活的受害者与他人取得了平起平坐的情谊。其次，她又秘密告诉"我"：所谓她老公的出轨完全是她本人的臆想和揣测，她不能忍受丈夫"象拔蚌"般的丑陋不堪，期待早日走出婚姻的囚禁。找不到离婚的理由，她就期待着丈夫在外出轨，以便让她掌握确凿的证据，才能够名正言顺地逃离。在她的撺掇下，她和"我"屡次想找寻程健出轨的证据，结果却徒劳无获。漫长的婚姻、无望的等待、无尽的煎熬，无奈之下槿芳以自己的网恋、和陌生人开房、出轨为"途径"，试图走出婚姻的窒息。不仅如此，小说的结尾告知读者，槿芳的小女儿并非是她和程健的亲生女儿，而是她和婚外的情人所生，只不过程健不知情而已。小说临近结尾处，槿芳说："我爱她，我爱她超过世上万物，我爱她超过爱她的哥哥姐姐和我的父母兄弟，和剩下的一切。我愿意为她而活，也愿意为她而死。"[①] 由此可见，槿芳应该是在婚姻外找到了她的真爱，并和他有了爱的结晶，但迫于现实的因素和多方面的压力，她和蒙在鼓里的程健依然保持着婚姻的躯壳。她以自己的迷乱、出轨某种程度上颠覆了我们对女性婚恋主体性追寻的认知。一般情况下，女子在婚内要么提高自身的地位，从而获取婚姻的主体性地位，或者通过对丈夫背叛的报复与批判，获取道德优势；或者相夫教

---

① 李凤群：《象拔蚌》，载《上海文学》2020年第5期。

子，在相濡以沫的日常生活中建构婚姻生活的主体性；或者在与另一半的精神对话中获取主体性的建构等等。这种以女性的背叛、出轨甚或迷乱试图建构女性自身婚恋主体性的书写并不多见。再进一步分析，尽管我们不以道德眼光苛责槿芳的另类行为，然而，这样的自我逃离真的能构成对女性主体性在婚内迷失的救赎吗？在人类现有的婚姻框架内，以出轨这种另类的情感试图破解颓败的婚姻恐怕只能是槿芳的一厢情愿，实质意义上的女性婚恋主体性仍然是看似"在场"的"不在场"。这就是小说叙述突破性的意义所在，文本揭示了这一类女性真实的婚姻现场，真实地描摹了她们挣扎突围的痛苦和无奈，面对现实最终的妥协以及最终建构婚恋主体性的虚妄。小说中"我"的婚恋命运深受槿芳影响，一段时间内，"我"对找寻程健出轨的证据表现出非同寻常的关注，那种亢奋超出了我对男友的兴趣，究其原因，自然是对婚姻本身是否可靠的焦虑和忧心，正是看到了外在优裕光鲜的槿芳都面临如此丑陋的婚姻，导致了"我"对婚姻本身的恐惧，这也直接导致了"我"的婚期拖延，最终与前任男友分手。"象拔蚌"是小说的核心意象，它是小说中婚姻现实的深度隐喻，围绕着"象拔蚌"的发现、逃离与无奈，槿芳和"我"殊途同归。

小说在艺术完成度方面，也展现出一个成熟作家应有的水准。小说以"我"离开若干年后回来找寻槿芳为线索，拉开了槿芳生活际遇的帷幕，在当下与回忆的交错、比照、互文充满张力的叙述中，槿芳的婚恋困境、挣扎、绝望和突围的全过程得以生动、细腻、完整地呈现。结构方式不算创新，却运用得恰到好处。"我"的第一人称叙述为主导，嵌入小说中人物槿芳的第一人称讲述，间或以第三人称视角对槿芳的遭遇抒发感慨或进行评判，自由直接话语、自由间接话语、转述语转换自然，视角的自由切换让叙述摇曳多姿。小说特别擅长对人物的心理进行深度挖掘，这也是李凤群出色的艺术才华之一，在既往的创作中已经有充分的展露，《象拔蚌》也不遑多让。小说对七人小群体人物交往心理的拿捏，对槿芳在婚恋全过程的心理描摹，对"我"受影响的婚恋心理的刻画，无论是通过人物言语、行为还是心理分析，均能深入人性和心灵的褶皱处，发掘人性最隐秘的心理，体现出作家"理解生命"的创作情怀。"象拔蚌"作为小说的核心意象和"文眼"，是在前文层层铺垫叙述之后，在关键时刻才出场的，也充分展现出作家对小说叙述节奏、进程的自由驾驭能力。小小的细节也是情节演绎的"草灰蛇线"，小说开头写到槿芳的小女儿看着不像她的爸爸，这里就已经埋下伏笔，如此，结尾处槿芳的诉说才不显得突兀。

作为70后作家的重要代表，李凤群的文学叙事既有女性独有的面相，也有非女性的视野。作家很有抱负，正在不断地超越经验的阈限，拓展题材的疆域，尤其在绘制人性的灵魂图谱与书写历史、社会、时代的变迁在人的心灵投影方面的艺术表现，越来越具有看得见的深度和广度。随着时间的推移，相信李凤群将会有更广阔的叙事空间。

"残缺"少女情爱心理的精微呈现

——评刘鹏艳的短篇小说《鹊桥仙》

评论家出身的80后女作家刘鹏艳近几年在小说创作方面取得了骄人的成果：中篇小说《红星粮店》位列2013年度中国小说排行榜第二；短篇小说《月城春》斩获2016年《红豆》文学奖；多篇小说被全国权威文学刊物全文转载；最近，作家的艺术野心亦进一步"膨胀"，《月城春》《苏幕遮》《鹊桥仙》自成一个系列，将作家的悲悯情愫和人文关怀聚焦于银屏老街残疾人的生存世界和情感世界，探幽烛微，原生态地还原了他（她）们的在世情状，精微的叙事抵达了人物心灵世界的每一丝悸动、每一寸褶皱，小说也因此获得了相应的心理深度和别样的情感维度。短篇小说《鹊桥仙》自有其不俗的叙事品质和艺术呈现。

美少女"小花"五岁时因为寻找哥哥，发生意外，下半身全部瘫痪。哥哥小兵因为内疚而离家出走，二十年杳无音讯。疼爱她的爸爸也身心憔悴撒手人寰，将母女俩孤独地抛掷在人世间。母亲日渐沧桑衰老，忍辱负重地将她一天天拉扯大。小说从瘫姑娘小花的生存状貌开始写起：昏暗的光线，逼仄的空间，轮椅上孤寂的时光，每天只有通过哭泣宣泄内心的委屈、痛苦、悲伤和怨憎。哭泣成了她生命赖以维系，缓解痉挛、疼痛、麻木的唯一通道，哭泣也成了她生命存在必不可少的仪式。之后，小说追述了小花五岁瘫痪前的天真、烂漫、快乐的时光。瘫痪前的时光越是快乐、生机勃勃，越是反衬出瘫痪后的孤独和悲伤。悲伤是一个年轻女子必需的功课，更是高位截瘫的美丽姑娘小花每天的必修。

当昏暗的天光照到五斗橱倒数第二个抽屉的时候，母亲在紧张疲惫的劳作之后，就会回到她们居住的昏暗老屋。母亲推着轮椅，带着小花到户外看看，这是小花每天几乎固定的"放风"。草木成荫的季节到了，万物经过冬的贮藏和酝酿，开始苏醒了，同时苏醒的是小花幽秘的情爱世界。爱情是每一个人的权利，即便小花高位截瘫，但她依然有憧憬白马王子的梦想。许是人的青春本性使然，许是因为小花于无聊孤寂中看青春爱情剧，被剧中浪漫唯美的男女相遇所感染、所蛊惑。命运无论多么巍峨狞厉，也难以遏止爱情心理的蓬勃生长。近几日"放风"，小花总觉得被一种目光所追踪、所笼罩，无法摆脱也难以自拔。望月桥，是最适合爱情邂逅和生长的地方。柳永的一曲《鹊桥仙》将爱情描摹得多么缠绵悱恻又哀婉动人，小花也有权利拥有属于自己的《鹊桥仙》。小花证实了目光的存在：清亮的眼睛，卡其色长裤里的修长的腿。这令小花日思夜想，甜蜜祈盼，薄暮时分的一两个小时的体验足够她嘟吮咀嚼一天一夜。然而这又让她肝肠寸断，痛苦痉挛，这可能吗？这是真的吗？小花不忍心拆穿唯一一次有对象的美丽童话，读者也在拭目以待这样凄美的爱情是否是真实的虚构。这里，文本巧妙地设置了双重期待，主人公小花的心理期待以及读者的阅读期待——接下来，这将会是怎样的过程，怎样的体验，怎样的结果？作家够"残忍"的，于此，剧情陡转直下。清俊不凡、踏桥而来的丰神朗逸的男子不是她的梦中情人，而是她失去音讯二十年的亲哥哥小兵！他的忽隐忽现只是因为心灵的罪愆和无法直面的愧疚。这彻底葬送了小花的内心渴盼，也彻底颠覆了读者的阅读期待。是惊喜？是难过？是怨恨？是幻灭？还是绝望？小说如此的情节设计，已不仅仅是作家的艺术匠心了，而是"形式就是意味"，"情节就是主题"。

"对日常生活所特有的那种无意义的或偶然的细节的包容成为正面故事'真正发生过'的证据"①，华莱士·马丁的告诫不无道理。《鹊桥仙》在细节处理方面非常到位，显示了作家深厚的艺术功力。比如，当小花在轮椅上外出正烦恼着自己命运多舛的时候，一只蛾子飞撞到小花身上，小花用手掐住蛾子且捻碎它，即便褐色的黏液和翅粉污了她白玉般的手指也在所不惜。这个细节充分揭示了小花内心对命运不公的强烈愤恨。母亲给小花买了一个水红的发带，小花则认为俗不可耐。母亲询问小花开塞露是否够用，这让小花涨红了脸，母女俩有关开塞露是否够用产生了争执。新月桥边遭遇追踪的目光和青年才俊，回家后小花主动要求洗脸，梳妆，平静的脸上如娇花照人。这些细节也进一步映射出处于相思状态中的女性极其幽微隐秘的恋爱心理……小说篇幅虽短，但细节的真实却无处不在。这些细节的真实性营造出小说的逼真性或小说的真实感。由此，小说中"残缺"少女复杂幽昧的情感世界和恋爱心理得以纤毫毕现地展示。

小说的成功还在于文本叙事的清明流利，在于小说语言的古典意蕴与现代气息的完美契合，文本将宋词的悠远意境和当下世俗的生活串接起来，既不失审美意蕴，又能紧贴现实生活的烟火气，在小说美学方面寻找了一种恰当的平衡。一个优秀的作家，必须要找到属于自己的言说方式，这篇小说里，作家继续沿着《月城春》《苏幕遮》的路数，迈出了更为坚实的步伐。这既是作家刘鹏艳的叙事自觉，也是她艺术信心和"野心"的进一步展露。

在当代文学中，触及残疾人题材的并不鲜见，比如史铁生的《命

---

① [美]华莱士·马丁：《当代叙事学》，伍晓明译，北京大学出版社，2005年版，第55页。

若琴弦》,阎连科的《受活》。这些作品深刻地触及了残疾人的命运状态,但深度触及残疾青春女性情感世界和恋爱心理的并不多见,《鹊桥仙》细致入微地走进小花的情爱及其心理世界,其开拓性的意义和原创性的价值不言自明。

历史叙述的真实、认知及其话语的德行

——评季宇长篇历史纪实文学《燃烧的铁血旗》

受到西方新历史主义思潮与历史叙述理论的影响，1990年代以来甚至更早，人们对于历史就不那么敬畏与恭敬了。一时间，历史叙述不再是历史事实、事件、进程等的实录，历史仅仅被认为是一种叙事修辞，一种"话语的构造物"，一种写在羊皮纸上可以任意擦写、反复涂抹的叙述文字。历史领域尚且如此，文学领域某种程度上更是把历史当成戏谑、杂耍的对象——"历史是任人打扮的小姑娘"，历史被充分地文本化、叙事化甚至历史叙事已无具体的"所指"，沦为"能指"的符码、语词的狂欢。如此一来，历史的"本在"永远是一个遥不可及的神话，诚如佛克马和蚁布思所言："历史叙事的形式并不是一扇洁净明亮的窗户，人们可以毫无阻碍地透过它回望过去，它可能镶有有色玻璃或以其他形式歪曲被看到的景象。"① 既往的历史叙述被过多地施加了意识形态的迷雾与"神圣"叙事的狡计，因而人们无法抵达历史的真实，如今，历史的能指化、稗史化、游戏化仍然是对历史的遮蔽。

人们不禁疑问，历史到底是什么？有没有认识历史"本在"的可能？关于历史的文学叙事有没有建构历史真实的可能？对于历史，还有

---

① ［荷］佛克马、蚁布思：《文学研究与文化参与》，俞国强译，北京大学出版社，1996年版，第67页。

没有获取历史认知的可能？历史叙事与历史价值坠入迷途久矣，对于历史价值的正面建构，我们该采取怎样的叙述姿态？回答这些问题的确不易，它牵涉到历史真实、历史认知、叙事立场与历史叙述等多方面的思想艺术辩证。然而，这里我们可以从季宇的长篇历史纪实文学《燃烧的铁血旗——辛亥武昌首义纪实》（以下简称《燃》，安徽教育出版社2011年3月出版）中获取历史的思想史意义与历史叙述的启示性价值。可以说《燃》是季宇先生继《新安家族》之后又一重大收获，厚重、大气、成熟。如果说《新安家族》是季宇虚构类文本里程碑式的作品，那么《燃》就是季宇纪实类文本写作的里程碑。

一、抵近历史真实的叙事话语

历史的生命与意义在于真实，否则历史就会自我消解，成为演义或戏说。如果承认历史的存在，就必然地要以历史的真实性为前提。所谓历史，有历史学家认为："从广义上来说，一切关于人类在世界上出现以来所做的，或所想的事业与痕迹，都包括在历史的范围之内。大到可以描述各民族的兴亡，小到描写一个最平凡的人物的习惯和感情……这就是历史。"[①] 对历史有这样的共识应当没有问题，关键是历史叙述或历史的文学叙事怎样最大限度地抵近历史的真实。季宇先生的《燃》既然是纪实文学，自然是把历史真实性放到写作的首位，那么，文本的叙事话语是怎样成功地抵近历史真实的呢？

首先，文本大量采用了当事人、亲历者的回忆、日记以及诸多方面的史料。文中类似这样的叙述语句不胜枚举，如"那么，这次爆炸的内幕如何？让我们再来听一下当事人之一的赵楚屏的口述"，"但更多

---

① ［美］詹姆斯·哈威·鲁滨孙：《新史学》，齐思和等译，商务印书馆，1989年版，第3页。

的人持另外一种说法。李春萱回忆说","关于杨洪胜的背景材料,《武汉人物选录》中有如下记载"。① 这样用材料说话,做到事事有出处的叙述模式,就为文本的真实性奠定了良好的基础。这起码充分说明,关于辛亥武昌首义里面涉及的人物、事件、过程不是作家凭空虚构或想象的,而是基于历史真实之上的创造。但是,当事人、亲历者的回忆、日记并不能完全视为历史真实,官方的、民间的报纸、文件等史料也不能和历史事实画等号,这是因为不同的人,不同的阶级、阶层,不同的立场针对某一特定的事件或人物会基于自身目的、利益的考量而彰显有利于他们的证词,遮蔽有碍于他们的真相。"偏信则暗,兼听则明",作家的高明之处就在于把对同一事件的不同回忆、见解、史料等拿到文本中进行共时性"晾晒",这样,读者总会在自相抵牾、冲突、云山雾罩的史料背后,找到历史真实的蛛丝马迹,历史的真实也会在对回忆、材料等的辨析、甄别中显山露水。

其次,文本营造了逼真的历史现场,重建了历史人物、情境、细节的真实。历史现场永远是回不去的,它是始终无法真正抵达的"曾在"。无法真正地抵达,但可以无限地靠近,可以镜像式地再现、反映历史的曾经,这就有赖于在文本中营造逼真的历史现场,在人物、事件、情境、细节真实性的基础上,形成历史的"现场感"。既往的意识形态叙事,追求历史的"本质真实",为了凸显阶级、革命、进步,在革命现实主义、革命浪漫主义和社会主义现实主义等叙事成规的统摄下,人物是高大全的,情节是苦难之后出现黎明的曙光,主题是正义最终压倒了邪恶。如此一来,文本中的人物几乎没有"日常生活",几乎不食人间烟火,没有人性正常的七情六欲,结果是以"本质真实"的意识形态诉求湮没了历史的本然真实。因而,这些文本没有能够还原历史现场,无法营构历史的现场感,自然也无法赢得读者的共鸣与信任。

---

① 季宇:《燃烧的铁血旗》,安徽教育出版社,2011年版,第9页。

而解构性的新历史叙事尽管颠覆了传统的历史观、传统的历史叙述,尽管从历史的宏大叙事回到了历史的"小"叙事,让历史回到了细民百姓,回到了日常生活,可惜的是它的后期却陷入了历史的消费性、娱乐性而不能自拔,自我解构了历史的真实性、严肃性与权威性,更遑论历史的现场感与真实感。只有建基于历史真实基础之上的历史场景、氛围、人物才具有历史的现场感,《燃》的成功亦有赖于此。其一,是文本中人物形象的真实感。无论是文中的主要人物孙中山、黄兴、黎元洪、袁世凯,还是汪精卫、熊秉坤、良弼、冯国璋,抑或一系列历史中的小人物,文本都把他们放到当时的历史情境中去刻画,尽力还原人物的真实面目。譬如:黄兴,不计较个人名利与进退去留,襟怀宽广,一心从事革命,但在军事指挥上有时也急功近利,成了常败之将,受人诟病仍屡败屡战;黎元洪,他由认可皇恩浩荡的守旧立场到被迫参加革命成为大都督,其间的思想转变、自身安全考量以及后来出于对形势的重新判断而改变态度等都写得真实可信,符合历史原貌,既写出了他曾经的首鼠两端,和传统守旧势力的千丝万缕的联系,也写出了后来对辛亥革命事业的贡献;袁世凯,文本一方面写出了他的奸雄本色与政治投机行为,另一方面也写出了在逼迫清帝退位,结束封建帝制的过程中起到了应有的作用;孙中山,文本重点叙述了他的政治主张、革命热情,却也对他的理想性、软弱性做了相应的揭示,并对他回国组织临时政府的种种艰难和处处掣肘做了客观呈现。其二,历史情境的真实。一方面文本尽可能全面地阐述了辛亥武昌首义前后革命发动的来龙去脉,进而对武昌首义的酝酿、挫折、进程、后果,各派力量的博弈与妥协做了充分的演绎。另一方面在具体历史情境的营造中,每一个事件、每一个细节、每一个步骤都有具体的历史事实作为依据。小说尤其重视细节真实的作用。比如在"谁是犹大"的叙述中,作者不厌其烦地用叙述文字穿行于当天事故发生的方方面面,对刘同入狱后的细节反复考证,目的就是要求证究竟是谁出卖了起义计划和武汉起事的各个地点。当然,文本中类似的细节数不胜数。细节的真实让我们恍如进入历史现场,身临其境。正如华莱士·马丁所言:"对日常生活所特有的那种无意义的或偶然的细节的包容成为正面故事'真正发生过'的证据。"① 历史小说,哪怕是纪实小说也只有夯实细节真实性基础,让历史充分情景化,才能让历史叙事更加血肉丰满而不流于浮泛。其三,小说叙述话语典雅庄重,富有书卷气息,符合当时的历史情境,文中的人物话语贴近人物的角色、身份和性格特征,相关的历史文件、回忆基本上选自历史的第一手材料,和文中的叙述话语、人物话语和谐地融为一体。所有这一切无不体现出作者对历史本然的敬畏和尊重。

二、镜像真实背后的历史认知

中国古代史学家司马迁之所以伟大,不仅仅是他的《史记》被誉为"史家之绝唱,无韵之离骚",也不仅仅是因为它揭示了上自黄帝下迄汉武帝长达几千年的历史真实,更主要的是司马迁以自己对历史的真知灼见——史识,照亮了历史沉默的素材。当年陈寅恪研究历史,主张在治史中求史识,在历史事实背后求历史认知,这已经成为普遍的共识,否则一味见风使舵,为政治讳,为尊亲贤讳,就不可能有信史,不可能有正确的历史认知。

《燃》为我们建构了辛亥武昌首义前后中国社会真实、鲜明、立体、丰富、复杂的历史镜像,其目的是要从历史镜像中获取历史认知,体现"信史"的精神。尽管季宇先生不是纯粹意义上的史学家,但他在历史文学叙事领域所秉承的历史精神,所持的历史观、历史认知态度以及所具备的历史情怀等尤为值得赞赏。

---

① [美]华莱士·马丁:《当代叙事学》,伍晓明译,北京大学出版社,2005年版,第55页。

首先，历史镜像的建构体现了作家的史识与史德。不同的作家主体，就会建构不同的历史镜像，即便这些镜像的建构都来自真实的历史素材，也会因为主体的"选择性"不同而呈现出建构性差异，因此如何选择史料则体现作家史识、历史观、价值观与思想立场的不同面相。关于辛亥革命与武昌首义的材料汗牛充栋，甚至鱼龙混杂。如何在其中找寻历史真相，还原历史真实，这绝非易事。选择之后，各个材料孰详孰略？怎样用统一的价值观进行统摄，这既考验作家的史学素养，也彰显作家的"史识"与"史德"。文本一方面从武昌首义的正面叙述起义的人物、事件、过程，在具体的叙述过程中又以旁观者的姿态对晚清政府的政治、决策进行客观分析，从而透视事件的完整过程，深度分析革命势力与晚清政府之间的历史博弈及其决策方针的成败得失。另一方面，在革命派内部，由于思想诉求、革命动机、利益分配、人员构成的杂乱，革命派也并非铁板一块。文本也在叙述起义前后经过的同时，用了大量笔墨再现并阐释了起义进程的艰难，以及守旧派、军阀的参与导致革命的妥协性与不彻底性的历史成因。当然，清朝政府内部也是一样，他们一方面倚重李鸿章、袁世凯等人，但另一方面他们对李、袁等人又相当忌惮，存在排汉的心理，在派遣袁世凯还是荫昌前往武汉弹压起义的决策上就暴露了这一点。不仅汉满之间，就是清朝贵族内部也存在权力的争夺，也存在顽固和维新的争端，这在一定程度上削弱了清廷的力量，为革命者赢得了时间，文本令人信服地写出了历史的错综纠葛。在刻画历史人物的时候，也同样彰显了作家的历史史识。著名史学家唐振常先生认为，评价历史人物，要看他的全局和整体，同时也不能忽略他的片面和局部。全面评价一个历史人物，要看他的整个历史，特别要看他在历史发展转折时期的表现，不能由于其人大节不好，就对其一定时期某些好的表现加以歪曲，否则就有悖于治史的品格。同盟会、辛亥时期的汪精卫，既有激扬文字的书生意气，也有谋刺摄政王的革命派风采，尽管后来他成为政治投机人物，成为汉奸卖国贼，但这一时期的汪精卫从整体上而言，其行为是可圈可点的。同样，对于清廷大臣良弼，作者一方面还原了他作为清朝贵族年轻有为新派人物的面貌：良弼反对清朝贵族子弟声色犬马的生活，刻苦学习以挽救清王朝的衰亡为己任，决心要做一代中兴名将，希望像日本明治维新那样重振清王朝。但另一方面也写出了他种族之见很深，反对汉人掌兵，同时也客观描述了他看不清历史的发展趋势，最终只能成为清廷殉葬品的悲剧命运。不仅对历史人物的评价要如此，历史事件、历史细节、历史进程等也要放到整个历史的坐标系中去考察它们的是非曲直。

其次，作家以当代人的眼光重新审视与诠释历史。福柯说过，"重要的不是话语讲述的年代，而是讲述话语的年代。"克罗齐说过，"一切历史都是当代史。"科林伍德说，"一切历史都是思想史。"对于作家季宇和他的《燃》来说，与三位思想大师的言论都非常契合。辛亥武昌首义已然成为百年前的过去，整整一个世纪的时间，中国又经历了历史的纵横捭阖与沧桑变化。站在21世纪2011年的时间坐标上，回望曾经的武昌首义，或许足够的时间跨度才能够让我们拨开历史的迷雾，厘清历史的道路。没有生命的历史文献与历史事相只有经过当代意识的聚焦，才能揭示历史的意义、总结历史的经验教训，以达到资政育人、镜古鉴今的目的。作家以当代人的眼光与意识重新审视、诠释武昌首义那段历史，主要表现在三个方面。一是通过历史真实的镜像重构，以当代的意识、当代的历史观深刻反思武昌首义的功过是非，这种反思是全面而深刻的，完全具备了思想史的价值与深度。文中的人物形象、事件、经过是思想的载体，而核心是近代中国社会思想变迁的动因、发展、挫折与历史辩证。借此，我们才能真正洞悉辛亥革命的意义与它的不彻底性的根本原因。二是多角度、多方位地对事件、人物、进程进行聚焦，力图在"视界融合"的多重关照下找寻历史真相。文中一会儿是革命者的视角，一会儿是清廷的角度，一会儿是回忆者的回忆，一会儿是亲历者的诉说，一会儿是旁观者的见证，甚至对同一个历史事件，也往往从不同角度进行解读,这样才能最大程度保证叙事的客观性与辩证性,才能有效地摆脱单一视角的偏狭。三是许多时候,作者直接在文本中现身说法,表达对一个事件的看法或判断。比如,在叙述究竟是刘同还是李淑卿出卖同志的时候,文中列举了一些细节,但对于材料中提到的李淑卿依然"宁危不惧,坚不吐实"时,作者直接写道:"我相信这可能是事实。"直接表达了对于一个事件的看法。类似这样的例子,文中多次出现。这种判断和文中全知全能叙述者的判断并非一回事,它充分显示了作家强烈参与其中的主体欲望与对事件判断的责任担当。

再者,历史镜像建构与历史认知背后的人文情怀。读季宇的作品,无论是现实的题材还是历史的笔墨,我们总会感觉到文字背后一以贯之的人文情怀与人文立场,我始终觉得这是作家"立言"也是"立人"的根本。在当下思想混乱、精神迷失、价值暧昧不同程度存在的转型期社会背景下,相当多的文学叙事不仅"躲避崇高",躲避价值追问,而且和市场逻辑、大众庸俗文化紧密地媾和。此情此景,作家对于人文理性的信仰,对于人文价值、精神的守望,多数时候只能依赖自身的人文立场与人文情怀,在价值暧昧迷乱的时代,这种坚守尤为可贵。《徽商》《新安家族》《猎头》《县长朱四与高田事件》……无论长篇抑或中短篇,无论是塑造人物还是结构故事,我们都能看到叙事表象背后人文思想的一脉相承。在我看来,这种人文立场与情怀既非庙堂、意识形态的,也非民间、江湖的,它是传统儒家原教旨主义的"士大夫"文化与现代意义上的民主、科学、启蒙、理性等的结晶,它以自身独立不倚的思想品格去审视现实、诠释历史。《燃》自然也是这种人文立场的延续与深化。文本尽管以客观真实为叙述目标,但这并非意味着取消了作者的思想立场与人文情怀。无疑,作者的叙述文字充分体现了历史的正义、发展潮流,充分赞扬了在历史转折的关隘之处,领袖人物、杰出人物、普通人物的历史气节与牺牲奉献精神。作者的情感倾向与价值倾向从对人物、事件的命名、描述就可略见一斑。比如"血性男儿""年轻的勇士""伟大的先驱者""孤独的战士"等用来描述革命者及其先驱,而"瑞澂其人""聚焦黎元洪""段祺瑞其人""汪精卫其人"等用来描述看法有所保留的历史人物。由文本可知,季宇一方面对历史达尔文主义、线性历史观持谨慎的审视态度,同时对历史虚无主义深怀警惕。在作家历史认知的思想地形图中,历史不完全是必然的产物,历史同时也受到大量偶然性因素的影响,历史是在必然与偶然的辩证互动中生成的。因此,文中常常对历史事件的走向、偶然性因素给予特别的关照,因为作家意识深处对它们影响历史的命运深以为然。可贵的是,作家历史叙述背后的思想立场与人文情怀并非基于意识形态诉求或历史的相关定论,而是植根于令人信服的历史真实与真实之上的历史认知。

三、历史与文学的辩证性生成

"历史"始终是文学叙事极为重要的领域,更是难以绕开的重镇。明清时期就流行以历史故事为蓝本的"演义"小说,至今仍迁延不绝。如今各种历史叙事,无论正剧、悲剧与喜剧,无论基于史实或历史消费,无论古典、现代还是后现代,"历史"都被文学以不同的方式叙述着。《燃烧的铁血旗》是基于历史的长篇文学纪实,文本必然是历史品格与文学性的有机交融,亦即"史"与"诗"的辩证性生成,文本在二者的交融方面是相当成功的。

一方面,"历史"的思想史深度成为文学叙述的内在价值。建安文学与杜甫的诗歌具有诗史的品格,备受历代推崇;巴尔扎克自称要做法国历史的书记员;恩格斯在典型人物背后察觉到某种"历史潮流"——"历史"往往成为文学叙述的内在价值尺度。作为长篇历史纪实文学《燃》,如果仅仅镜像式地再现了历史的真实,塑造一系列栩栩如生的历史人物,显然是不够的。据我看来,《燃》要获取的是文学叙事镜像背后的思想史深度。王达敏教授在书评中认为,与其说《燃》

是一部真实的历史，不如说是一部思想史。他讲得虽简略，却深刻揭示了文本的主要价值。在形象塑造的背后，历史的思想史深度成为文本的内在价值尺度。只不过，这种思想史的深度，不是通过历史材料的堆砌而逻辑地取得的，而是通过文学叙述，通过形象塑造，情节的推演而审美地获得的。如果说，历史学擅长居高临下地处理历史，那么，文学叙述考察的是历史与人生的复杂互动，尤其考察个体生命如何在自己的位置上理解和承受来自历史的压力。我们通过《燃》中各种历史人物的历史负重、历史命运的交织、历史个体面对历史的生命歌哭来了解历史深处的思想脉动。阅读《燃》的时候我有深切的体会，就是所读的不是纪实的历史，而是一部声情并茂、情节跌宕起伏、命运令人唏嘘感叹的长篇小说。出版社把这本书归为史料类，恐怕是不准确的。

一方面，"历史"的辩证深度以文学审美的方式予以呈现。历史并不能自动展开，需要以某种文学的方式加以整饬、凸显甚或修饰，然后予以呈现。《燃》的叙事方式、审美特征完全符合历史表达的需要，概括起来，主要特征有这么几个方面。一是结构宏大而精密。尽管文本叙述的仅仅是武昌首义前后一段的历史风云，历史的时间跨度无法形成史诗性的历史间隔，但文本的空间范围仍然是全景式的，从革命派阵营的共进会、文学社到同盟会，从革命领导人蒋翊武、孙武、熊秉坤、黄兴到孙中山，从清廷王宫贵族到汉族封疆大臣，从利益纷争到革命目标……历史的思想史深度、历史的复杂度、广阔度与悖谬性都在历史进程的叙述中有条不紊地展现。纷繁复杂的历史场景变换与人物命运的演绎，没有精密的叙事结构是难以想象的。作者将时间演进与事件发展做纵横交织，由时间引导事件，由事件牵涉人物，又由人物带动历史进程，从整体上而言，结构宏大而又细致精密。二是故事、情节充满张力。读《燃》，我们不禁被故事的精彩纷呈、情节的跌宕起伏、命运的起承转合所折服——这哪里是历史纪实，却分明就是历史纪实！甚至每一个章节之间的过渡都充满悬念与阅读期待。试举两例：在"八月十五杀鞑子"与"偶发事件"之间是这样过渡的:"然而,谁也没想到的是,就在中秋节起事的计划制订的第二天,一个意想不到的事件发生了";在"意外的变故"与"谁是犹大"之间是这样的过渡语句:"然而,就在邓玉霖走后不久,汉口又发生了一件更为严重的事情……"类似这样的过渡及其叙述始终使得武昌首义的叙事充满张力,令读者不忍释卷。三是故事性叙述笔墨、引用的材料以及文中的阐释性叙述比例适当。在故事圆融的基础上,文中有较多的回忆、材料等方面的引用,尤其是在一些关键性的事件上,所引用的材料比例加大。这不仅保证了历史纪实的客观性品格,也让叙述有张有弛,叙事节奏的变化也让叙述变得生动多姿。除此之外,文中的阐释性评价、议论也有不少,充分体现了历史"阐释者的魅力",显示了作家的主动参与和主体性建构精神,应当说,这样的文字为叙述增色不少。四是叙述语言既厚重沉稳,又明快晓畅。季宇的叙述语言一直值得称道,这不仅是阅读他中短篇小说的体会,也是阅读《新安家族》等长篇小说的深切感受。其中短篇小说语言冷静且入木三分,而在《新安家族》与《燃》等鸿篇巨制中,又增添了话语的激情,这或许是题材选择的原因,也或许是内心正义感、人文情怀的勃发,也或许源于自我价值观的自信与坚守。

当然,《燃烧的铁血旗》还可以在历史的幽昧、人性的复杂性、人物的心理挖掘上走得更深更远。然而这是纪实文学,体裁的限制与历史的"非虚构"性决定了文本在这些方面又不能走得太远。转型期悖乱的现实情境需要历史与价值观的正面建构,在此意义上,《燃烧的铁血旗》的面世正恰逢其时并且具有重要的现实价值。我们应当看到,季宇近年一直在做长期、坚持不懈的正面建构和努力,从《段祺瑞传》《徽商》《权力的十字架》《淮军四十年》《新安家族》,再到《燃烧的铁血旗》,他的良知与责任担当令人肃然起敬,其"话语的德行"在这个时代显得尤为重要。

"后信仰时代"红色叙事何以"返魅"

——简论赵宏兴长篇小说《隐秘的岁月》

革命历史年代,红色叙事是神圣不可侵犯的。它的文化价值在于形象地演绎历史起源的正当性、合理性与唯一性,经常被用来进行大规模的社会动员,因此红色叙事发挥了重要的意识形态功能。先是"救亡压倒启蒙",革命理性压倒启蒙理性,在文学叙事领域自然是革命历史的红色叙事压倒以"立人""批判国民性"为主旨的启蒙叙事。日本溃败后,民族矛盾让位给了阶级矛盾,从某种意义上而言是不同信仰之间的矛盾——共产党人的社会主义、共产主义信仰与大资本家的资本主义信仰不可调和的冲突。在共产党人艰难的"创业史"中,必然要建构革命年代的英雄,弘扬革命英雄主义。如此,英雄的偶像化、神圣化倾向就是革命年代红色叙事的逻辑必然。这种叙述逻辑与叙事成规决定了历史人物或事件的"构魅"性质。这一"构魅"的历史进程在《延安文艺座谈会上的讲话》之后逐渐取得叙事的主导地位。新中国成立后这种趋势非但没有中断,反而按照政治文化的逻辑愈演愈烈,直至"文革"结束才逐渐失去历史区间的合理性。

"告别革命"、改革开放导致"后革命信仰时代"的来临。经济时代,革命理想与革命信仰在一定程度上失落、坍塌。成熟于革命历史年代,极盛于"文革"时期的红色叙事因阶级斗争年代的结束,经济时代的来临而失去了历史特定时期的有效性,甚而成为叙事领域嘲讽颠覆的对象。市场经济时代的世俗化、粗鄙化、功利化导致了英雄人物、英雄主义精神的"祛魅"。既往经典的红色叙事也失去了往日的魅惑与神圣的光辉。祛魅的过程是长期而痛苦的,因为它耗散了我们民族内在的精神信仰。我们触目所及的是革命历史叙事的商业化、红色故事的娱乐化、革命历史讲述的庸俗化。历史还是那段历史,从"构魅"到"祛魅",所改变的不是革命历史本身,而是历史讲述的时代语境。

至少到目前为止,这种解构主义的历史祛魅还在如火如荼地进行,革命历史的红色叙事还在不同程度地被消费着。解构的狂欢在耗尽所有的能量之后必然是新一轮建构的开始。长久的祛魅之后应当到"返魅"的时候了。历史并非在此轮回,而是在涤荡历史的狂热和非理性之后,重返历史理性的途中。红色叙事也到了重返红色理性、政治理性的时候了,因为我党已然走过了百年春秋。

问题是:后革命信仰时代应当怎样进行红色叙事,那些革命信仰又应当怎样进行理性返魅?在此,青年作家赵宏兴的长篇小说《隐秘的岁月》能带给我们深刻的启示。

一、重返历史与信仰之魅

正如作家在后记中所写到的,我们这代人从小就是在红色书籍与红色影视中成长起来的。红色的激情、浪漫、理想与信仰曾对我们幼小的心灵产生过深远影响。时至今日,我们的内心仍然具有浓郁的红色情结与红色信仰。只是这种红色一方面遭受到了"文革"的极大破坏,另一方面遭遇到了强大的市场化商业逻辑与多元化价值观的挑战。于是,信仰之魅与当代中国起源的历史正当性被人们所忽视,从而处于蛰伏的状态。然而无论社会历史语境怎样变化,当代中国历史起源的神魅、正确始终是客观存在的,因此信仰之魅需要重新激活,历史的正义、理性需要适时地唤醒。我们不需要再度构建信仰之魅,我们需要的只是重返信仰之魅的存在。否则，历史与信仰之魅就会在不断世俗化、商业化以及去政治化的时代语境中耗散，这样下去的结果只能导致历史的虚无与信仰的丧失。我们知道，意识形态的孤独、信仰的沉默并不可怕，可怕的是历史、信仰与理想的虚无。现实的情形决定了我们迫切需要重返历史与信仰之魅。如何返魅呢？这当然需要在政治、文化、历史、道德等领域做深刻的反思，而文学叙事因其特殊的形象性、感染性具有其他返魅方式所不具备的感动功能，这就决定了红色叙事在信仰返魅过程中的特殊价值。

  作家赵宏兴敏锐地意识到了这点。只是他不想重蹈既往红色叙事过分拔高主题、人物的覆辙，不想重复"高大全"式的人物叙事，他只想重返历史、信仰之魅的真实，或者说他只想回到历史、信仰当年的现场，他所做的工作就是还原历史的真实。在历史沉淀了一个时期之后，这样的叙事方式可以摆脱曾经的盲目、非理性，应当说是最基本也是最有效的了，因为真实的历史镜像会让信仰的神魅性不证自明。《隐秘的岁月》的主题表现在此意义上具有很强的时代性与现实针对性，文本所要表达的就是对信仰的寻找。为了凸显这一主题，作家的题材选择别具匠心。他既没有选择红军时代离散的红军对组织与信仰的寻找，也没有选择抗日年代相关的素材，而是选择解放战争初期的题材：由于国民党大举进攻解放区，解放区遭到严重破坏，许多党的组织被迫就地解散。小说聚焦于一些共产党人对组织与信仰的艰难寻找，并且题材的选择是基于历史上的真人真事，从而展现了"隐秘"岁月中革命者对信仰的忠诚。明眼人一看就能体会到作家的用心：在历史决战的特定时刻，两种信仰（社会主义与资本主义）究竟孰优孰劣，究竟谁更能成为历史的主导、社会前进的方向。

二、建构小人物的大时代

既往的红色叙事，即便是一些被视为经典的革命历史文本，由于受制于革命现实主义、革命浪漫主义或社会主义现实主义叙事成规的影响，往往都把叙事重心放到了大人物或主要英雄人物的塑造上，文本所表现的是大人物纵横捭阖的大时代。革命领袖、开国元勋、战争统帅、风云人物构成了革命历史进程的人物谱系，而为革命历史做出牺牲奉献的一些小人物往往处于历史的"无名"状态，湮没在历史的烟尘之中。这种红色叙事在敞亮主要英雄人物的同时，遮蔽了众多无名英雄在历史中的价值，显然是不公平的。

"后信仰时代"如果再沿用陈旧的英雄叙事模式或二元对立的思维模式，则很难重返历史的真实和信仰的崇高神圣。所以，建构小人物的大时代，从小人物的生存、痛苦、命运与历史遭际入手，折射风云变幻的大时代才是非常有效的红色叙事方式。作家自然具有这样的叙事自觉，因为作家曾在《"小人物"承载着我的文学梦想》的创作谈中曾言："回顾这些年来的写作，我笔下写的大多是底层人物，或者说是小人物，这可能与我的生活接近他们有关。我想用自己笨拙的笔，描写'社会与个人、存在状态与存在意义、找寻与出路等一系列终极性的问题。'……我想用他们来实现我的文学理想。"[①] 作家的很多中短篇小说主要关注小人物的命运，《隐秘的岁月》同样在实践着作家的文学理想。文本中的赵俊林、小胖子、张二江、杜小春等都是生活在底层的革命者，通过他们的信仰朝圣与命途遭际来反映"信仰时代"恢宏的主题。主题是宏大的，但文本并没有采用宏大叙事的模式，而是采用了日常叙事。尽管人物命运起伏波折，但小说并没有将他们的命运传奇化，

---

① 赵宏兴：《"小人物"承载着我的文学梦想》，载《阳光》，2011年第3期。

也没有将他们的遭遇浪漫化，只是用寻常的笔触写出他们真实的经历与心理感受。作家试图通过几个社会小人物的经历来讲述一段大历史，小说所刻画的人物也恰好反映了小人物在大时代背景下的命运。

文本中小人物的命运和大时代是怎样牵涉的呢？牵涉之处在于，这些小人物不是自在自为的生命存在，而是命运抗争的主体性存在。他们不满足于日常的生老病死，不满足于在风雨如晦的年代苟且偷生，他们要寻找组织，追寻信仰。于是，他们的生存就超越了时代支配性的命运，向着时代的理想高地与生命本体的生存理想挺进，由此，小人物的生存之途成了自我超越性的理想朝圣之路。因而，他们历经失散、牺牲、被俘以及后来蒙冤的生命经历就不仅是命运的被动波劫，而是生命的主动选择和承担——小人物与大时代的深刻关联也因此得以建构。

三、个体生存与信仰之维

著名学者吴义勤指出："历史/时代与人的关系是文学作品惯常的母题，历史/时代的不可抗拒性以及人与历史/时代命运的同步性是大多数作品处理这一母题时的基本模式。对历史/时代主体性及其对人的命运支配性的强调常常使得某些文学作品给人一种'历史/时代'大于'个人'的感受，'历史/时代'成为文学的主角，而'人'反而成了配角。"[①] 之所以"个人"成为时代或历史的配角，主要是个人的命运受到时代的支配而没有选择的自由。存在哲学告诉我们，个体的自由往往就是选择的自由，革命者也不例外。在国民党大举进攻解放区、解放区普遍遭到破坏、失去与上级联系、情形十分危急与凶险的情况下，小龙山区委解散的同志们仍然可以有不同的选择。他们可以选择就地隐藏，融入普通老百姓中暂时保全自己；他们可以投亲靠友，远离斗争的旋

---

① 吴义勤：《大时代的"小生活"》，《当代作家评论》2011 年第 3 期，第 118 页。

涡；他们也可以化妆为商贩脱离危险……特定时期，这样的选择无可厚非，也是组织上鼓励与认可的。从保全革命力量与革命火种的角度而言，这样的选择毋宁说更为理性，也符合个体生存的合理性抉择。如果这些革命者果真做出了这样的选择，那么他们作为个体的人也就成了历史与时代的配角，显得无关紧要了。然而，赵俊林等人并不愿意将生命固着于简单的生存层面，真正的共产党人需要有追寻、有信仰的生活。于是，贫协主席陈家贵留守小龙山继续坚持革命斗争；区委书记赵俊林则不顾生命危险要北上寻找组织，追寻人生的信仰；跟随他的有杜小春、张二江、小胖子。个体的信仰之路异常艰难，并且付出了沉重的代价，贫协主席被杀害，小胖子因路上遭遇伏击而负伤掉队，张二江被捕后也被杀害，后来小胖子继续寻找组织，深陷匪窝并蒙受不白之冤……文本用最多的笔墨写出了心灵朝圣之路的坎坷与负重，也只有突出信仰追寻的艰难与牺牲，小说才能彰显心灵朝圣的价值与意义，进而彰显共产党人的存在主体性。《隐秘的岁月》的深刻之处就在于充分揭示了个人的生存与生命信仰之间的关系，文本串接并打通了形而下的生存与形而上的生命追求之间的灵魂通道。

小说第七章"小胖子结婚"、第八章"张稚的爱情"用了整整两章的篇幅来讲述革命者的婚姻与爱情。作家有意识地将人性伦常置入革命信仰追寻之中，其目的就是要看文本中的主人公怎样处理人性、人情与信仰之间的关系，看他们在面临两难选择时，真正的革命者如何进行取舍。选择既是自由的又是不自由的，当一个人面临多元化选择的时候，理论上可以做出任意的选择，看似自由，但当他选择了一种可能性之后，他只能放弃别样的可能，这又是多么的不自由，这是自由的悖论也是存在哲学的吊诡。残酷的是，当一个人面临选择的时候，他必须做出选择。小胖子在负伤掉队之后巧遇父亲老黄，后在父亲的劝说之下回家结婚，家庭尽管贫穷，但婚姻生活仍然温馨，这种情形之下，很容易消磨革命者的意志，更何况"组织"到底在哪儿还茫然无绪，无从得知。

张稚是赵俊林中学时期的恋人,两人情深意笃。在赵俊林寻找组织的经历中,终于见到久违的张稚,其感动欣喜可想而知。并且张稚又是独生女,家里多么期待赵俊林能够在张家留下来支撑门面。当生命个体的人性、人情遭遇革命、信仰且二者不能得兼的时候,真正的革命者只能是别无选择地选择——舍弃温馨浪漫的婚姻、爱情,毅然走向更高层面的追求,亦即个体的生存逻辑必须服膺信仰的询唤与驱遣。

四、非典型时代的非典型叙事

"后信仰时代"是文学叙事的非典型时代。传统的典型叙事已然失去了历史的有效性,先锋叙事似乎也耗尽了其叙事能量,解构性的后现代叙事也逐渐从高峰走向式微,社会现实的复杂性甚至超越想象导致叙事的虚构性危机。在这样的社会语境下,红色叙事、革命历史题材该以怎样的面目呈现自身,是无法回避的叙事学命题。再度典型化、先锋、新历史、新写实?似乎都缺乏新意。赵宏兴在宣称小说中的人物是"杂取种种,合成一个"的塑造方法时,是否意识到《隐秘的岁月》也是一种叙事的合成?可以说,文本采用的是一种非典型时代的非典型叙事。

首先,文本有着传统现实主义的叙事表象。小说有着传统的故事、情节,故事的两条线索也似乎符合传统的叙事手法:花开两朵,各表一枝。主线是赵俊林的经历,副线是小胖子的经历,彼此交叉叙述,各安其责。但文本没有贯彻传统现实主义的典型化叙事法则,塑造典型人物与典型环境,在典型环境中表现典型人物。同时文本也没有按照传统现实主义的手法突出社会与历史的"本质",文本呈现的只是故事的真实经过,可谓是一种非典型化的现实主义。其次,文本的叙事基调有点儿类似于新写实主义。小说叙事客观冷静,叙述主体基本上不强行介入叙述过程,仅作为一个叙述旁观者细心谛听人物的歌泣,凝视文本中人物的命运起伏。文本中的道德评判、价值倾向自然而然，既没有悬置，也没有有意凸显。与此同时，文本没有刻意营造故事的高潮，一切都在故事的过程之中，因此文本显得更为真实自然。再次，文本中的人物形象栩栩如生，但作者并没有走典型化的路数，而是有着类型化的色彩。从这一意义上而言，小说又有着类型化小说、通俗化小说的叙述意味，赵俊林、小胖子、张二江分别代表着革命者的不同类型，他们绝不是典型化原则中独特的"这一个"。还有，文本的语言朴实，采用了去文学化的简约明细来叙述故事，似乎和语言的文学性、感染性诉求相去甚远。在结构上，小说也有自己的特色，本来在"消灭王大财"这一章之后，是一个圆满的传统现实主义结局了，但文本又设置了第十三章"两个案子"，将故事的意蕴大大延伸，同时也将故事的封闭性结构打破，别有韵味。结尾处关于刘表叔与小胖子不同命运的补充阐释，让故事的主旨在深度锁定之后又变得漂浮起来。文本以这样的开放式叙事结构表现历史的诡异与实然，从而大大拓展了文本的审美想象空间。

　　从革命历史年代的"构魅"，到后革命、后信仰时代的"祛魅"，再到当下的"返魅"，红色叙事一直以不同的面目在演绎着革命的如歌岁月。《隐秘的岁月》在实现信仰何以返魅的叙事上有着自己独特的尝试，从主题到叙事模式，作家都有不俗的开拓，可以说是今年红色叙事题材中的优秀之作。当然，小说也有自身的不足，主要表现为两个方面：一是内涵比较单薄，没能从历史的复杂性上开掘出历史更为丰富的意蕴，对人物的心理深度开掘也还不够；二是还没能从更深的层面触及信仰是如何对人的灵魂产生感召与影响的。文本中信仰对共产党人的感召似乎只是先验的，如果能从生命感受的经验层面充分写出信仰对人心的征服，那么小说的叙述效果将会更加明显。

大道至简·人间温馨

——读许辉散文集《每个人身体里都有一点点孔子和老子》

许辉的创作中，我最钟情于他的中短篇小说和系列散文。中短篇小说是"非经典时代的经典"，受到陈思和、王达敏等著名学者的高度赞誉。而他的散文形成系列，不仅获得冰心散文奖等奖项，更能体现作家的创作才情、生命哲学与艺术抱负。散文集《每个人身体里都有一点点孔子和老子》（作家出版社，2018年10月版）是其散文创作的最新成果，也是其散文创作的最新境界、最新追求：大道至简，人间温馨。散文集共分为两辑，因应着历史与当下的深切感知与体悟。

第一辑：每个人身体里都有一点点孔子和老子。该辑重点体现的是"大道至简"的存在性认知。无论历史如何嬗变，中华民族儒道互补的精神结构对每个人的身体和生活都产生了或多或少的影响。随着时代的推移，在这个互补的精神结构里还可能有西方思想、马克思主义以及乡土乡愁乡思等民间情怀。在这样素朴、至简的文化背景和心理结构框架下，作家以充满温情的回忆性笔触追溯了"个人"的成长史、生活史、心灵史，尤其是那些彰显"存在"与"时间"意义的生活场景、经历、人物和情感。这一辑聚焦的时间刻度基本是刚刚过去的"历史"，20世纪七八十年代，也是作家成长最为关键的时期。这一时期的命途遭际，必然绘制作家的生命原色，夯实其人生的底蕴。公社、大队、生产队是特定年代农村的组织架构，集体主义的生产和生活给了作家的插队生活以丰富别样的体验，《小癞子》回顾被阶级意识形态所鄙薄的小癞子娘儿俩的酸楚生活，他们只能以"弱者的武器"争取可怜的生存资源，地主分子的出身是他们无法告别的标签；《扫地王》以自我剖析的勇气反思了我们的惯性潜意识以及我们自身的不文明心态；《崔鹏飞》回忆起崔鹏飞的人生命运，他曾是"我"插队时期的精神导师，"马恩列斯毛"，辩证唯物论讲得头头是道，然而却因为理想和抱负的无法实现最终喝药归去。亲情是这一辑的重头戏，在我看来，这部散文集是迄今为止许辉散文最充满温情的一部，作家最难能可贵之处在于对于亲情态度的今昔改变，从年轻时对亲情的忽略到现在对亲情的深度沦陷、回归，充分体现出作家内心的真诚，这也是散文最宝贵的品质，情感从心灵深处真实地流淌出来。回忆父亲的就有独立的三篇，《父亲气得说我是废人》《显然父亲是极其疼爱我的》《父亲的照片》从不同的角度、细节、场景立体呈现了父亲的形象和对晚辈的疼爱。《母亲的美食》则从回忆母亲的美食入手，卤狗肉、风干鸡、糖蒜、腌辣菜、薄油饼、黄鳝汤……母亲的爱总是在细节里沉淀和发酵。而《给大舅寄报纸》《幼璋哥》等篇目则回顾了亲戚之间的人伦关怀，情深意挚。这一辑的《我的身体里有一点点老子和孔子》《我们的生活里总有一点点孔子和老子》是精神总纲，而其他具体的篇目则是细部的演绎与展现。

第二辑：每一个日子都将温暖如春。该辑更多地从"历史"里抽身回到了现实生活的当下，因为日常生活里同样孕育着最丰厚的道理。无论是历史的絮叨还是现实的呢喃，均体现出许辉新的存在性体认。近几年许辉的创作于现代和后现代的语境中，很大程度上回归了前现代《老子》《论语》的生命哲学和生存伦理，追求的是大道至简和人间温馨。正如作家在后记中所说的，该辑里以春天为主的篇什，逐渐变得春光明媚、繁花似锦、春风浩荡了。尽管春天还没有到来，但《牛羊斜日自归村》有田园牧歌的浪漫与惬意；《婚礼已经举办了，春天还会远吗?》《小年已经到了，春天还会远吗?》透露着对春天热切的亟待与期盼；即便是大年初一换了一个日记本，也让作家心情为之明媚；《淮河流域的羊肉汤》书写的是生活中的小享受、小确幸；《乡村的小飞虫》带给作家的体验不是烦恼而是乡村的静谧；《溪园》里生活方式的收获的不在物质，而是在性情、心境、意趣，在慢溪似的慢生活；腊八菜的腌制，也能敷衍成文，引经据典，从《论语》《礼记》一直延展至今天（《腊八菜与标准制定》）；《牛车出动》里的马车、牛车、羊车、独轮车里有历史、有生活、有故事，从孔子、颜渊一直到插队时期的生活场景，信手拈来。生命的岁月是有限的，作家明确了自己的生命态度：必须从无休止地对失去母亲、父亲、亲人、友人的思念中脱离出来，投入到阳光明媚的时光中，生命着，就要让我们的每一个日子温暖如春。该辑中《我们的每一个日子都将温暖如春》可以看作是这一辑的思想旨归和情感皈依，尽管当下生活中或许还有各种各样的不如意，但作家在字里行间却对未来的日子充满温暖的期许，这就是生命本来应该有的样子，人的在世使命难道不就是让我们的日子从实然的不足走向应然的温暖和幸福？这不仅是历史对当下的启示，也是人类繁衍对后继者的深情瞻望与内心期许。

　　散文集《每个人身体里都有一点点孔子和老子》回到了素朴的初心，回到了大道至简的生命理念，回到了充满烟火气的人间温馨。每一篇都是娓娓道来，溢满温暖，无论是对成长历史的深情眷顾，还是对当下生活的诗意"絮叨"，作家学者般的丰富、深邃不时氤氲在童真般的叙述腔调中，这也是这部散文集美学方面新的突破。伴随着这种散文叙述的是作家一以贯之的睿智、悲悯、仁爱的生命态度与人文情怀。如果说许辉此前的"单独"系列散文（《和自己的淮河单独在一起》《和地球上的小麦单独在一起》《和自己的脚步单独在一起》《和自己的心情单独在一起》《和自己的夜晚单独在一起》）体现的是作家"个体"的存在性追问和"单独"的主体性建构的话，那么这本散文集则是对"单独"的告别，是对生命存在的生存、情感、伦理、常识、人性、心理、血缘等维度的日常性回归。

段祺瑞形象历史还原的艺术营构

——论季宇长篇传记文学《段祺瑞传》

季宇不仅在虚构性叙事文学领域取得重要文学成就，在纪实性文学领域，也是当代中国纪实文学大家，出版了一系列有影响的纪实文学作品。《权力的十字架》《共和，1911》《辛亥革命》《燃烧的铁血旗》《淮军四十年》等，几乎都聚焦于晚清到民国这一段震荡不安的历史风云、纷繁复杂的历史场景和升腾与坠落的历史人物。其中既有长篇的历史纪实，又有历史人物的个人传记。长篇传记文学《段祺瑞传》（2018年5月第一版，百花文艺出版社）是季宇纪实性文学的代表性作品，也是其创作生涯中非常重要的作品，文本以宏阔的架构和相当大的历史区间为我们还原了晚清到民国，封建政体瓦解与复辟，共和政体挫折与再造这一特定历史时期复杂真实的风云人物——段祺瑞的形象。该书一面世，就登上了2018年6月文学好书榜，充分展示了季宇传记文学的创作品格和思想艺术才情。

一、"还原"的必要性及其如何"还原"

传记文学"以历史上或现实生活中的人物为描写对象，所写的主要人物和事件必须符合史实,不允许虚构。"① 这就决定了传记文学的生命或灵魂是真实性。作为纪实文学之一的传记文学在中国有着悠久的历史传统。司马迁《史记》中的"本纪""世家""列传",无一例外是优秀的传记文学作品,这些历史人物经由司马迁的传记而在悠远的历史时空中熠熠生辉。以人物还原、描写和刻画为中心的"纪传体",成为历代传记文学的标本。因为所传对象是真实的历史人物,所以在以人物为主的传记文学中,首要的任务是还原人物的真实性,其次才是在真实性的基础上进行刻画、凸显和塑造。

《段祺瑞传》成功之处就如封面所言:"去标签化,不妖魔、不神话,还原一个真实的、有血有肉的段祺瑞"② 段祺瑞是极富争议的历史人物,历史上或现实中对他褒贬不一、毁誉参半。由于既往教科书中,在一般人的印象中,段祺瑞的历史形象多停留在民国军阀层面,其一生勾结日本,卖国求荣,破坏五四运动,屠杀刘和珍君等40多个爱国学生引起众怒,破坏南北和谈,主张武力统一中国,由于袒护皖系导致皖系、直系、奉系、桂系等军阀的长期混战……段祺瑞的形象已被贴上标签,远离真实历史情境的主观臆断已让段祺瑞的形象污名化和妖魔化。诚如佛克马和蚁布思所言:"历史叙事的形式并不是一扇洁净明亮的窗户,人们可以毫无阻碍地透过它回望过去,它可能镶有有色玻璃或以其他形式歪曲被看到的景象。"③ 显而易见,既往的历史叙述被过多地施加了意识形态的迷雾与"神圣"叙事的狡计,对历史的真相或历史人物的真实面目存在重重的遮蔽、掩盖甚或删除。当然,上述历史事件也并非子虚乌有,空穴来风,段祺瑞的历史行为也难辞其咎,但段祺

---

① 中国大百科全书总编辑委员会《中国文学》编辑委员会编:《中国大百科全书·中国文学(卷二)》,中国大百科全书出版社,1986年版,第312页。
② 季宇:《段祺瑞传》,百花文艺出版社,2018年版封面。
③ [荷]佛克马、蚁布思:《文学研究与文化参与》,俞国强译,北京大学出版社,1996年版,第67页。

瑞在这些历史事件中究竟扮演了什么角色，起到多大作用，是其主观意愿还是历史情境使然，则被删繁就简了。这就是段祺瑞历史形象的全部内涵吗？事实可能远非如此，或者说历史上真实的段祺瑞绝非如此简单的负面形象。即便是与段祺瑞同时代的人对段祺瑞的评价也非全是负面的。梁启超的评价是："其人短处固不可免，然不顾一身利害，为国家勇于负责，举国中恐无人能比。"冯玉祥则这样看待段祺瑞："白发乡人空余涕泪，黄花晚节尚想功勋。"章士钊则认为："在派系私斗上虽有失德，却无反革命之举……按其征讨复辟、对德宣战以及晚年抗日南下诸节，皆不失为革命荦荦大端。"本着对历史负责、对历史人物公允的精神，还原历史人物的本来面目，无论过去、现在还是未来都十分必要且非常重要。尤其在当下西方敌对势力抹黑民族英雄，混淆历史试听，妄图毁灭一个民族历史的严峻意识形态领域隐形斗争下，还原历史人物的本来面目，以正历史视听，显得极为迫切。在这样的思想语境和当下情境中，《段祺瑞传》旨在还原历史上真实的段祺瑞，自然具有重要的历史与现实意义。

如何还原一个极具争议的段祺瑞呢？所谓还原，不可能绝对地原封不动地重现，而是最大程度抵达历史的真实性，极限地靠近历史人物的本来面目。

一方面，文本以"视界融合"的综合视角尽可能多地占有历史资料。据季宇介绍，为了让《段祺瑞传》最大程度抵近历史上真实的段祺瑞，作家参考了200余种图书，阅读1000万字以上的资料，家书、手札、密电、日记、诗文……全书主体部分25章，加上序篇和尾声，共27个章节都详细列举了参考文献。书的主体内容之后还详附了段祺瑞年谱简编。这样用材料说话，做到事事有出处的叙述模式，就为文本的真实性奠定了良好的基础。在整部书的写作过程中，作家收集整理材料的"功课"是极其繁重的。这里面有官方的记载，有民间的传闻，有涉事者的回忆，有段的后人的讲述。不同的记载、回忆、传闻口径大相径庭，这当然也在情理之中，因为每个讲述者都有自己的讲述立场。如何辨析这些不同观点、不同立场的材料呢？"'偏信则暗，兼听则明'，作家的高明之处就在于把对同一事件的不同回忆、见解、史料等拿到文本中进行共时性'晾晒'，这样，读者总会在自相抵牾、冲突、矛盾，云山雾罩的史料背后，找到历史真实的蛛丝马迹，历史真实也会在对回忆、材料等的辨析、甄别中显山露水。"① 这里作家采用多元的视角，以"视界融合"的方式对各方信息进行仔细的辨别分析，是最明智的选择。

另一方面，作家对材料的空白处进行适当的理性分析，填补了材料的缝隙。材料与材料之间不可能是无缝链接的，这时就需要作家发挥理性分析能力和对历史的判断能力，需要考验作家的材料把握能力以及对这些材料的驾驭能力，这也充分体现了作家的创作主体性。比如书中提到袁世凯的彰德密会，有这么一段叙述："王镜芙的回忆说得言之凿凿。其实，关于这次密会并无详细史料记载，不过，从北洋军的行动看，他们显然得到了某种暗示，这一点毋庸置疑。因为所有的北洋军几乎都是出工不出力，故意拖延进剿的时间。"不难看出，这里的叙述带有作家基于当时情势的主观判断。类似这样的叙述在书中很多地方出现，这会不会影响到叙述的客观性和历史的客观性呢？一般不会。这些内容是基于大量材料分析之后的理性判断，而非凭空的臆想，它不仅遵循历史、生活的逻辑，同时也遵循想象、情理的逻辑。司马迁在《史记》中对人物的刻画有很多对话，司马迁是不可能重返历史现场听到这些对话的。但这些人物对话，丝毫不影响人物的历史真实性，反而为人物的形象塑造增光添彩。

---

① 陈振华：《当代文学多维勘探与审美批判》，光明日报出版社，2015年版，第204-205页。

二、由"真"至"美"的艺术辩证统一

现代的读者对传记文学的审美要求逐步提高,不仅仅要求传记文学具备"真",更要求具有阅读的审美感受,也就是由"真"至"美",做到"真"与"美"的艺术辩证统一。这是优秀传记文学的必然品格,《段祺瑞传》则充分实现了这一点。文本既具备史学家的严谨、细腻、耐心,收集与整理官方、精英阶层、民间等各种思想立场的材料,倾听、甄别各方的声音,力图还原历史和人物的本真,同时,又具有艺术家的敏锐、诗意和美感,从故纸堆里发现叙述的修辞,洞察话语背后的隐义,还要赋予传记文本严密的结构、流畅的叙述、审美的感染力与深邃的思想,这需要作家具备很高的史学修养和文学修养。某种程度上而言,传记文学是一门"艰险的艺术",往往在真与美之间,顾此失彼。而《段祺瑞传》则很好地把握了两者之间的平衡,取得了真与美完美的融合。

首先,文本在真实的基础上赋予了段祺瑞形象的整体性和秩序性。段祺瑞的生平事迹、命运起伏等散落于各种材料之中,将这些材料去伪存真,去粗取精,文本构建了段祺瑞形象、性格的整体和秩序,充分体现了作家深厚的艺术功力。因为理想的读者"大多不再将传记视为装有'透明的事实材料'的容器,而是充分认识到了其中事实性与审美性、客观性与主观性、外在性与内在性的交互影响,将其视为人性的个体微观展现。也就是说,现代传记文学是将人生转化为艺术(life to art)的加工整合,使琐细、重复、杂乱的生平具有了整体性和秩序,便于理解和把握,体现了艺术创造的过程。[①]"《段祺瑞传》就是一个

---

① 梁庆标选编:《传记家的报复——新近西方传记研究译文集》,广西师范大学出版社,2015年版,第5页。

艺术创造的过程。段祺瑞一生经历的事件，参与的活动不计其数，传记文本选取了最能够体现段祺瑞性格、形象，最能够还原其人物形象真实性的材料进行理性的组合和艺术的加工。从各个方面"还原"了"他是叱咤风云的军阀，却誓死不当汉奸；他是乱世枭雄，又是'六不总理'，廉洁奉公；他'三造共和'，顺应潮流，但又褒贬不一，毁誉参半"①的形象。只有这样的整体性才能够让读者认知真实的段祺瑞。依据上述梁启超、冯玉祥、章士钊的言论，可以看出，他们心目中的段祺瑞绝不仅仅是一代枭雄、北洋军阀那么简单，而是一个身上负载着历史、时代的多重人性内涵人物。

其次，以文学的方式营造逼真的历史现场。历史现场是永远不可能重返的，作家可以充分发挥创作主体性，再造历史现场的逼真镜像，从而获得历史的现场感。一方面文本营造了可能性的情景氛围，让读者身临其境。比如写段祺瑞奉袁世凯之命秘密进京，文本叙述对北京城的氛围进行了适当的渲染："天空阴沉沉的，像是要下雨了。空旷的街道上寒风萧瑟，枯枝败叶随风飘舞，天气阴冷。北京城的气氛显得十分紧张。车站、码头戒备森严，街上的兵丁也比往日增添了许多。全副武装的军警在主要街道上穿梭巡逻，如临大敌。"另一方面文本特别注重细节的作用。比如文本写到袁世凯受到清朝权贵的怀疑和排挤，暂时"告病"还乡，段祺瑞去看望袁世凯，袁世凯在外人的监视下，故意引领段祺瑞去看他兴修的宅院和他养的花鸟虫鱼，有意谈论一些和政治无涉的日常生活话题，就是为了避免清朝统治者的怀疑。这个细节充分披露了袁世凯的城府、韬晦与隐忍。文本中类似这样的细节比比皆是，传记文学只有夯实细节的真实性，才能营造更加真实的现场感。因为"对日常生活所特有的那种无意义的或偶然的细节的包容成为正面故事

---

① 季宇：《段祺瑞传》，百花文艺出版社，2018年版，封面。

'真正发生过'的证据。"① 再一方面是人物的对话，能充分体现人物的性格特征。袁世凯的老谋深算；段祺瑞的果敢、胆识和过于自信；冯国璋的圆滑、世故和精于算计；黎元洪的软弱和委曲求全；徐树铮的胆略与刚愎自用……文本中的重要历史人物都具有不同的性格特征，通过人物的话语，尤其是人物间的对话能很大程度体现历史人物的形象与性格。

再次，超越文献的审美叙述源于将所传对象生命的故事化。传记文学既有传记的属性，又具有文学的品格，二者不可偏废。《段祺瑞传》引人入胜，令人爱不释手，一个重要的原因在于将段祺瑞的命运故事化、情节化了。段祺瑞的一生本身就是一部传奇，文本在此基础上将段祺瑞一生最为重要的节点放到当时内政外交的历史情境中加以审美性展开，将段祺瑞的人生命运充分情节化。全书主体部分为二十五章，每个章节又分为三个小部分，每个小部分自成一个情节段落，各个情节段落连成整体，就是段祺瑞一生命运升腾与坠落的整个历史过程。每个小部分的叙述都别具匠心，极具情节色彩，富有戏剧冲突性，且每一个小标题的取名都具备一定的情节蛊惑性。如"秘密进京""大祸临头""釜底抽薪""谣言满天飞"……第一章从段祺瑞秘密进京开始，让整个阅读进入到一种紧张、期待的阅读情境。全书近四十万字，读起来一气呵成，丝毫没有冗赘之感。读《段祺瑞传》，读者不禁被故事的精彩纷呈、情节的跌宕起伏、命运的起承转合所折服。尽管段祺瑞的命运被情节化了，文本的故事情节非常精彩，但故事情节设置并非是第一位的，这一点作家季宇十分清楚：不是故事情节大于人物，而是这些故事情节的设置是为了凸显人物的命运与人物的性格、形象。

---

① ［美］华莱士·马丁：《当代叙事学》，伍晓明译，北京大学出版社，2005年版，第55页。

三、创作主体性的充分凸显与深度贯穿

《段祺瑞传》为我们再现了晚清到民国前后中国社会真实、丰富、复杂甚至充满吊诡的历史图景，文本中段祺瑞的形象、命运、性格的多维度展示一以贯之，为我们还原了历史上有血有肉、真实的段祺瑞。全书充分体现了作家的思想认知、史德史识和超越性的历史人文情怀，作家的创作主体性得以充分凸显和深度贯穿。

其一，思想史的深度追求。《段祺瑞传》虽是一个人的传记，实际上文本也对晚清至民国这一历史区间的思想史有深度追求。文本以段祺瑞一生几起几落的人生命运为主线：小站练兵的声名鹊起、创建北洋各种军事学堂、跟随袁世凯的鞍前马后、袁氏政权的重要功臣、执掌北洋的权柄、三造共和、六次掌权到"八勿"遗嘱。经由这条主线，文本以开阔的历史视野，恢宏的叙事构架，构建了这一历史区间的多面深度历史镜像。序篇的背景一、二、三、四就为段祺瑞的出场预设了历史语境和思想背景，然后从晚清的君主立宪闹剧，到群雄逐鹿中原的军阀混战；从封建帝制的崩溃、复辟，到护国运动、护法运动；从政治、经济到军事、外交的重要历史事件都有全面、深刻、具体的展现，经由这些历史镜像，再现的不仅是晚清到民国复杂的历史风云，更能获取这些历史事件、运动、进程背后的政治规律、思想脉动和历史逻辑的哲学认知。所谓的精通历史，不仅仅是熟悉历史的基本事实，更在于这些事实提供给历史和现实怎样的镜鉴，在于通历史的"常"与"变"，在于通历史上王朝兴衰的"历史周期律"，在于通历史人物成败的幽微转折及其历史动因。如果传记文本只停留在事件的叙述，仅仅停留在历史事件的表象或人物命运的悲欢离合，如果还原的仅仅是历史的表层喧嚣，这样的历史人物传记只能是平庸之作，而《段祺瑞传》以人物传记的形式在某种程度抵达了历史哲学的深度认知。

其二，史识对历史素材的照亮。"不同的作家主体，就会建构不同的历史镜像，即便这些镜像的建构都来自真实的历史素材，也会因为主体的'选择性'不同而呈现出建构性差异，因为如何选择史料则体现作家史识、史德、历史观、价值观与思想立场的不同面相。"① 历史素材是沉默的，作家的史识才能照亮它们。对于《段祺瑞传》而言，作家的史识体现在，一方面，作家以纵横捭阖的历史气度明确而真实地镜像了晚清到民国的历史，尤其是北洋时期军阀派系极为复杂的斗争，历史的波诡云谲被淋漓尽致地表现出来。这对于深入了解这段历史具有十分重要的认知功能，文本极大地丰富了近代中国历史的血肉，改变了历史教科书的僵硬、呆板，以段祺瑞的人事、形象为中心，体现出作家非同一般的历史认知："历史以人事为中心，所以历史学也称之为生命之学。如果把历史看作一个生命的过程，就会发现，由人的生命而有生活，构成了真正的历史基础。"② 尽管传记文学不是小说，但某种程度上也承担着书写民族秘史的功能。另一方面表现为把历史中段祺瑞的个体命运放置到当时的王朝更替、历史兴衰、世界格局以及科学、民主、共和等现代性的历史观念中加以考察，深刻揭示段祺瑞的人生命运和历史、时代之间的复杂辩证关系。再一方面，作家的史识表现在以现代的观念和意识去诠释历史，即克罗齐所言的"一切历史都是当代史"。黄仁宇在评论《万历十五年》时曾说："社会科学和自然科学一样，都只能假定自然法规逐渐展开，下一代的人证实我们的发现，也可能检讨我们的错误，就像我们看到前一代的错误一样。"司马迁也曾言："居今之世，志古之道，所以自镜也，未必尽同。"其实他们的观念基本相同，意思就是纯粹客观的历史是不存在的，没有绝对的"还原"，这里的"还原"必然带有个人的、主观的、时代的等诸多因素的影响。《段

---

① ［加］诺斯罗普·弗莱：《批评的解剖》，刘慧等译，百花文艺出版社，2006年版，第207页。
② 谢有顺：《小说中的心事》，作家出版社，2016年版，第213页。

祺瑞传》也莫能例外，它定然带有作家季宇鲜明的个人色彩，带有作家对历史的个体认知，带有时代赋予季宇的历史观念和思想印记。

其三，历史"阐释者的魅力"。在故事情节之外，文本客观性叙述中嵌入了一些作家主观化的评论、感叹和阐释，充分体现了历史"阐释者的魅力"，显示了作家的主体性精神对写作对象的思想投射，这也为叙述增添了别样的魅力。比如在写到段祺瑞培养北洋军事人才时，文本加入了这样的评论和分析："从历史角度而言，段祺瑞恢复和创建北洋各军事学堂，对发展中国近代军事教育功不可没。尽管作为封建军事集团的军事学校，其培养出来的学生大部分只能为封建势力服务，但客观上对中国军事教育的发展也是一种推动。"类似这样的评论、分析、感叹甚或情感的外溢在文本中多次出现。现代文学的叙述方式有两种重要的朝向，一个是叙述中有创作主体情不自禁的评论或抒情，这是传统的讲述型叙述最基本的叙述方式，带有作家鲜明的主观色彩和情绪、思想、价值倾向，传统现实主义文本如路遥的《平凡的世界》就属于这种；另一种就是稍晚出现的所谓的纯客观的"呈示"，将价值判断和主观的情感、思想倾向完全隐匿，仿佛话语在自动地自我呈现，比如当代文学领域中的新写实小说、先锋文学和新历史主义文本往往都采用"零度叙述"，搁置判断等。两种叙述模式并没有高低之分，只是根据叙述的实际需要。显然，《段祺瑞传》采用的更靠近带有价值倾向的"讲述"而非搁置判断的"呈示"。当然这样的主观性叙述并不会损害叙述的客观性和真实性，只是增加了作家的有效阐释，帮助读者更深入地把握历史，获取历史认知的深度，同时也让叙述带有超越性的人文、历史情怀，带上创作主体的情感温度和价值判读的尺度，在客观性的基础上赋予了主观阐释的思想魅力。

总而言之，作家既遵循了客观的历史，善于收集、整理、爬梳、倾听各方面的历史声音，又力图整合、超越于这些声音之上，在视界融合的基础上，超越具体材料，有着自己的独立不依的判断与阐释。同时，作家又具有艺术家的敏锐、能够从字里行间里面发现微言大义。

《段祺瑞传》"还原"了历史上最真实的段祺瑞，"还原"了晚清至民国这段风云震荡的历史，传记文本的叙述做到了真与美的艺术辩证统一，在"还原"叙述上极限抵近了"真"与"美"。作家季宇以对历史的虔诚，以非凡的艺术才华融会自己的史识，以敬畏的"史心"描摹历史，以当下的思想意识回眸反思历史，以创作主体的责任使命关注国家、民族、个人的历史命运和现实处境，体现出一种集思想史家、作家和现代知识分子于一体的情怀与担当。当然，文本也并非尽善尽美，尽管文本呈现出思想史的深度，文本也深具阐释者的魅力，但文本结构稍显单一，没有体现出应有的结构张力，另外在一些细节的处理方面，个别细节游离于主题之外，显得较为冗长。在人物塑造方面，由于过于追求历史的真实性，而或多或少影响了人物性格的凸显。另外，文本在历史的幽昧、人性的复杂、人物的心理挖掘上还可以走得更深更远。然而，传记文学的纪实性、非虚构性决定了作家只能"戴着镣铐跳舞"。

古典心情与现代意向

——赵焰小说论

一、清朗的人生图景

正如安徽青年作家赵焰所言,他的小说都是他用心打磨的一粒粒珍珠。在这些珍珠中,我们可以窥见在世纪之交中一幅幅清朗的人生图景,弥漫其中的温情在一片喧嚣的欲望轰鸣中更显珍贵。《春晓》讲述了一个卖了自己的居所承包荒山的男人,妻子无法忍受荒凉,后弃他而去的故事。逃婚的女人就是在这个大雪封山的黄昏走入了他的视野,融入了他的生活。小说截取了平凡的"他"和女人之间极普通的人生片段,并对这种人生的片段和特定的自然环境及心理活动进行了艺术的糅合。《冬日平常事》在赵焰的笔下文静淡雅,像一幅美丽的水彩画。天光和村里的俏姑娘相爱,但老六头怕因此失去儿子,反对儿子的亲事;儿子因此变得沉默,老六头最终撮合了儿子和俏姑娘的亲事。这的确是冬日里再平常不过的事了。与《冬日平常事》类似的还有《叟》《冬天里的斜阳》,这两篇小说在行云流水般的叙述中,将叟与同院的夫妇及其小孩之间、小青和他的作家男人之间微妙的情感娓娓道来,跃然纸上。美好的情愫与作家敏感的心灵之间产生了强烈的共鸣,这种主客体交融的共鸣产生强烈的艺术磁场。

进一步深究，我们发现赵焰并没有满足于对生活细枝末节的描摹。在我看来，展示和挖掘平凡人生的诗意，并与之进行深层次的对话才是赵焰叙述清朗的人生图景的内在动机。以一种平民视角，真正体悟生命中令人感动的成分。这种感动的成分也许并不在于他做出了什么惊天动地的伟业，也不局限于他的身份。构成芸芸众生主体的老艄公们的举手投足、内心的微波都因为心灵的浸润而具有了感动人心的内在气质。在我们平凡的人生中，这样的生存方式具有普遍性。以一种坦然的心态与之进行心灵的交流要比不切实际的启蒙要有意义得多。在某种意义上说，人类的英雄史诗是必要的，但揭开被史诗所遮蔽的人类的心灵史对于普通大众而言具有更为重要的意义。

二、温馨的青春气息

关注人的成长之痛是赵焰小说的另一个分支。在赵焰的笔下，少年情怀具有别样的人生况味和文化心理内涵。中篇小说《晨露》以第一人称与第三人称交替的手法展开叙事，以内聚焦和外聚焦两种视角拓展叙事空间，在视角转换和人称变换中，10岁男孩"我"对23岁的英俊青年玉的纯真情感得到了立体的展现，并由此打通少年和成年人之间心灵的通道。尽管一切人对于"我"与玉的交往不能理解，但"我"无暇顾及，因为"我"单调而苦涩的内心世界变得丰富多彩起来，"我"的孩童世界因此阳光普照。玉的坠崖身亡，使"我"，"一个经受精神痛苦的情感折磨的男孩在涅槃的升华中重新复活"。值得注意的是在《晨露》中，作家在少年和成人的双重视角中审视了死亡这个人类生存过程中无法回避的问题。在玉死后，"我"的童年也就烟消云散了。因为玉在某种程度上就是"我"童年的载体，"我"晶莹剔透的少年情怀正是在"玉"中折射。在"玉"碎后，每一块碎片都烙上了"我"生命的印记。赵焰的这种生死观显然已经具备了哲学的意味："对死的畏惧从反面促进对生的动力，它意味着人将承担起自己的命运，来积极筹划有限的人生。"①

中篇小说《栀子花开漫天香》讲述的是中学生憨儿与借读到乡村的"美丽绝伦"的城里姑娘杨柳之间的故事。虽然杨柳最后离开了乡村，但她的气息就如那漫天盛开的栀子花，香味已经沉淀到憨儿的血液里。这种朦胧但却美妙的情绪在憨儿的内心生根发芽。在《秋天里的斜阳中》，男主人公少年时代的情愫具有了形而上的意义，甚至在已经功成名就死亡即将来临的时候，一切繁华与荣耀都已经成为虚空，而儿时女孩的一颦一笑竟然成为男主人公生命终结前最珍贵的回忆。赵焰以艺术家的敏感和良知在小说中与这样的玻璃心进行真诚的对话，以一种超然的态度熨平了我们淤积于心的"折皱"。

成长是少年儿童的生命存在状态，少年必须经过不断成长实现正常的社会化过程，逐步走向实现自我的未来人生。在这个过程中，生理与心理都在试图超越，并被文化、社会等后天因素填充，从而达到生命状态的新的平衡或裂隙。赵焰的小说曲径探幽，深入到少年的内心世界，把他们微妙而丰富的心灵颤动生动地表现了出来。在此基础上，赵焰令人信服地揭示了这种成长之痛在人性中的沉淀、发酵，成为生命底色的事实。青春的底色虽然略显暗淡，但由于作家主体精神的强势介入而显得刚健清新。在喧嚣的新时期文坛，赵焰表现出如此浓厚的"青春情结"，我以为这是作家尊重个体生命价值的体现。现代性建构的基础无疑是人性的完善。人性不是一句空谈，它体现为个体生命的存在方式。青春期的人性具有阳刚之美，与靡靡之音构成强烈的对比，它实际上对应的是赵焰心目中理想的生存状态与文化哲学模式，一种走出精神困境的方式——这种阳刚之气或许可以与阴性的、古老的徽州文化形成互补。

---

① 陆扬：《中西死亡美学》，华中师大出版社，1998年版，第133页。

三、幽远的徽州故道

赵焰生于徽州，长于徽州，对于故乡的风土人情烂熟于心。他的小说无一例外地以徽州为背景，小说也因此打上了深深的徽州文化的烙印。

实际上，面对徽州，赵焰陷入了一种理性与情感的两难境地。一方面，对于故乡徽州他有一种割不断的情感，他以舒缓的笔调用心素描徽州。这个时候，徽州已经打上了赵焰情感的烙印。赵焰关注的是徽州的自然山水，他认为徽州人舒缓、从容、平淡的生存状态与山水灵性是相通的，这样的诗意人生反映了徽州文化的诗性特质。这种诗意生活无疑是赵焰的一种理想的生活状态。在小王老师与刘桂兰（《遥远的绘画》）的眼里，徽州的乡村简直就是人间仙境；就连武林高手一流剑客林荒原（《美剑》）也惊异于黄山的绝世美景。我们看到，在赵焰的眼里，徽州文化的自然品性更为迷人，因为是自然而非具象的牌坊等建筑培养了徽州文化的性格。社会的变迁可以损毁具象的建筑，但奠基于自然山水之上的徽州文化精神却可以穿越历史的局限在徽州人的心里开花结果，也奠定了徽州人的韧性和超强的生存能力。

但赵焰借助徽州山水所表现出的理想生存状态在现实中遇到了阻力。徽州地处中华腹地，绵延的山脉环绕着局部的秀水。大山的环抱成了抵御外来文化干扰的天然屏障，儒道互补的中国传统文化哲学在徽州文化中占有重要的地位，在这个相对封闭的文化场中发挥着核心的作用，主宰着人们对生命与世界的看法。在这种内向型的文化生存圈中生活的人们对外来文化有着近乎固执的排他性，它从一定程度上保证了徽州文化的内在延续性，成为中国文化的一个缩影。在中国社会全面转型的新时期，徽州文化的文静和沉稳性格在发挥着平复心灵躁动作用的同时，其自身因封闭而表现出的保守性与现代性话语建构之间的抵牾也日益明显。赵焰理想中的徽州文化和人的生存状态也面临现代性话语建构的挑战。更为重要的是，作家心目中的"理想"与现实之间的鸿沟在逐步扩大。

在《遥远的绘画》中，诗意人生最终没有平息小王老师一颗驿动的心。小说弥漫着一股淡淡的忧伤，它既是发自刘桂兰和小王老师的心灵深处，又是作家从心底中涌出的叹息。《镜花缘》中的青年画家王明告别城市，决意用心画出徽州人的灵魂来。题为《徽州的蛐蛐》的油画，"整个基调是灰暗的，背景是徽州的老房子，飞翘的屋檐以及斑驳的墙壁，整个画面有点倾斜，很险，但又很牢固。在右下角，有一群人在斗蛐蛐。蛐蛐是看不见的，看见的是几张麻木而丑陋的脸，其中有一张兴奋得完全变形。他十分兴奋地发现，自己终于寻觅到一种徽州的精神，一种现代意识与徽州古老文明撞击的火花。"徽州文化本身只有与现代意识对话才能获得新生，而现代意识离开了徽州文化或者说盲目地否定徽州的一切也会因缺乏文化的养料而枯萎，这是赵焰对徽州文化的完整而辩证的表达。但是，尽管王明的油画《徽州的蛐蛐》和《镜子里的徽州》确实准确地把握了徽州文化因封闭所呈现出的阴性特质，但王明却难觅知音。在小说中，王明的尴尬处境所表现的是徽州文化的尴尬处境，同时也是作家自身在面对古典情结与现代大众文化时的两难境地。

四、"古典"的现代意识

赵焰小说在描画清朗的人生图景、传达温馨的青春气息、探寻幽远的徽州故道时，虽然也间接表现出一定的现实性，但由于其小说过于追求古典的抒情性，与诸多紧跟时代的小说相比，显然不够"现代"。实际上，小说整体上的立意是非常深刻的，它的现实性不是简单地表现为对躁动的现实地追逐。在欲望泛滥的时代，作为一位具有深厚的人文情怀和坚定的民间立场的作家,赵焰敏锐地捕捉到在一个消费化、制度化的转型期社会中的精神现实的浮躁。浮躁意味着思想的苍白、人文精神的游离,并最终导致意义危机。著名美籍华裔、中国思想史学者张灏指出,在中国人的心智结构中,有着三个层面的"精神迷失",分别表现为"道德迷失""存在迷失"与"形上迷失"。[①] 这种意义危机在转型期社会表现得更为明显,但是在大众文化的巨大诱惑面前,作家们丧失了应有的警惕,缺乏清醒的意识。问题小说的走俏便是顺应了市场热点的需求。虽然我们无法否定问题小说的当下性与现实性,但大众文化的"快餐"性质使得问题小说缺乏精神建构的深度和连续性,在一定程度上使作家对物质现代性所形成的人的制度化产生幻觉,从而认同人的制度化,这与现代性对于人性完善的内在要求是背道而驰的。艺术在一个民族现代性话语建构中的角色除了舒缓人与社会的紧张关系,更为重要的是要以自身独特的形式,构建连接人类心灵与时代精神的桥梁。这就需要超越特定现实具象,在形而上的意义上构筑人文镜像,在这个镜像中我们可以触摸到人类心灵的脉搏,感受到精神的呼吸,而这些丰富的细节在现代性话语建构中的人文内涵则是赵焰所努力探掘的。

正是在这个意义上,赵焰对纯粹现实的东西不感兴趣,现实所包裹的情感、精神和一切灵性的领域才是一个作家应该努力寻找的,尽管这种努力一时还不被大众文化所认同。事实上,赵焰并不排斥艺术载道,但他认为这个道应该是一种超越具象的、能够经得起时间的考验的独特的文化哲学,这种文化哲学因为作家自身主体的介入和文化根性的渗透而显得丰盈厚重。在赵焰的小说中,一方面我们可以从作家自身的心路历程和主体精神脉动中感受到时代变迁,在《春晓》《冬日平常事》《镜花缘》等小说中,我们可以清晰地聆听到时代的心声;另一方面在

---

① 张灏:《新儒家与当代中国的思想危机》,见傅乐诗主编:《近代中国思想人物论·保守主义》,时代文化出版事业有限公司(台北),1982年版。

《二人行》《隔墙有耳》《大学生小安》《小说二题》《黄蚂蚁》等小说中，我们看到作家甚至利用反讽等艺术手法直接介入现实，在人性的萎缩，现实的无奈等都有所涉猎。但赵焰的艺术触角并不仅仅停留在现实的具象上，现实只是他揭示意义危机的支点，以此为基础，赵焰在对徽州文化底蕴的深层把握中揭示徽州人的生命状态——古老的文化品性与现代性之间盘根交错的胶着状态。虽然赵焰无意为这种文化品行如何融入现代性话语提供具体的方案，但作家在叟、老六头、王明、"他"等人物身上倾注他理想的文化形式与人生的存在方式；对人的青春情愫的钟爱，暗示了赵焰的理想人性和文化的存在状态——青春气息所固有的刚健清新在欲望化、消费化时代的文化格局中应该拥有最大限度与广度的合法性；徽州文化的超稳定性、封闭性与中国现代性话语建构之间的深层次冲突绝不能简单地以破坏文化的物质基础为代价，在深层意义上整合文化资源、转变人的生存思维才是关键。这样的文化观与生存观是以尊重和理解文化与人的生存现实为前提的，它强调宽容和理解，在与心灵、文化神韵的对话及交流中创造新的价值体系，这样的价值体系是防止人走向异化的精神支柱。至此，我们终于看到赵焰小说在古典叙事包裹下的现代意识。这种意识的聚焦点是人的现代化，而人的现代化无疑是现代性话语建构的关键之所在。

我们还看到，赵焰在张扬自身的现代意识时，使自己游离了新时期小说创作的欲望同心圆。我们知道，自由的心态是知识分子品格得以张扬的重要保证。但是中国作家在挣脱政治工具论后，一些人又主动地放弃了难得的创作自由。一头扎进了欲望的同心圆。欲望的同心圆实际上是现代性危机的一种社会征兆。物质现代性的进展和实现必然需要制度的保证，制度在实践中逐步成为一种新的体制，这种体制需要社会的物质和精神氛围支持。在社会转型期，主流话语对于欲望化话语持一种默许和鼓励态度，因为欲望是激发人们去发财致富的直接动力。知识分子当然没有理由否定这种欲望话语的合法性，但知识分子并非只能被动地适应和随波逐流，因为就现代性而言，知识分子的责任更应该在于为物质现代性提供批判性质的审美现代性话语。尽管抗拒本身不能实现利益的最大化，但是这种略显悲壮的突破对于民族精神建构和文学自身而言却更为重要。赵焰小说没有铿锵有力的鼓舞和鞭策，但其平淡的况味与平庸的确有天壤之别。平淡中的从容可以陶冶精神和净化灵魂，有利于新时期小说的丰富和发展。

《翁同龢》历史叙事的"真实性"诉求

——潘小平长篇小说《翁同龢》阐析

当前,历史叙事面临着深刻的危机。一方面,对传统的阶级分析或意识形态的历史叙事已遭到普遍的抵制或彻底的摒弃,其现实合理性、历史必要性和存在的合法性都在逐步丧失。在旧的信仰系统和价值系统坍塌,新的信仰体系和价值标准尚未确立的转型时期,人们破除了对历史神话和革命神话的狂热崇拜与迷信,转而遁入通俗文化、大众文化和消费文化的欲望渊薮中尽情狂欢。这种情形之下,历史叙述的意识形态诉求和历史小说的阶级分析图式失效了,人们失却了对历史神话原有的敬畏,历史小说,尤其是革命历史题材的经典现今成了被调侃、被戏谑的对象。另一方面,新历史主义叙事自觉地秉承了历史就是"话语的构造物"的新历史主义观念,认为历史真相是意识形态深蔽的所在,历史仅且只能是本文化的、叙事化的甚至是能指化的。尽管新历史主义叙事取得了很大的艺术成就,但同时也开启了游戏历史、涂抹历史甚至恶搞历史的风气,以至于曲解了历史自身。

之所以会出现历史小说叙事的危机,最根本的原因是这两种历史小说的叙事模式从根本上背离了"历史真实性"的叙事原则。

阶级分析与意识形态诉求历史叙事模式追求历史的所谓"本质真实",一切历史的文学叙述基本上都朝着虚拟的历史乌托邦归趋。历史的合规律性,社会达尔文主义、进步论历史观、斗争哲学等作为历史前行的动力学说、历史的螺旋上升、前途是光明的,道路是曲折的,以及文学人物的"高大全"形象、英雄主义、集体主义精神以及非此即彼的二元对立思维模式、史诗性的结构追求等等,表现了这种历史叙事的基本内涵。而一旦历史的本然面目不能符合意识形态历史叙述的叙事成规,历史就会被删繁就简,历史的本然就会远离历史叙述本身。

新历史小说的叙事是否可以抵达历史的真实呢?答案是不可以,它从观念上就彻底否定了重返历史现场的可能性。即便中国新时期以来的新历史叙事不是直接导源于西方的新历史主义的历史观念,但相较旧的历史观念、旧的叙事腔调与传统的叙事模式,新历史小说叙事还是体现了迥异于传统的历史意识。新历史小说的历史叙述有意消解了历史的规律性,历史的本质和进步论历史观,走的是历史叙事的民间化、野史化、庸俗化的"拟历史"路数,化历史的神圣为庸俗,还历史粗鄙化的面目。渐渐地,历史成了被杂耍、调侃、戏说的对象,历史叙事已无具体的"所指",沦为"能指"的符码——历史依然藏形匿影。

设若文学的认知价值没有真正终结或始终存在着认识功能的维度,文学对真实性的追求就是永恒的。"历史"作为叙事的领域,自然担负着重建历史真实的重任,因为历史必然要以真实性作为旨归,"从广义上来说,一切关于人类在世界上出现以来所做的,或所想的事业与痕迹,都包括在历史范围之内。大到可以描述各民族的兴亡,小到描写一个最平凡的人物的习惯和感情……这就是历史。"[①] 历史叙事成为历史本质的注解或沦落到任意涂抹的地步,历史就不再是历史本身,关于历史的小说也就不再是历史叙事原初的规定。亦即历史小说虽然具有虚构的演绎成分,但基本上还是依据于历史确凿的"本事",否则就与历史无涉。

[①] [美]詹姆斯·哈威·鲁滨孙:《新史学》,齐思和等译,商务印书馆,1989年版,第3页。

那么，历史小说的出路何在？看来，历史小说的叙事必须另寻出路——因为前述两种历史叙述模式是以自己的历史理解与历史观念为先导，遮蔽了历史存在的真实性。回归"历史真实性"的小说叙事或许是破解当前历史小说叙述困境的必由之路。

潘小平长篇历史小说《翁同龢》的创作，正是回到了"历史真实性"原则的文学叙事。问题不是我们在文学叙述中需不需要历史真实，而是我们应该需要怎样的历史真实？《翁同龢》的创作可以帮助我们回答这个问题，或许这样的历史小说、这样的历史叙事才是历史叙述的本位所在。这种回归历史"真实性"的叙事不是简单地回到了常识，而是有着自己独特的叙事追求，同时这种叙事追求因有助于破解历史小说当前的叙事困境而具有了重要的艺术价值。

小说究竟是怎样回到或建构"历史真实性"的呢？

一、重建历史人物的真实

既与《李自成》中塑造的李自成正面光辉的形象不同，又与《故乡相处流传》中鄙俗丑陋的曹操、朱元璋形象不同，长篇历史小说《翁同龢》可谓鸿篇巨制，以宏阔的架构和相当大的历史区间为我们塑造了晚清这一封建社会行将解体和崩溃的特定历史时期的一个封建士大夫的形象。整部小说以塑造翁同龢的形象为中心，串结起晚清复杂动荡的历史情势、重要的历史事件与其他重要的历史人物，并涉猎宫闱秘闻、社会风情、朋僚交游以及文人的诗酒风流等社会生活的各个层面。

判定一个历史人物塑造得是否成功就是要看人物是否符合历史真实；要看是否写出了人物的复杂性，就是看这个人物是否上升到"形象"的高度。赵园在批判"五四"时期表现知识分子的小说时所言，"除了少数被认为公认的优秀之作之外，大量小说中的知识分子人物，不具备严格的形象意义。他们不是作为'性格'，而是作为某种精神现象、人生感受的寄存者、体现者、表达者而存在。写'性格',在相当一些'五四'小说家那里并没有作为自觉的艺术目的。"① 用"形象"高度的眼光,用是否符合历史真实的眼光来观照小说主人公翁同龢的塑造,可以判定,小说取得了相当的成功。小说为中国文学史的人物形象谱系,增添了独特的"这一个",他不是类型化的人生感受的寄存者、体现者、表达者,也不是一种普遍的精神现象的载体。翁同龢形象的独特之处在于:他不是叱咤风云的将军、封疆大吏或边防重臣,但也入主军机,作为军机大臣参与谋划中法战争、中日甲午战争等重大战争事件;他是一个儒家世界观、价值观的捍卫者,"学而优则仕",身为两朝帝师,以儒家经世济民的观念深刻影响同治和光绪两位皇帝,所以对康有为的多次上书,陈述自己维新见解的求见,他理而不睬;但世事的历练和朝廷的风雨飘摇又使他深刻认识到维新的重要性,从而在他正统的王朝观、儒家世界观的内核里萌生了维新的新理念;他笃行儒家的仁、孝、义、忠等核心理则,并充满了慈悲情怀,小说中有很多地方写他流泪的情形,但即便如此,在"儒表法里"的宫廷斗争及群臣的结党营私、尔虞我诈风气的浸染下,翁同龢也逐渐从稚嫩走向权术文化的成熟,在帝党和后党的权力争夺中,他能够审时度势,避重就轻,拿捏得当,在深不可测的宫廷内外,保住了自己的一席之地,且得以不断升迁;他不擅处理外交事宜,在处理中俄伊犁交涉、中德胶州湾租借交涉、中俄旅大交涉以及向外国银行借款等重大事件上,显得捉襟见肘,体现出封建士大夫视野的狭隘、自身思想格局的囿限以及对近代西方世界的隔膜;而作为传统的知识分子——"士",他一方面以"士不可以不弘毅,任重而道远","士志于道"的精神义理作为自己安身立命的价值根基,另一方面,在翁同龢所秉承的道统与封建统治者的政统,尤其是慈禧太后的淫威背离时,就能充分暴露"士"这个阶层所存在的

---

① 赵园:《艰难的选择》,上海文艺出版社,2001年版,第27页。

灵魂深处的软弱、彷徨和精神痛苦。在道统与政统的合作中，统治阶级的权力规范总是与知识分子安身立命的道统理想存在难以弥合的裂缝。道统与正统之间、"君"与"师"之间在合作与背弃中，构成"艰难磨合的政治史"。因此，从翁同龢身上我们可以见诸封建知识分子精神特征的两个重要层面。其一，与西方知识分子为知识而知识的传统不同，中国封建知识分子既缺乏宗教意义上的彼岸性追求，又没有深入探究自然的精神。他们的知识对象集中于社会政治、文学艺术等实用方面，知识在中国的文化系统中并未构成独立自主的系统，这也是中国知识分子缺乏独立精神的根源。其二，封建知识分子讲究修身、齐家、治国、平天下的宏阔理想，他们与王权之间总是有着千丝万缕的纠缠，这是历代知识分子命运多舛的重要原因——翁同龢一生的载沉载浮无不与此相因相契。布尔迪厄在他的反思社会学中深刻地揭示出知识分子的尴尬境遇——"统治者中的被统治者"，这无疑具有相当的准确性；然而，翁同龢毕竟还算一个正直的封建士大夫，他执掌户部十余年，罢官还乡依然囊无余资、两袖清风，其道德操守，堪称儒家知识分子的表率。

　　长篇历史小说《翁同龢》为我们真实还原了一个多重复杂、立体饱满的晚清知识分子形象。难能可贵的是，作者不是在历史的后花园里主观臆构一个人物形象或妄加揣测历史人物的心理，而是以《翁同龢日记》为重要参照，吸纳当代著名历史学者的研究成果并参考诸多晚清的历史笔记，力争在历史真实的基础上让人物的形象更加饱满和鲜活。当然除了翁同龢形象塑造的成功之外，小说中所涉及的其他人物形象也颇为鲜明，如慈禧的权欲熏心、高深莫测；李鸿章的老谋深算、世故圆滑；恭亲王奕䜣的老成持重、精于权术；荣禄的恃宠而骄、小人得志；孙毓汶的巴结逢迎、狡诈阴险；张佩纶持论侃侃、纸上谈兵……无论是朝廷要员、翰林学士、边疆重臣或清议之士，其行为做派、性情格调都能在历史的重大事件和历史的"日常生活"中展露无遗。

二、营构历史情境的真实

据前所述，本质论的历史观所展示的历史叙事场景是经过意识形态或别的历史主体过滤后的历史删削过的存在。如对"文革"这段历史的文学叙述就过于强调历史的苦难性，"文革"时期丰富的社会生活似乎就只剩下苦难这唯一的维度。如此叙事的真实性是存在的，但也只能是部分的真实、夸大的真实，它以牺牲真实的全面性为代价。若要尽可能全面地抵达历史的"本在"，就必须尽量悬置小说叙事的意识形态倾向性，无论这种倾向性是庙堂的、广场的抑或是民间的，因为庙堂的意识形态倾向性具有明确的历史教化和历史正当性的宣谕功能，广场意识形态倾向性具有精英臆想的乌托邦色彩而缺乏历史的实践性品格，而民间意识形态倾向性则具有明显的叛逆性、对抗性，追求一种颠覆性快感。当然完全做到没有倾向性的文学叙事几乎是不可能的，或许只有法国的新小说中的"以物观物"的"物视点"，完全消弭人为因素对描绘对象的主观干预，才能堪当此任，可这种写作手法也被证明无法获得恒久的艺术价值。因此，问题不在于小说叙事，尤其是历史小说的倾向性是否必要，而在于这种倾向性只能是隐藏的，它绝不可凌驾于文学叙事的真实性诉求，从而以其道德判断的鲜明性、情感倾向的排他性、价值判定的决断性遮蔽和湮没了文学叙事的真实性原则——对于以现实主义为创造原则的文学叙事尤其如此。正如华莱士·马丁所言："历史与很多现实主义小说也共享某些语言成规：叙述者从不用自己的声音说话，而仅仅记录事件，从而给读者以这样的印象，即形成这一正被讲述的故事不是任何主观判断或具体个人。"[①]

[①] [美] 华莱士·马丁：《当代叙事学》，伍晓明译，北京大学出版社，2005年版，第65页。

新历史小说的叙事固然反其道而行之,以历史的草根阐释、历史的野史化、历史的细民化消解历史诠释的政治图式化、历史事实的道德伦理化,但同样也是另一种角度的意识形态阐释,自然也难以避免历史小说叙事的伪真实性。

至此,我们可以得出明确的结论,历史小说的叙事如若以历史真实性为其艺术旨归,就必须有重返历史的现场感,重构真实的历史情境。在这一方面,潘小平的历史长篇小说新著《翁同龢》可谓非常成功。

其一,历史叙事话语的语境化。"去语境化"(decontextualize),即叙述话语或人物话语从具体的生存语境中被抽离,在新语境的压力和"扭曲"下暴露出行为主体荒唐、虚伪、可笑的面目,这种话语方式被视为当今历史小说叙述的时髦。如王小波的《万寿寺》《红拂夜奔》《寻找无双》的叙述,就每每采用历史人物操持今人的话语,今人往往操持历史人物的话语,并且打破了历史的时空界限,让历史人物随意穿梭于古今之间,此举就是为了达到对历史的戏谑效果或有意拆除历史真实性的目的。而《翁同龢》的叙述话语和人物话语则恰恰相反,而是尽可能地"语境化"(contextualize)。从历史事件的描述、历史故事的演绎、历史场景的描绘到历史细节的展示;从皇帝、朝臣的廷议,群臣的私下交往、文人的诗酒风流到历史人物的话语;从朝廷的诏告、上谕,枢庭的电报到小说中点缀的文人的诗词应对……无不体现出作者对历史本然的敬畏和尊重。小说叙述话语典雅庄重,富有书卷气息,符合当时的历史情境,文中的人物话语贴近人物的角色定位和性格特征,相关的历史文件、材料基本上选自历史的原材料,和文本中的叙述话语、人物话语和谐地融为一体。作者对历史材料的熟稔,对历史的理性认知,对历史叙事的驾驭能力均能通过她无可挑剔的历史叙述话语得以展现。

其二,历史事件叙述的客观化。历史不仅是由一系列人物的行动及其轨迹构成,更是以一系列具有历史意义的事件为标志。晚清这一段历史处于大动荡、大混乱的历史隘口，尤以惨烈频仍的历史变故摇撼中华封建帝国的根基。《翁同龢》基本上就是以翁同龢的人生起伏串联起晚清重要的历史事件结构而成。小说每一章的命名也是按照历史的顺序有选择性地逐一展示，均为能体现和塑造翁同龢性格形象的历史事件和个人事件。从首章"天子门生"到末章"罢官还乡"共40章，在历史事件的客观叙述与历史情境的真实重构中，塑造和凸现了翁同龢性格的各个层面。很明显，潘小平在重返历史现场的叙述中采用的是超然的外聚焦叙事，这种全知全能的第三人称叙事方式尽管传统，但能最大限度地进出文本内外，并且它有一个独特的优势——可以自由出入人的心理世界和意识领域，能最大限度抵达历史和人的心理深度，当然这还不是最主要的。小说采用这种视角的最大功能是保证了小说叙述的客观口吻。《翁同龢》一面采用了超然的叙述腔调，一面悬置了作者的情感倾向和价值预设，再一方面就是回到历史现场，以客观"显示"的方式而非主观"讲述"的方式再现已逝的历史图景，作者似乎彻底从文本中退出了。凡此种种，就使得这部长篇历史小说得以摒弃情绪化、主观化、本质化、野史化和意识形态化的历史人为图景，还历史以自然原初的真实。

其三，历史生活细节的情景化。历史真实情境的建构，还少不了大量鲜活的日常生活和感性细节。否则，历史叙述只能是干瘪的、苍白的。以前的革命历史题材的创作就是因为惧怕日常生活的男欢女爱、柴米油盐妨碍革命英雄形象的塑造而舍弃了大量的感性生活细节，从而远离了真实的历史。新历史主义小说尽管回到了民间，但部分小说过于琐屑庸俗甚至藏污纳垢，以至于以丑化历史为能事，从而走向了历史唯野史化的偏执。显然，长篇历史小说《翁同龢》走的是中间路线，既不是本质化、概念化的历史，也不是对野史道听途说的放纵；既不避历史的宏大叙事，亦关注历史细节的无名与自在；既重点叙述正史所载重大历史事件和变故，又旁涉宫闱官场、科场秘闻。但这绝非意在历史帷幕后的猎奇,更非历史叙述的媚俗,而是为了展示历史的多个维度,回归历史的本然状态。在叙述翁同龢宦海50年的人生经历和动荡复杂的社会历史事件过程中,小说总是将家庭伦理生活场景、朋僚交际场景、朝廷奏对廷议场景、人物私人生活场景、文人诗歌酬唱场景以及日常的婚丧嫁娶、饮食起居等恰如其分地融入其中,让读者恍然间走进了历史现场,进入到特定的历史情境之中。诚如马丁所言,"对日常生活所特有的那种无意义的或偶然的细节的包容成为正面故事'真正发生过'的证据。"① 历史小说的叙述,只有夯实了细节真实性基础,让历史生活充分情景化,才能让历史叙事更加饱满而不流于浮泛和漫画化。小说的成功之处在于,历史生活的细节化、情景化与历史的宏大叙事相得益彰、水乳交融,互为补充,从某种意义上而言,打破了历史叙述要么宏大叙事(grand recits),要么小叙事(little recits)的二元对立思维框架。在这里,二者的势不两立、非此即彼达成了和解,非但亦此亦彼,而且"彼""此"融会,和谐一体。

三、回归真实的历史精神

如前所述,历史的本质叙事强调的是历史的规律性必然和历史进化论,而新历史小说叙事强调的是历史的偶然性和不确定性。究竟孰是孰非?究竟谁更符合历史真实?历史小说的写作究竟应秉承怎样的历史精神和写作伦理?

在我看来,潘小平的长篇历史小说《翁同龢》自始至终有着回归真实的历史精神和叙事追求。

1."不虚美,不隐恶"的信史精神。"不虚美,不隐恶"是历史叙

---

① [美]华莱士·马丁:《当代叙事学》,伍晓明译,北京大学出版社,2005年版,第55页。

述一以贯之的叙事原则,中外皆然。所谓信史也就是回到历史存在的本真,不增加、不虚饰历史的善与美,亦不隐讳、回避历史的恶。虽然中国古代的"春秋笔法"微言大义,一字寓褒贬,有着鲜明的情感倾向与价值判定,但基本上还是历史的实录,历史学家成了"历史的书记官"。这种信史精神不仅是历史叙述的不二法则,同时对历史的文学叙事行之有效。历史演义或历史小说无论是"七分史实,三分虚构",还是别的不同比例配置,如若仍以历史真实性为其艺术旨归,就必须充分依据历史的"本事",虚构和想象也只能在其基础上进行。可以看出,《翁同龢》在人物形象的塑造、人物心理深度的开掘、人性复杂性的勘探、历史生活场景的设置、历史变故和事件的再现等方面基本上符合这种历史实录的信史精神。尤其对主人公翁同龢性格的立体呈现,"不虚美亦不隐恶",是将其放到复杂的历史情境中做多角度多层面的聚焦和透视,其志得意满时的踌躇满志,遭排挤打击时的愤懑颓唐,行为处事的小心翼翼,对慈禧淫威的诚惶诚恐,遇事的优柔寡断、软弱彷徨……都达到了历史辩证的力度、人性幽微的复杂度与心理真实的深度。

  2."文化逼真"的历史镜像追求。拉康的镜像理论使我们懂得了我们最初是通过镜子的反射像认识我们自身。历史已然成为逝去的存在,认识历史,我们唯一能做的就是重新构建历史的镜像。历史镜像当然不是历史"曾在"本身,但它可以以自身的"文化逼真"无限靠近历史本真。"文化逼真"的历史镜像显然是作家潘小平在《翁同龢》中的艺术诉求。"正如卡勒和热拉·若奈特已经指出的那样,'文化逼真'……被作为检验叙事真实性的标准:如果人物符合当时普遍接受的类型和准则,读者就感到它是可信的。俗语和成见反映着共同的文化态度,从而就提供了证据,表明作者如实地再现了这个世界。"[①]历史镜

---

① [美]华莱士·马丁:《当代叙事学》,伍晓明译,北京大学出版社,2005年版,第59页。

像如何达到"文化逼真"的境界,就《翁同龢》而言,自然依靠上述的历史人物形象的真实性,历史人物对话的真实性,历史话语的语境化,历史场景的现场化,最为重要的是历史叙述符合当时的类型、准则、俗语和成见,从而艺术地建构了"文化逼真"的历史镜像,亦即真正回到了历史叙事的真实性。

3. 回归生命感觉的历史叙事伦理。"叙事伦理学不探究生命感觉的一般法则和人的生活应遵循的基本道德观念,也不制造关于生命感觉的理则,而是讲述个人经历的生命故事,通过个人经历的叙事提出关于生命感觉的问题,营构具体的道德意识与伦理诉求。"①按照刘小枫的观点,叙事伦理正是以具体的生命感觉为脉络,通过叙事来唤醒文本内在的伦理诉求,而不是直接在文本中进行直接的道德评判。因此与理性伦理追求简洁、明晰的道德判断相比,叙事伦理关注的是人性中模糊的、暧昧的、昏暗的区域。正是由于小说能够重返历史生活的生命感觉,而非枯燥的历史史实与无生命的历史材料,也非历史的一般原则和道德观念,历史的形象才能够鲜活起来。《翁同龢》之所以能够塑造鲜明的历史人物形象,建构逼真的历史镜像,最大程度回到历史的真实性上来,是因为小说彻底搁置了道德教化和价值判定的主体预设,而回到了自然化的生命感觉本身。"将道德判断延期,这并非小说的不道德,而正是它的道德。这种道德与人类无法根除的行为相对立,这种行为便是:迫不及待地、不断地对所有人进行判断,先行判断并不求理解。这种随时准备进行判断的热忱态度,从小说智慧的角度来看,是最可恨的傻,最害人的恶。小说家并不是绝对地反对道德判断的合法性,他只是把它逐出小说之外。"② 这才是真正值得推崇的历史叙事伦理,借此,潘小平

---

① 刘小枫:《沉重的肉身——现代性伦理的叙事纬语》,华夏出版社,2004年版,第4页。
② [法]米兰·昆德拉:《被背叛的遗嘱》,孟湄译,牛津大学出版社,上海人民出版社,1995年版,第6页。

将自己隐含的"伦理"织入叙事纬语中,进而将历史小说作为一门叙事艺术对人类历史"曾在"探询的向度。我在阅读《翁同龢》时,最重要的感受就是文本没有历史本质的预设,没有居高临下的道德判断,没有人为地拔高人物,没有先入为主的主题意念,而是回到历史生活真实本身。小说以翁同龢的人生故事、生命感觉串结起晚清复杂动荡的历史情境,真实再现了曾经的历史,这才是创作主体真正的叙事伦理与艺术皈依,并最终把道德评判与价值判定的权利赋予了读者。

不能说回到了历史真实性的小说叙事,就彻底解决了当前历史小说叙事出现的困境和危机,历史小说并不等于历史叙述,历史小说叙事的真实性诉求,只能是历史小说艺术的维度之一,历史教科书的叙述只能是现实主义的,但历史小说的叙事不完全是再现历史存在的本真,它同时还表现历史可能的真实、想象的真实、历史的宿命和偶然,因此历史小说的叙事可以是现代主义的,甚至是后现代主义的。只是目前的形势是,新历史主义的、后现代主义的历史小说几乎淡忘了历史真实的存在,随意地拼贴、涂抹、戏耍、颠覆历史,丧失了对历史应有的敬畏和虔诚。历史小说不可能回到意识形态性的本质叙事和宏大叙事,也不可能一味地亵渎历史的庄严。回到真实性实际就是回到历史小说写作的常识,它不失为目前救赎历史叙事杂然纷呈、价值迷乱的良方。在此意义上,潘小平的长篇历史小说《翁同龢》不仅给文学史画廊里增添了晚清知识分子翁同龢的立体复杂的形象,给我们构建了那段鲜活的历史图景,给我们以审美的艺术享受,同时她的创作也更具有匡正、救赎当今历史叙事的重要现实意义。

个人跋涉与整体存在之间的浪漫

——评许辉的散文集《和自己的脚步单独在一起》

许辉以小说家身份名世，他的中短篇小说因为具有纯粹性艺术性思想性而被誉为"非经典时代的经典"。散文化是其小说叙事的重要特点之一，那么他的散文创作自身又如何？是否因为小说的敞亮而致其散文晦暗不明？

非也。许辉的散文仍然是许辉式的，散文集《和自己的心情单独在一起》（2008年）延续了许辉一贯的存在性叩问与自我主体性建构，而刚刚出版不久的散文集《和自己的脚步单独在一起》（2011）则进一步呈现了"单独"跋涉的意绪、审美及其发现，也进一步凸显了散文名家的境界与风范。又是单独！不过这一次是"单独"和自己跋涉的脚步在一起，当然也无法摆脱"属己"的心情。可以说作家从1978年的组诗《田野牧歌》就开始了思想的游历与精神的跋涉。时间之长，几乎和中国的改革历程相始终；空间之广，不仅安徽诸地，更是在大江南北、河西走廊、玛曲、尕海、松潘、长城、拉萨，更甚至域外的温哥华、洛杉矶、旧金山等地方，内容之丰，涉及山川风物、城镇乡土、文化俚俗、人情世故。

"单独"显示了写作主体特立独行的身影或姿态，也彰显"个人"的精神意绪、情感理路与审美发现。绝大多数时候，许辉以"个人"的脚步去丈量、去感受、去思考命途的因缘、民族、地域的文化与历史。自我脚步的亲历性、及物性、情绪性，绝非书本阅读或书斋里的臆想所能企及。许辉的独立行走往往并不带有明确的思想目的，"无目的的合目的性"或许是其行走的最大特色。仅凭主体一时的精神意绪或情感萌动，便能起即成行、卧立成吟，久而久之，便内化为主体特有的生命方式。旅途中的风景、生命、人物因为有了主体情感、审美眼光的浸润而不再是"自在自为"的状态，转而成为审美化的存在。它们的意义不明、晦暗，最终被遮蔽被审美发现的眼光照亮。

最值得关注的是，许辉笔下的风景与生命很多都是普通、边缘和底层的——或许是不知名的小镇，或许仅是一个场景，或许只是一片河滩，也或许只是一只土青蛙，等等。关注黄钟大吕、主流价值、显性文化之外的存在的庸常与细节是作家人文情怀与审美精神的真正体现，作家的脚步、眼光和文字重新激活了一直沉默的在场者，形成了对日常生活所特有的那种"无意义"的或偶然的细节的关注，传达了对日常生活、存在的诗学理想，从而达到对"人性与生命的自觉肯定"。存在的遗存与历史，经由许辉的审美勘探，偏僻、寂寞甚或荒远的存在遂改变了其"无名"的状态，于是诸如巢湖散兵、肥西紫蓬山、无为泥叉镇、季节风、轧场、毛驴车、方言、光头孩子、天葬台等所有不知名的地域、风景、民俗、人物、宗教、文化构成了存在的整体。看似散漫、零碎的摹写实际上包孕着许辉非凡的艺术"野心"——他想写出存在的非主流性、多样性、整体性与存在的"人民性"。我之所以用了"人民性"而非民间性或平民化来指称许辉的存在性叩问，主要是因为许辉的散文具有鲜明的底层价值倾向与人文关怀。因此我相当认同赵蓉的判断："他的散文，即使是景物的描写，也透露着人类生命的痕迹和张力。在单篇的散文里，这种痕迹似乎不是那么明显，甚至有些琐碎，而我们一旦将这些行走的脚步碎片，像搓麻将一样摸开，又垒筑粘贴在一起，它们所呈现的景观往往令我们大惊失色。那是如此系统的、含混的、却又精确的描绘,在一个框架内,指向同一个被掩藏的中心。"①

无论是物、生命或风景,在许辉的文字中都获得平等的关照。泡桐、杨树、青虫、狗、女人、露水、麦场等许许多多的存在物都在许辉的叙述中获得了主体性地位。许辉并没有将自身的主体性凌驾于它们之上,没有视它们为低级的存在物或次等级的主体性,而是用心灵和它们进行对话。这是主体与主体之间的平等交互,是万物生存相依的诗意呈现,其根基在于彼此的理解、尊重、和谐与共生。许辉的这种生命态度不仅在散文中全面体现,他的中短篇小说也有数篇寓言性的篇目表达了类似的存在性关怀,《麦月》《槐月》等短篇小说以寓言的口吻呈现了主体间平等的对话与沟通,传达了"生命着,才知道了这一切"的存在论主题,甚至具有万物皆有灵、皆有思想的生命本体论色彩。唯有如此,这个世界才能实现真正意义上的起源性平等与现实性和谐。这有点儿类似于中国古代的天人合一,是前现代的价值追求,又似乎暗合西方后现代的"主体间性",强调主体间的平等与交互,它颠覆了现代哲学主客体二元对立的思维模式,重返了"众生平等"与存在的统一性、整体性不可分割性。从某种意义上而言,这可能是许辉目前或将来一段时间一个重要的创作动向与创作追求,或许在不远的将来,许辉能够在这个领域取得不俗的艺术成就。

许辉的行走绝不是走马观花、浮光掠影,只停留于迹象、物象和事象的表层,而是用心灵接通生命存在,用审美发现的眼光开掘、思考面相背后历史、文化的承袭、意蕴以及与现实的关联。于是,沿途的风景与生命便在文字中呈现出历史文化的纵深。只是这种纵深不与文化大散文类似,而是直接发端于作者的意绪、思索或情感的触动,当行则行,当止则止,绝不连篇累牍,成为文化的负累与标签。不仅如此,许辉还特别关注文化的地域性与多样性。许辉的行走让他的地域文化寻根成为

---

① 赵蓉:《这些大地上的事情》,载《许辉研究》,黄山书社,2013年版,第328页。

现实的可能。作者曾言:"对这种细微的'物候特征''地方知识',我们总是容易忽略。但这却又恰恰是我们相互识别的'文化认同',是我们彼此鉴定的'人文烙印'。"① 有了这样的理论认知,许辉散文的笔触延伸到哪里,他笔下的文化地理与人文烙印就延伸到哪里,比如对北京这样的国际大都市,散文家注意到的却是"乡土"的北京与"口语"的北京,在乡土与语言的发育过程中找寻地域文化的心理坐标以及与此相关的人类学、社会学的知识谱系。散文《地名与说话》中这段文字可以看出作家辩证的文化感悟:"汉语所承载的历史太悠久,中华文明的诸般内容又太斑斓丰富,没有权威的语言规范是不可想象的……但文化(区域文化)的多样性同样重要,因为区域文化的多样性是民族主流文化发展、进步的基础及内在动力。"

　　许辉的脚步不仅丈量历史、文化与存在的恒常,同时也流连、盘桓于现实的地界。许辉的现实一方面是由行走的脚步感受到的,亲切、琐碎、细腻、深入生活的肌理,具有空间的广延性与身临其境的现在感;一方面它又是历史文化的当代形式和表征,揭示了现实的文化来源和历史脉络,具有纵深的历史感。"存在就是被感知",贝克莱的这句名言,恰如其分地阐明了作家主体的经验与客观世界之间的关系。许辉的行走不就是用亲历亲为的方式感知世界、感知存在吗?从现实存在的感觉出发,进而进入存在的内部,现实成了进入存在深处的前提与路径——而现实的碎片也总是指向存在的整体。只是许辉散文中的现实是以碎片化的形态,并以微讽或不露声色的语调被嵌入且行且记的文字中的。"存在就是被感知",揭示了作家作为主体的感知经验,这在散文集《和自己的脚步单独在一起》中无疑是至关重要的。但同样重要的是作家在感知存在之后的思考与反躬自省,它揭示的是"思"与"在"的关系。散文集中大多数篇目不仅确认了被感知的存在主体性,同时也在文化思

---

① 许辉:《和自己的脚步单独在一起》,合肥工业大学出版社,2013年版,第135页。

考的时候肯定了"我思故我在"的作家主体性，正如作者在《个人视野里的北京》中所说的："我更多地关心、考虑我的个人文化感受，更多地关注个体的生活目标实现的可能性。"由此可见，作家个人的主体性并没有在整体存在面前消弭，反而在个体的跋涉、感受、思考存在的时候进一步彰显。

　　与散文的思想内容相一致，许辉散文的艺术风格也一如既往地值得称道。既具有古典的韵致，又具有现代的张力；既有乡土的原汁原味，又富含深邃的哲思；既冲淡、简约、宁静、平和，又深藏内敛的激情甚或隐约的"疯狂"；既是理性的、现实的、俗世的行走，又是感性的、理想化的、审美的追寻与梦想——文如其人，许辉也总是在功利与唯美、理性与感性、俗世与审美、形上与形下之间穿梭徘徊，这是许辉命运的"前定"还是其后天精神的宿命？

　　什么样的动力在背后支撑许辉几十年一直"在路上"？不能简单地归因于个人的兴趣使然。这是跳脱生命惯常轨道，渴望新鲜遭遇的内在冲动；这是对生命诗意与浪漫的追寻；这是人生意绪的对象化投射；这也是主体自身单独用脚步亲临感受的意趣；当然，它还可以摆脱尘世的喧嚣，专注于精神的遐想；它还可以领略造化的神奇，人类生命亘古以来的痕迹；它还可以一直保持探究的热情和纵览天下的胸襟；更是作家"独立行走，独立思考，独立为人，独立看世界"理念的躬身实践，"单独"赋予了主体独立不倚的思想品格。

　　有话则长，无话则短，然则意境高远。《和自己的脚步单独在一起》近200篇长短章完整串结起几十年的生命感受与审美积淀。在这里，"怎么写""写什么"都没有刻意地去经营，实际上只是随物赋形，随性而思，但文本的地域感、现实感、历史感、存在感以及文化意蕴却触手可及。随物、随心、随性、随感进而随笔，最能剥离虚饰的外壳，真正抵达存在的本然。

　　读许辉的散文首先需要摒除身上的烟火气，从紧张、快节奏的生活中慢下来，凝神屏气，净面素心，仔细品咂，方能颖悟文本中"慢""静""幽""远"的境界。和自己的脚步单独在一起，许辉且行且远，单独的浪漫，浩瀚而深邃，那是一个人与整个存在之间的浪漫。单独几乎意味着无限和永恒，单独是通向整体的一扇门。勇于单独，"向外，一个人能够知道存在的广度，向内，一个人能够知道存在的深度"[①]。

---

① 张方宇：《单独中的洞见》，四川文艺出版社，2018年版，第58页。

落脚于尘世的物理与人情

——读王业芬散文集《我周围的世界》

王业芬的散文集《我周围的世界》确如书名所示，散文审美观照的对象落笔于作家"周围的世界"——以故土安徽肥东为主要审美空间，落脚于尘世的物理与人情。在我的印象中，王业芬是一个为人处世得体端庄、踏实勤奋、质朴娴雅而又兼具诗意情怀作家。文如其人，她的散文就是作家生存品格、生活审美理想、与周围的世界相遇的真实写照，虽平凡且波澜不惊，但也蕴含着岁月的历练、生命的感悟和尘世生活的诸多体验，甚至是人性的幽微，心灵的隐秘。在我看来，《我周围的世界》最大的特色就是作家真实的尘世生活和情怀的自然流露，是一种"原生态"的写作，不事雕琢，没有丝毫的矫饰，真正体现了"我手写我心"的素朴的散文创作理想。

首先，文本聚焦于尘世的物理与人情。《我周围的世界》可以拆分为"我"和"周围的世界"，"我"是审美主体，"周围的世界"是审美客体，"周围的世界"是经由"我"的审美眼光、审美情怀和审美趣味观照的世界，带着"我"的主观的、个体的、心灵的色彩以及情感。作为对象化的"世界"不仅承载着作家的情感温度，思想发现，还浸润着作家的审美意识。这里有一个关键词——"周围"，可以理解为作家生活的具体场域：安徽肥东及其周边，也可理解为更为广义的以"我"为中心的外部的自然世界、人伦社会和尘世生活空间。文集中的几乎每一篇散文都是落脚于尘世的物理和人情。这里有江淮分水岭、家乡的流沙河、故乡的白果树；有故土的老渡口、大牯牛、小城春雪；有玉米糊的醇香、难忘的大馍；有历史的遗迹龙泉古寺、吴复墓；更有长相厮守的故友亲朋、爱人宝贝……在"时间性""历史性"的社会生活进程中，"我"的"回忆性"叙述照亮了曾经平淡甚至晦暗的历史存在、生命存在，这些日常生活中的细节、点点滴滴经由"回忆"的温暖笔触串接起"我"的"成长叙事"。"我"在故土、在肥东及其周边的尘世物理与人情中成长，"我"也参与到"周围的世界"的人情、人性、生活等的历史与现实的建构。于此，"周围的世界"和"我"彼此互为镜像，相互见证对方的成长。作家散文中经常有这样的叙述，成年后"我"返乡，看到现实中的故乡物理、人情、山川、河流，感受"时间"流逝在世界和生命中的意义。《我周围的世界》没有多少笔墨去关注宏大题材或进行宏大叙事，而是落脚于周围世界的日常、凡俗的生活。文集共四个专辑，"故土难离"聚焦于故乡的山水、草木人物和童年生活；"亲情难舍"吟咏日常的人伦情感；"脚步难却"书写脚步对风物人文的感受与体验；"点滴难忘"更是聚焦于日常生活中的吉光片羽。可见，尘世的物理与人情在作家的笔下具有了别样的审美内涵。

其次，素朴而真挚的情感与生命体悟。"修辞立其诚"，散文的生命贵在真实，更体现在创作主体内心的真诚。简言之，就是要持中正之心，怀敬畏之情，书写来自灵魂深处真实的声音。无论是散文，还是小说、诗歌、戏剧，"真实""真诚"都是文学的灵魂。散文作为一种类非虚构的文体，更是奉"真"为圭臬。然而现实中，虚假、矫情、伪饰的散文并不在少数。可贵的是，《我周围的世界》非常真切地呈现了作家素朴而真挚的情感与生命体悟。这里的原因是多方面的，我想主要有这几个方面。其一是业芬为人的纯正善良真诚。"文如其人"，很多时候在当下已经成为一种奢望，但业芬却能够做到为人的坦诚和为文的真诚的统一，她不是刻意如此，而是本性使然。其二，作家的写作心态是放松的，非功利的。现实生活中的作家淡泊名利，有着一种超然的、生活化的心态。远离欲望的喧嚣和利益、功名的考量，只以审美的心态打量周遭的风景、事件和人物，这当然可以摆脱羁绊，直抵世界的本来面目和原初形态。其三，她的散文篇什都是源自心灵感悟，源自生活的实践，源自生命最真切的体验，是作家生命内在的审美需求和情感出口。阅读的感受是，这些尘世的物理与人情就是那么真实自然地展露在读者面前，自然地流淌在字里行间，貌似没有经过作家的"匠心"营构，而是作家在和笔下的生活、人物、世界进行平等地交流，顺乎性情，跟随自己真实心灵的召唤。小说家卡佛曾言，写作或其他艺术创作不仅仅是自我的陈述，而是以文字为声音，真诚地和周围的世界进行精神、灵魂的交流。因此《我周围的世界》呈现的不仅是作家的心灵思绪和生命感悟，更是作家和周围的世界的心灵关联，精神相依。不仅如此，文集里面表达的基本上是一些素朴的情感和日常的伦理，比如《思念祖母》《一世行善》《母爱的震撼》《没有玫瑰的情人节》，或者寻常的山川风物，如《行走在八斗岭上》《古镇春意浓》等。由于业芬是学历史出身，因而她的散文多具有历史意识和历史感。《那个瓦片》《再访龙泉古寺》《拜谒吴复墓》《郑灵公的悲哀》等文本可以清晰地看出散文家的历史素养。无论现实还是历史，贯穿其中的都是尘世的温情与光亮。

  再次，远离矫饰，不著铅华的语言表达。不同的散文家拥有各自个性化的语言。比如当代十七年文学中的散文三大家的杨朔、刘白羽、秦牧的散文语言就具有不同的风格。即便是古文运动的共同发起者韩愈、柳宗元，他们的散文语言也迥然有别。王业芬的散文语言，文集的封面已经概括得非常准确："清澈见底的语言，毫不华丽的辞藻。"宗璞是著名的作家，兼善小说和散文，她在《真情·洞见·美言》中说："前几年见有人批评追求美言，批评追求辞藻的华丽，其实美言不在辞藻，如美人不在衣饰，粗服乱头，不掩天姿。甚至不只在容颜的姣好，而要有气质、修养各方面因素。"我赞同宗璞的散文语言观。真正的美言不在辞藻的华丽，而在于内在的气质和修养。由此观之，散文集《我周围的世界》里的语言不是以华丽、典雅、唯美取胜,而是天然地具有质朴、清澈、平实的质地。我没有用"铅华落尽见真淳"来形容王业芬的散文语言,因为她的语言本来就不著铅华,何来落尽?是一种本色的、天然的语言,通过日常生活、工作、学习的不断习得和养成。所以这样的语言给人以亲切、熨帖的阅读体验,带着生活的烟火气息,带着人间冷暖的基础体温,不矫揉造作,但仍然具有十足的艺术表现力。试举一例:"已是阳春三月,心情还时有阴雨,时而飘雪。雪在思绪里扑簌簌地飘,轻轻落在心底,无法抹去。就是在那百年不遇的飘雪的清晨,祖父的灵魂冉冉升上了天堂,化作洁白的雪花漫天飞舞,而后静静地落在大地上,落在亲人们的心坎上……"(《雪中送祖父》)。施莱歇尔在《达尔文理论与语言学》一文中主张:"语言是天然的有机体,它们是不受人们意志决定而形成,并按照一定规律成长、发展而又衰老和死亡的。"之所以要引用施莱谢尔的语言观,是想说明作家王业芬的语言风格是由多种因素的合力形成的,有其自身的生长、发育及其衰微的内在逻辑,这种语言也符合作家的心性和待人接物的方式,言为心声,这里,语言文字和个体生命是相因相契,高度一体化的。

《我周围的世界》是作家的第一本散文集,从文集里面的诸多篇张可以洞悉作家的性情、识见、趣味和一些个人化的质素,尤其是上述好的写作品质要继续保持和进一步修炼,要延续杨献平所倡导的原生态散文的写作理念:"接续人间烟火,传达大地原声,关照众生状态,探究时代本质,展现当下人心,书写生命际遇,建构自我境界。"当然,也正是因为这是第一部散文集,客观而言,一些散文的辨识度总体还不够高,个性化的风格还有待形成。作家关注的多是生活中温情脉脉的一面,关注的多是"半张脸的神话",实际上生活还有晦暗、伤痛、恐惧、忧伤甚至绝望的另一面。期待王业芬有更广阔的视野,创作更有深度的有痛感的散文,同时,人性的复杂、现实的幽昧和历史的吊诡等更深邃的思想主题还有待去开掘。

民营经济前世今生的艺术摹写

——简评许冬林长篇小说《大江大海》

以新中国成立后的计划经济至改革开放四十年市场经济的历史嬗变为宏阔的历史背景，以乡镇民营经济的初创、挣扎、发展、迷茫、困境、破局、挑战、信念为经，以波澜壮阔的时代风云和社会生活为纬，以民营经济创生与发展的两代人的青春风采、爱情生活与生命传奇为核，许冬林以艺术的方式对新中国成立后长江流域乡镇民营经济的前世今生进行了全面、深入、细致的观照。《大江大海》（安徽文艺出版社，2018年11月版）是作家长篇小说的处女作，也是体现作家艺术担当和才情的优秀现实主义文本。

首先，小说超越了既定的主旋律叙述框架和主题。《大江大海》入选安徽省作协长篇小说精品工程，其主要意图是以艺术的方式表现改革开放四十年中国民营经济艰难曲折的发展历程以及对国计民生所做出的历史贡献。从某种意义上而言，这是一种主旋律叙事或者说是主题先行的命题作文，这样的创作难度其实是非常大的，主要不是因为需要艺术创新和主题意蕴丰赡那么简单，而是要符合唱响主旋律的要求，讲好乡镇民营经济的发展"故事"，又要有充分的艺术感染力和完成度，又能体现"深入生活，扎根人民"的时代要求，这其中的艺术分寸和平衡，思想立场和价值追求势必对作家创作主体性构成很大的挑战。就文本而言，我觉得小说有效地破解了主题先行所带来的局囿，许冬林从"人"

的生存入手,从马斯洛需求层次论的最低层面(生存需要)出发,从"人"的命运这个特定角度,去考察生命存在在那个特定时代的必然出路,从而引出在集体经济、计划体制和狠斗"封资修"尤其是"私"字闪念的思想语境中,民营经济的历史出场不仅仅是个体生命的生存需要,也是国计民生的历史抉择。因此,小说的开头从江洲大队的漫天洪水淹没庄稼的灾难起笔,就顺理成章地成为小说叙事的开端,也是作家匠心独具的体现,更是小说叙述突破政策成规和既定主题框架的绝佳逻辑起点。家园被淹没,人要活下去,要生存,就必然要谋生路,于是,困境、绝境中的求变、突围既是生存理性的体现也是历史理性的必然。在计划经济体制的贫穷、落后、缺乏劳动致富积极性的生存状态中,老一代的高云天、郑永新、唐升发、阿信迫于生存的无奈开始了下江洲的历史之举。当然在彼时彼刻的历史语境中,他们的行动是非法的,他们只能是历史情境的夜行者,但实践证明他们是之后改革开放浮出历史地表的先行者,更是后来乡镇民营企业的创生者。主旋律叙事是时代的需要,并非都是概念化的演绎或政策方针的图解,关键是如何增强主流叙述的艺术感染力,如何超越既定方针政策及意识形态的框架,做到血肉丰满,熔铸丰富的时代内涵和现实主义精神。《大江大海》真实演绎了半个多世纪乡镇民营经济的前世今生,讲述了其生命传奇。民营企业从偷偷摸摸的地下状态,到假集体经济之名,从个人的单打独斗到家庭的作坊,再到大队的集体参与,再到光明正大的家族企业,直至当下的现代公司体制,在艰难竭蹶中终于冲出一条生路。文本叙述乡镇民营经济的发展始终贯穿人的"生存"维度,这是小说突破命题作文束缚极为重要的叙事选择,无论作家有意识还是无意识,这样的叙事选择为真实再现乡镇民营经济的坎坷命运奠定了坚实的基础。

其次,文本摹写了命运与时代、历史的多重纠葛。小说由个体的"人"的命运出发,叙写乡镇民营经济的命运,由民营经济的命运折射时代的风云,由时代的风云体现历史的演进,进而展现历史的大逻辑,因此，小说的成功之处在于写出了命运、时代和历史的多重纠葛与悖缪纠缠。小说叙述了第一代江洲大队蓝书记、高云天等人的命运，在集体计划经济时代，靠着挣点工分的集体劳作，江洲人尽管年年付出了辛苦的劳动，但入不敷出，生活艰辛，勉强维持温饱。只要是稍微有点发家致富的念头，都不被允许，更不用说具体的行动了。一遇到年景不好或灾荒，江洲人只能忍饥挨饿，特定年代对社会主义本质的狭隘理解束缚了农村经济的活力，僵化的生产方式严重制约了生产力的发展。个体的"人"的命运，民族的命运，自然和人们的生产方式休戚相关，文本叙述不是简单地对集体计划经济体制的批判，而是揭示"人"的命运和时代、历史相因相契的复杂关系，更在于江洲人一代又一代跟命运抗衡的顽强意志和突破困境、寻求生路的精神品质。第二代江洲人高远波、郑岚等年轻一代，视野更加开阔，继承老一辈的创业精神，在各种困境中艰难发展乡镇民营企业，终于摸索、闯荡出民营经济的一片天。可以说，中国当代的乡镇民营经济发展史就是乡村的改革开放史，毕竟大的跨国公司、中外合资企业、外资企业在农村还是比较少的，农村经济靠的就是乡镇企业对农村经济的支撑或补充。尽管后见之明看到的是光明的前途，但身在历史现场，这些乡镇民营企业的发展却经历了艰难曲折与命途乖舛。文本不是用简单粗线条勾勒乡镇民营企业的发展史，而是在多重复杂的关系情境中摹写乡镇企业的举步维艰、如履薄冰。其中最主要的有这些因素：一是乡镇民营经济的生存困境是基本的、最初的也是最核心的原因；二是当时的政治语境仍然视公有制、集体所有制之外的经济为洪水猛兽；三是民营经济缺乏经验、资金、人才和资源，完全是摸着石头过河，起步之初几乎是步履蹒跚、挣扎徘徊；四是乡土是熟人社会、人情社会、伦理社会，也是血缘宗法的主要场域，这些不利于现代意义上的公司制度的运行；五是在乡镇民营企业初创及发展的时期，人心的叵测、人性的险恶、情感的背叛、前途的渺茫、自信心的不足都成为掣肘的原因。小说细腻、全面、深刻地摹写了乡镇民营企业的发展历程以及由此折射的时代、历史内涵。文本不仅写出了时代变迁中乡镇企业的命运起伏，尤为精彩的在于写出了历史语境演变中"个人"的命运。老一代江洲人高云天原为集体经济体制中的会计，后来因创办民营企业被批斗，积劳成疾最终献出了自己的生命。他的儿子高远波从小就受到父亲的影响，高云天总是讲述他们在外闯荡的经历给他听，耳濡目染，在幼小的心灵中播下了创业精神的种子。作家赋予了她笔下的英雄"个人"高远波艰难的人生磨砺：父亲离世、一贫如洗、欠债累累、高考失利、爱情波折、友情背叛、事业挫折，多次经历人生的困境乃至绝境。毕竟时代不同了，高云天那一代的命运悲剧不会在高远波身上重演，高远波的人生历练不正是说明时代语境的历史性巨变吗？他"个人"的成长、成功，乡镇民营经济的由弱到强不正是时代提供的历史空间吗？他"个人"的生命过程正伴随着改革的过程，改革本身不也是经历了多种磨难曲折吗？这里，小说中的"人"的命运与改革开放的命运同构，"个人"的历史就是改革开放历史的缩影与见证。小说通过叙述，将人物的命运、企业的命运放置到改革前、改革初、改革中的不同历史阶段加以考量，以个体的命运、乡镇民营企业的命运阐释改革开放在中国的命运。难能可贵之处在于，一方面小说揭示了"个人"在"大时代"面前的无奈、被动与被裹挟命运，但这些"个人"并不甘心屈从的命运，在时代的缝隙中充分找寻生存的可能性，一旦时代赋予他们更大的机遇或者空间，他们就能紧紧把握命运的缰绳，充分释放"个人"的历史主体性能量，去参与历史与时代的建构。

再次，日常化的叙述建构历史的现场感与真实感。小说超越了主旋律的叙事困境，不仅仅是找到了"生存"的叙述维度，也在于小说的日常化叙事。毋庸置疑，小说的主题属于宏大叙事，小说的命名——大江大海，也意在展现近半个世纪中国乡镇民营经济的波澜壮阔又起伏诡谲的发展历程。传统的现实主义叙事往往为了追求历史的本质或塑造高大全的人物，凸显重大的主题，每每采取大题大作的叙述态势，忽略叙述中的人情冷暖、烟火气息、世俗况味和生活细节，在现实主义的框架下将现实高度抽象和提纯，其结果是以损失现实真实性为代价，某种程度成了伪现实主义。后来崛起的新现实主义聚焦于生活中的鸡毛蒜皮、家长里短、柴米油盐，又显得过于琐碎，走向了另一个极端。《大江大海》既没有落入传统现实主义的窠臼，也没有为新现实主义所蛊惑，而是根据现实本来的样子，进行日常化、近似原生态的现实再现或合理想象，生活本身就是现实主义叙述的逻辑，既不夸大也不缩小，只是进行适当的详略剪裁。因此，小说无论是时代的变迁，历史语境的嬗递，社会生活的摹写，生命传奇的演绎，风土人情的描绘，还是乡镇民营经济的命途轨迹，都贴近于社会生活原来的样子。小说中的人物形象，也是按照日常生活的基本情状，按照人性固有的样态，有执着，有忠贞，有坚守，有背叛，有阴暗，有愧悔，有救赎，多个人物演绎人性的丰富和世道人心的复杂，一个人身上也有人性的多面性。小说的主要中心人物是高远波，他的命运富有传奇性，小说的乡镇民营经济的发展历程也具有传奇性，但这些传奇性并非作家有意识地采用传奇现实主义，将日常生活传奇化，而是在时代的浪潮中，人的命运和民营经济的命运本身就是传奇，中国改革开放四十年的历程不就是时代与历史的传奇？小说的真实感和历史现场感就是来源于对现实、时代、历史、人性的忠实书写。

当然，《大江大海》也存在一些艺术不足，比如：故事、经历大于人物，人物形象的典型性还不够凸显；写长江流域滨江镇的发展，还没有将长江流域的地域文化深度地融入文本；小说的叙事结构稍显单一，单纯的线性结构串接起人的命运和民营经济的命运，叙述四平八稳，缺少起伏和波澜；在表现社会生活的广度和深度方面，还没有达到意识到的时代丰富内涵；小说的前半部分叙述比较充分，后半部分节奏偏快，对民营经济的当下命运和"人"的命运观照的深度尚缺，同时对社会文化心理和人的内心世界的挖掘也还不够——期待冬林未来有更加优秀的长篇小说面世。

欲望·伤痕·皈依

——试论陈斌先长篇小说《憩园》

陈斌先在小说创作方面颇有建树，在当今重要文学期刊陆续发表近百篇中短篇小说，结集的中短篇小说集有《蝴蝶飞舞》《吹不响的哨子》《知命何忧》《寒腔》等。长篇小说继《响郢》后，又重磅推出28万字的《憩园》（刊于《当代·长篇小说选刊》2020年第3期）。《响郢》从历史、家族、阶级、家国、革命、人性、乡土、伦理等多个维度聚焦一地三家的响郢，以儒家的"仁义礼智信、德行孝悌廉"构建颓败家族命运史中的响郢精神。《响郢》属历史叙事，于波诡云谲的历史进程中反思传统文化的沉沦、转化与传承。《憩园》是当下叙事，于欲望、功利、世俗、喧嚣、浮躁、粗鄙的现实中体察人的灵魂皈依，作家试图从传统的道家哲学、道教文化中找寻精神的出口，当然也涉及儒家思想、基督教教义以及当下社会的多种世俗精神。王达敏教授认为，《响郢》和《憩园》一儒一道，作家陈斌先重返传统文化的精髓、要义，竭力去探索、找寻中国人在当下的精神家园。无疑，《憩园》是2020年长篇小说的重要收获，本文拟从几个层面论析《憩园》的思想艺术意蕴与当代启示性价值。

一、时代/个人欲望的升腾与坠落

依照心理学的解释，欲望（Desire）是由人的本性产生的想达到某种目的的要求，包括身体的和心理的，无褒贬、善恶之分。人或人类的欲望是多样性的、分层次的、无限的，马斯洛需求层次论从需要的角度条分缕析了欲望满足的不同位格。正常的欲望是人性的本然，能推动人的发展、健全人的本性，人类的欲望甚至是历史前行的原始驱动力。印度哲学家克里希那穆提认为，"对欲望不理解，人就永远不能从桎梏和恐惧中解脱出来。如果你摧毁了你的欲望，可能你也摧毁了你的生活。如果你扭曲它，压制它，你摧毁的可能是非凡之美"[①]。正视、理解、激发、拥有合理的欲望不仅是个体人性实现的需要，也是人类社会生存与发展的必然需求。正常合理的欲望被禁止，会导致人性的扭曲和历史的停滞。西方中世纪的禁欲主义、中国封建礼教的"存天理，灭人欲"均导致了文化的溃败、人性的禁锢和社会活力的丧失。改革开放、思想新启蒙释放了国人合理的生命原欲和创造活力，才有了改革开放40余年举世瞩目的发展成就。改革迄今40余年历程，尤其是1990年代以后市场经济的确立，社会的市场化世俗化都市化进程，在竭力释放被压抑的生产力的同时，却也导致了社会历史整体性的裂解、理想主义的式微和意识形态整合作用的下降。某些阶段，超出阈限的欲望像打开的潘多拉魔盒，以金钱拜物教为教义，以潜规则为手段，在较大范围内大行其道，一定程度上损毁了社会的公平正义。权力和资本的媾和，导致了贪污腐化的蔓延。当时社会上"人文精神大讨论"的发酵，实际上是有责任感的知识分子群体表达对人文精神在市场经济时代失落的集体焦

[①] [印]吉杜·克里希那穆提：《重新认识你自己》，若水译，深圳报业集团出版社，2010年版，第11页。

虑。孟繁华不无感伤地说道："人文知识分子不可能走上经济的主战场，他们被宿命般地排斥在市场经济之外，一种强烈的失落情绪浓云般笼罩在这个群体的心头，短时间内，他们几乎集体上演了一场'天鹅之死'。"①遗憾的是，讨论没能够持续深化下去，最终不了了之，讨论涉及的欲望喧嚣、价值失范、道德滑坡、信仰搁置、人文精神失落等问题一直悬而未决。

《憩园》里面的主人公之一句一厅就是活跃于这一特殊历史阶段的"历史中间物"，这个"历史中间物"没有鲁迅或高尔基所言的告别旧时代、迎接新世界的历史担当价值，他只不过带有历史过渡期的鲜明特征，是社会进化链条上和中国现代性历史进程中的"中间"过渡者。他的身上负载着欲望化过渡期的多重编码：时代的、文化的、历史的、现实的、道德的、灵魂的，同时也表征着过渡期历史的时代症候甚或病理。时代氛围激发了蛰伏于句一厅内心的绵延不息的欲望，冒险、投机、孤注一掷、行贿，他终于在房地产开发领域成了滨湖市举足轻重的企业家，聚力集团的老总。他的成功学背后有着价值失范"历史过渡期"典型的生存逻辑和存在形态：欲望的潜隐、浮露、升腾、疯狂和最终的坠落。在此意义上，句一厅是欲望的产物，是欲望假句一厅之名在现实中的闪转腾挪、恣意妄为，句一厅是被逐渐升腾的欲望所攫取、所劫持的现实"存在物"，欲罢不能，只能被其裹挟着，随着时代的大潮上下沉浮。由此可见，句一厅既不属于理想主义的20世纪80年代，也不属于未来价值体现重建之后的理想社会，而是身处二者之间暧昧、混乱、喧嚣的欲望地带。当然，句一厅的欲望化生存不是与生俱来的，而是时代催生的，是历史性生成的，这也不是单一、纯粹的欲望，而是在欲望化途中有着深隐的"存在性不安"，携带着时代的特殊症候，富有特定时代政治、文化、心理等历史性内涵。句一厅出身低微，父亲句

---

① 孟繁华：《精神裂变与众神狂欢》，今日中国出版社，1997年版，第493页。

天蓬仅仅是一名司机,母亲是农村人,随军后也只是一名大集体工人。他不安于单位微薄的工资,下海捞金,凭借着对时代"机遇"的把握,迅速完成了资本的原始积累。诚然,他资本原始积累的过程充满罪恶、肮脏和手段的非正当性。句一厅并非天生道德败坏或不仁不义之人,困难时期,他和妻子麦清也曾相濡以沫,在招聘项目经理时,文璟的自卑、忧伤让他心有戚戚,想起曾经的自己,引发他的同情与慈悲。他对父母病情的真切探望,也是其良心未泯的表现。他赠送别墅给文璟也并非是土豪、暴发户的虚荣心理,也并不全是对文璟的控制利用。别墅群之后对鞍子山的后续开发,明知不会有多少商业利益,他仍然愿意接盘,既是对前期商业风险的有意识规避,也是对齐市长的感恩,为齐市长化解当前的险境。他对自己因投机、行贿、非正当性所获得的巨大房地产利益是有罪孽感的。只不过在人生的行进中,他欲壑难填,欲望、资本、利益的逻辑让他没有回头的余地。欲望的旗帜下,他疏远了相濡以沫的妻子,为了获取更大的商机不择手段,为了自身存在性的证明,他试图在肉体和精神上占有水月。他对莫先生的敬重,不只是想获取商机,也有为自己灵魂在罪孽中的不安寻求解脱的一面。句一厅对待水月的态度,在水月进入聚力集团以后,也发生了很大的变化,这说明句一厅并非十恶不赦。他也有江湖义气的一面,当郑副市长和齐市长东窗事发锒铛入狱,他并没有检举揭发,以减轻自己的罪行。他因行贿罪被判刑入狱,事发前他也想方设法和妻子麦清缓和关系,入狱后不寻求上诉,安心服刑……小说《憩园》叙述句一厅的笔墨不是最多的,但他却是整部小说的核心人物,小说的故事、人物、命运都围绕着句一厅展开。叙事清晰完整地呈现了句一厅欲望化道路的升腾与坠落。令人赞叹的是,小说并没有仅仅满足于欲望维度的书写,而是刻画了一个内心充满不安、负有原罪感、在狱中真心忏悔的句一厅。句一厅的形象和性格承载着历史过渡期较为普遍的人性变异、心理症候和时代投影。小说将历史、现实丰富的生活镜像与生活其间人的心灵内在裂伤相互缠绕,深刻揭示了转型期中国社会人们欲望化的生存图景及其背后难以名状的精神困境。

欲望的不知餍足必然会带来人的精神痛苦，人就会沦为欲望的奴隶，同时也会带来社会行为的失范，欲望的过度膨胀就会变成贪欲，就会形成破坏性的力量。叔本华曾言，欲望的过于强烈，就不再是自身存在的肯定，会引发对别人生存的否定或取消。同时，弗洛伊德也指出，人性的本能欲望是"历史地被决定的"，作为一种本能结构的欲望，无论是生理的还是心理的，都不可能超出历史的结构，都内在于一定的历史框架、条件或体系中。这就决定了欲望不能是绝对的、不受控制的，决定了欲望的有限性、有效性和历史性，也就是说欲望随着历史条件的变化需要理性地加以控制和管理。作为历史过渡期欲望表意符号的句一厅，他的人生轨迹无不昭示着当代欲望生存的必然性逻辑，也表征了转型期中国社会从欲望的合理释放、欲望的升腾、欲望的泛滥到现今欲望需要被合理规训的历史图景。

二、心灵伤痕的"时间性"内涵

历史过渡期欲望化的生存图景必然带来人际情感的变异和心灵的伤痕。《心理学大辞典》认为，情感是人对客观事物是否满足自己的需要而产生的态度体验。《憩园》设置了几组令人印象深刻的情感关系，每一组关系都有着内在的心灵创伤。莫先生（莫可）和常文；句天蓬与洪霞；句一厅与麦清、水月；文璟与韩露、云徽；句一厅与齐市长；句一厅与文璟；另外还有一些附着于这些主要情感纠葛的次生关系。作家陈斌先将自己的思想主旨悄然隐身于文本的感性物质实体，隐身于情节故事命运的设置中，隐身于情感关系的悖缪纠缠和伤痕的时代性内涵中。正如什克洛夫斯基所言："作家或艺术家全部工作的意义就在于使作品成为具有丰富可感性内容的物质实体，使所描写的事物以迥异于通常我们接受它们时的形态出现于作品中,借以吸引读者的注意力,延长和增强感受的时值和难度。"①迥异于我们通常接受的形态在于作家将不同时代历时性的心灵伤痕进行共时性的文本呈现,将伤痕的不同维度在情感纠葛中得以全方位体现。

莫可和常文是"老三届"高中同学,毕业后因"文革"开始,没有机会上大学,他们回到了广阔的农村。他们都喜欢阅读古文,在"文革"期间偷偷地阅读不让看的一些古典文学、文化方面的典籍。莫可因写了一首感慨的诗歌被打成了"黑五类",成了现行反革命分子。"文革"期间,常文不顾一切,毅然决然地在猪圈里和莫可成亲,在非人的生存环境里,两人建立了患难与共的感情。后续的耻辱接踵而至,莫可为了不再连累常文,遂以"抛弃"的方式决绝地逼着常文离婚,常文不堪心灵的痛苦和情感的折磨而最终投水殉情。这对莫可来说简直就是灭顶之灾,从此他形同槁木,心如死灰,失去了灵魂。自杀未遂后隐居大山洞穴中,幸遇武当山道人,莫可开始了一生的修行、忏悔和赎罪。莫可和常文的爱情悲剧是"文革"造成的伤痕,这种伤痕在当时有着太多的历史遗留,这也能够解释新时期文学为何以"伤痕"为发端。句天蓬和洪霞的关系也是上代人的情感伤痕。洪霞是庐剧团的当家花旦,无论是姿色、唱功均属一流。句天蓬则是地区文化局局长的司机,他对洪霞的痴迷从戏里走向了戏外,正是他的痴迷、疯狂和不可理喻给洪霞带来了人生的劫难,从此,洪霞的生命不断地被污名化,后因不堪精神折磨投水自杀。被秦易飞救起后洪霞嫁给了秦并有了后来的水月(秦文文)。流言蜚语又起,洪霞最终以投湖结束了自己极度委屈又痛苦不堪的一生。句天蓬也因为洪霞的自杀而彻底疯癫,精神错乱。句天蓬的情感非理性不仅造成了洪霞、他妻子、秦易飞等同代人的巨大心

---

① 什克洛夫斯基:《马步》,转引自张冰《陌生化诗学》,北京师范大学出版社,2000年版,第178页。

理伤痕，也将这种心灵创痛传递给了他们的下一代身上。受害最深的秦文文不肯原谅秦易飞，离开亲生父亲和武二妹生活在一起，改名水月，始终生活在上一辈人的情感悲剧和心理阴影之中。当然，洪霞的人生悲剧和莫可、常文不同，她的伤痕不是直接源于"文革"中某一事件，而是源于那个时代的思想氛围，源于那个时代的社会人心，那个时代的道德观念。不难看出，洪霞的伤痕仍然和特定的时代有着直接的关联，富含时代、文化、政治等多维思想与意识形态意涵，折射出特殊年代的历史隐秘。从这个意义上而言，莫可和常文、句天蓬和洪霞、秦易飞等的心灵创伤仍然属于政治高度一体化时代的伤痕，带有那个年代无法抹除的精神印记。

句一厅和麦清的情感伤痕，以及句一厅试图对水月的征服和占有所带来的情感冲突则和上代人的伤痕有着深刻的"时间性"差异。句一厅和麦清、水月生活在改革开放的年代，高度政治化的生活让位于市场经济的"发展才是硬道理"，意识形态和组织信仰的整合作用下降的情势下，商品、利益、交换原则、资本、权力等的多重媾和构成了改革开放起始阶段经济、社会的"野蛮生长"。句一厅就是抓住了这个历史"机遇"或制度不完善的缝隙，完成了自身的欲望化生长。麦清目睹了句一厅的下海、投机、发迹，最终成为房地产的暴发户。麦清也经历了和句一厅感情的相濡以沫，到逐渐疏远，最终形同陌路的情感历程。句一厅和麦清的情感裂痕，麦清内心的情感创痛是粗鄙化的改革开放之初的社会现实、不完善的市场体系、社会生活的世俗化、历史进程的欲望化造成的。因此，麦清心灵世界的伤痕有着和上代人不同的时代内涵。从极端政治化的日常生活到欲望化的世俗化生存，从一元化的时代氛围、思想语境到多元化的众神狂欢，从"文革"时代的旧伤痕到市场经济时代的新伤痕，"时间"赋予了伤痕不一样的历史内涵。《憩园》尤为可贵的是，通过句一厅和水月之间的情感关系冲突，揭示了伤痕的代际传递，这层关系的设置巧妙地将不同时代的心灵伤痕连缀在了一起。尽管伤痕具有不同的时间性内涵,但伤痕毕竟还是伤痕,它对人性、心灵、情感、精神的斫伤所造成的印痕在本质上是一样的,所不同的是导致创伤的根源有别。进一步分析会发现,句天蓬虽然仅仅是司机,他却是地方文化局局长的司机,在他身上有着权力的投射或附着,他在给局长开车的过程中也许耳濡目染了局长权力的声威,某些时刻导致了自己角色的认知错觉。他对洪霞的疯癫痴迷纠缠,可以看作是权力(下延的政治权力)对女性的占有欲,试想,如果仅仅是一名普通司机,他的这些痴恋或许只会被压抑在潜意识里,现实中的这种情形也许永远不会发生。细思极恐,下延的权力况且如此,那么那些手握权柄者呢?如果说句天蓬对洪霞所造成的伤害还带有一份非理性的痴迷、疯癫,那么,句一厅对水月则表现为资本膨胀后的征服欲与占有欲。因为在世俗化的市场经济时代,资本的表现相较权力不遑多让。质而言之,极端政治化时代的特殊权力和价值失范,经济化时代的肮脏资本,它们对作为权力和资本对象化的女性的占有欲是殊途同归的,它们妄图让女性臣服于自身的淫威是一致的,从隐喻的角度而言,这是强者企图完成对弱者征服的存在性证明。虽然过度政治化时代转型为市场经济化时代,时代似乎发生了历史性的嬗变,但无论权力或资本的占有欲却是"结构性的趋同",并悄然完成了代际传递,这里面所隐藏的丰富社会历史信息是值得深思和警惕的。诚如奥勒留所说:"谁看见了现在,谁就看见了一切:深不可测的过去发生的一切事和将来发生的一切事。"[1]

无论是极端权力带来的旧伤痕、欲望资本带来的新伤痕,或者二者媾和带来的复合性伤痕,文本仅做伤痕展示是不够的,这需要追索这些伤痕的其来有自,那些晦暗的存在需要理性之光加以敞亮从而避免历史悲剧的轮回,受伤的心灵还需要抚慰和疗愈,罪孽的灵魂还需要救赎和

---

[1] [古罗马]马可·奥勒留:《沉思录》,何怀宏译,中央编译出版社,2008年版,第12页。

忏悔，失去心灵家园者则需要精神的皈依，这才是《憩园》最终的思想指向。

三、灵魂皈依于何处的忧思

很明显，长篇小说《憩园》是在为这些失去心灵家园的"存在者"找寻精神皈依。之所以要寻找心灵憩园，是因为在当下生活中，这些人因为罪恶、因为痛苦、因为焦虑、因为堕落、因为贪欲或者受到时代大潮的裹挟，失去了心灵理想、精神信仰和灵魂乐园。失去心灵憩园的人，他们的灵魂始终处于漂泊无依的流浪之中而无家可归。正是由于心灵憩园的缺失，小说中的各色人等才有各自的追索和寻找。

莫可在"文革"中遭遇致命打击，妻子常文也因为莫可的原因自杀，含恨离世。绝望中的他机缘巧合，幸遇武当山云游道人，于是他皈依道教，开始了一生的忏悔和修行，从此成了莫先生。莫先生虽身在道教，其主要思想还是以道家哲学为主，他的修行是为了救赎自己现世的罪愆，也是为自己对常文犯下永远不可饶恕过错的忏悔。道家哲学主要表现为道法自然、无为自化、应物变化，道教则以黄、老道家思想为理论根据，承袭春秋战国以来的神仙方术衍化形成。道学思想主要有这么几个层面：天道、无为；朴素的辩证观和相对主义；个体价值与精神自由；超世、顺世、游世等。①中国历史上，当士大夫仕途经济受阻，他们往往回到道家思想的怀抱，寻求心灵的寄托，陶渊明、苏东坡即是典型的代表。这是因为天人合一的道学是中华文化处理人与自然关系的伟大思想，是对人类思想史的伟大贡献。在今天人与自然、人与他人关系异常紧张的时代，它对于当下欲望化的现实具有重要的启示性价值和救

---

① 冯天瑜、何晓明、周积明：《中华文化史》，上海人民出版社，1990年版，第380-385页。

赎的意义。道家思想的精髓远不止此，它还为我们提供了一种超凡的人生观和宇宙观以及超越性的人生情怀，从而帮助我们认知人生和宇宙的终极真理。《憩园》围绕着莫先生的修道、话语和行踪，从多个层面揭示了道学思想之于当下社会的一些核心要义。比如对鞍子山的开发，所谓"寒潭灵砚"不是彻底否定道学的社会功用，而强调的是对自然、社会规律的遵循。比如，莫先生多次欲言又止的修行、鸟儿只为活着本身、遵从内心，守静笃、定大义，所言的"大成若缺，其用不弊；大盈若冲，其用不穷"[1]……都是强调节制、内敛、本源、戒贪、顺化。秉持这样的理念，势必会构成对物质现代性历史进程中欲望无所节制的对冲，构成对欲壑难填的人性贪婪的深刻救赎——鲁迅先生就曾言："中国文化的根底在道教"，"以此读史，有多种问题可迎刃而解。"[2]小说的结尾很有深意，莫先生归去，他本来就是道教中人，不难理解，由于入世太深，违背了他的修道心性，遁去归隐自在情理之中。文璟的"寻人启事"之中还有不知所终的句一厅。小说中句一厅经历了欲望的喧哗与骚动，也经历了人生的沉沦、颓败和牢狱，他的归去可以联想到定然是受到了莫先生的巨大影响，道学思想应该是其最后的精神皈依之所，是其修行、忏悔和赎罪的心灵憩园。

如果说莫先生、句一厅皈依道学思想是小说的主要思想线索，那么小说中的另一人物文璟则无形中将儒家思想中的感恩意识当作自己心灵的归宿。他和莫先生、句一厅的从道不完全一样，莫先生和句一厅是自觉、有意识地皈依，而文璟则是非自觉、自动化地遵从。小的时候，文璟的奶奶虽然不识字，却能够给文璟讲"羔羊跪乳""乌鸦反哺"等儒家孝敬的道德伦理思想，可以想见，在中国传统社会，儒家的仁义孝悌思想在民间社会究竟有怎样根深蒂固的影响。羊跪母，鸦反哺妇孺皆

---

[1] 老子：《道德经》，张景、张松辉译注，中华书局，2021年版，第191页。
[2] 鲁迅：《鲁迅全集》，人民文学出版社，1958年版，第285页。

知、熟读成诵。这种感恩意识和处世哲学经过历朝数代的思想强化已经内化为中国多数百姓的集体无意识。荣格指出:"集体无意识是精神的一部分,它与个人无意识截然不同,因为它的存在不像后者那样可以归结为个人的经验,因此不能为个人所获得。构成个人无意识的主要是一些我们曾经意识到,但以后由于遗忘或压抑而从意识中消失的内容;集体无意识的内容从来就没有出现在意识之中,因此也就从未为个人所获得过,他们的存在完全得自于遗传。个人无意识主要是由各种情结所组成,集体无意识的内容主要是原型。"[①]这里我们不能简单肤浅地认为文璟身上的感恩意识是其个人无意识,而是经过其奶奶的言传身教与民族文化基因的历久遗传而内化为的无意识,是民族、集体无意识在个人身上的体现,这和孔乙己、祥林嫂、阿Q、闰土、祥子身上的集体无意识在精神结构和文化心理上的沉淀如出一辙。正是由于感恩的无意识,文璟被句一厅赠送一套别墅后,内心从此陷入惶恐和不安,有一个驱之不去的巨大阴影笼罩着他的日常生活,觉得自己无功受禄或者说功劳还无法抵冲别墅的价值。自此,他后面的生活无不和感恩有关,对句一厅的感恩,对聚力集团的感恩捆绑在一起,这很大程度上消解了文璟作为个体人的灵魂自由。愈往后,他的心理负担越来越重,导致了他的梦游和夜晚无意识地铲除别墅里的花草。最后直到聚力集团遇到困难,文璟把别墅归还给公司之后,他才解除了心灵上的枷锁,重新获得了身心的自由和轻松。

小说里面的麦清也在婚姻生活里痛苦挣扎。在句一厅下海捞金之前,他们各自在单位上班,日子不富裕,然岁月静好,内心安宁。句一厅的逐步发迹,也一步步扭曲了自身的性格和灵魂。麦清无法干预也无力阻拦,只能在内心默念、祈祷句一厅回头是岸。只是当时的句一厅无法听进去只言片语,任由欲望驱动着自己一意孤行。麦清先是到黄尘寺

---

① [瑞士]荣格:《荣格文集》,冯川译,改革出版社,1997年版,第83页。

烧香拜佛，后又到清水观拜谒三清大帝，最后麦清皈依了的基督教，祛除"妄猜、妄恨、妄记"，平息自身的情绪。她认为只有基督有伟大的献身精神，只有基督才能够拯救罪孽深重的句一厅和有罪的人。基督教教义里面的博爱、慈悲、众生平等以及彼岸世界的诸多思想在现实中也能找到信众，但基督教毕竟是来源于西方的宗教，中国向来也不是宗教的国度，很多信基督的人多数是浅层次、盲目信奉的教众，他们信教的一个主要目的就是祛病延年或寻找一个终极关怀。当然，麦清之所以皈依基督，在小说中也是因为心灵上走投无路，精神苦闷无处排遣所追寻的一个去处，至于是否真的能找到心灵的信靠，恐怕她自己也语焉不详，麦清不在于信什么，而在于有所信，或者说她自己认为找到了心灵安居之所。

在寻求精神憩园的人生命途中，水月是小说中无法绕开的人物。痛苦的身世背景和人生遭际赋予年纪轻轻的水月的生命以悲凉的底色。她母亲洪霞的人生悲剧带给她大面积的心理阴影。她想努力挣脱上代人的爱恨情仇，偏偏句一厅因膨胀的欲望企图征服她，完成其父亲句天蓬没有征服水月母亲洪霞的"遗憾"。她对句一厅充满厌恶、鄙视，可现实中又不得不和他周旋。上一代人的恩怨延续到了水月身上，她内心的痛苦、纠结、拧巴可想而知。小说中，每当水月唱起庐剧，她的唱腔总是蕴含着寒凉："残山梦最真，旧境丢难掉；一曲哀江南，悲声唱到老。"从二凉唱腔到寒腔，是水月吟唱庐剧的基本腔调，在腔调中融入自己身世的悲苦与寒凉。水月能否从寒凉的人生中走出？水月的精神憩园到底在何处？她能否找到自身安身立命的根底？小说中水月把母亲未竟的庐剧事业当作自己生命的皈依和意义所在。她分别和长生、大魁搭档，振兴中国传统戏曲之一的庐剧，将自己的生命融入了极富表现力的庐剧艺术，应该说，她找到了自己的心灵憩园。小说中还有很多人物，比如文璟的妻子韩露，她身上有一种世俗化的生活精神，比如保姆云徽秉承的是传统质朴的处世哲学，还有武二妹、长生、大魁、齐市长、郑副市长、聚力集团的沈方、万红梅……每个人都有自己的"独木桥",每个人都要扮演自己在世的角色,要追寻自己的心灵"憩园"。

鞍子山边的别墅群憩园,具有隐喻、反讽和建构等多重意蕴。憩园是现实中的别墅群,却也隐喻着人们心灵栖息的港湾,灵魂安居之所,但这样的精神憩园在世俗世界里付之阙如,人们在熙熙攘攘的红尘中追名逐利弄权,将自己的精神家园弄丢了。以句一厅、齐市长、郑副市长、大湾区区长为代表的资本和权力阶层,操弄着憩园的房地产商业项目,而自身却成了"失魂"的现代人,成了追逐欲望的"单面的人",成了物质现代性意义上的"工具人",丧失了人的灵魂世界的丰富,精神世界的浩瀚,在此意义上,"憩园"的隐喻具有了强烈的反讽与批判性。而以水月、文璟、云徽为代表的踏实"奋斗者"阶层,则在现实与精神世界或固守或建构起自己的灵魂憩园,保持了人性的基本底限。

综上所述,作家陈斌先的长篇小说《憩园》,以现实生活为题材,以中华传统文化为经脉,尤其以道家思想为中轴,以滨湖鞍子山(砚山)开发为线索,以当代人的心灵憩园追寻为意旨,塑造了一批在现世生活中行走的各色人物形象。小说是当下生活的写真,因为有前代人命运情感的嵌入而具有了历史感,因有着传统文化的深度融入而具有了丰厚的审美意蕴,也因人物性格刻画前后的矛盾变化让人物形象充满张力,"憩园"作为心灵皈依之所的隐喻,寒潭、大雪、飞翔的鸟群、碎花裙子、栅栏铁条等意象性叙述具有象征性意味,也让小说的叙述增添了韵味。小说凭借着心灵憩园的寻找与建构,《憩园》完成了权力、欲望对人性异化的双重审美批判。可以看出,作家对人性、对社会、对灵魂憩园的理性、理想建构必将是对极端政治权力和过度欲望化生存的双重拒绝,在"文革"结束,改革开放已经历时40多年的今天,《憩园》的灵魂追问和现实主义书写无疑具有重要的现实意义。

当然,小说的情节处理也有值得商榷之处。为了让水月和句一厅之间产生交集和情感纠葛,庐剧团的专业演员水月前往聚力集团担任党建指导员。莫先生也对句一厅说水月代表的是"王道",这里"王道"可以理解为主流价值观、文化自信、组织信仰。为了让水月的角色转换较为自然,文本中一些地方将水月主流化,比如:"水月感叹说,国人重视春节,中秋节和端午节,突然间又重视圣诞节,真是的。水月说完忧虑,又说文化,这才信心满满地说,好在唐元文化大交融之后,中华文化日益成熟,几乎到了百毒不侵的地步,所以才不怕上帝和耶稣。"由此,完成了水月融中华文化的文化自信和对组织信仰忠诚一体化的塑造,这是当下社会的"王道",也是价值重建的两个最重要最核心的基石。聚力集团在濒临破产的时候被拯救,也是源于组织的救助。虽说现实中加强民营企业的党建工作是当前加强党的领导的一项重要举措,写进小说无可厚非,也是顺应了当前的社会形势,但总感觉水月承担这个重要的表意和叙事"功能",小说似乎铺垫得还不够充分,人物角色的转换还不够自然。作家这样的设置或许是为了增加冲突的戏剧性、情节的紧张度和命运的历史感,可能忽略了这与水月的精神气质和小说的整体氛围有所冲突,也许换一个人物,设置另一条隐形线索,让"王道"更自然凸显,或许会更加稳妥。

从形容词到名词的审美追求

——许冬林散文印象

无为出才女，许冬林就是其中之一。印象中，无为的才女李凤群、张尘舞专事小说，许冬林主攻散文也兼及小说。我读过许冬林的长篇小说《大江大海》和中篇小说《颜色三叠》，读过许冬林的散文集《忽有斯人可想》《养一缸荷 养一缸菱》。尽管冬林的小说写得不错，但我更欣赏她的散文。冬林的才华、识见、情怀、气质主要体现在她的散文创作中，迄今为止，冬林已经出版了8本散文集，为读者奉上了唯美的散文读本，为安徽散文做出了应有的贡献，同时也是对中国当代散文的丰富。

冬林的散文已经具有很高的辨识度，做到这一点非常不易。随便选择其中的一篇，就能见出创作者的主体情思，能感受其独特的语言魅力，领略字里行间的诗意。概括起来她的散文主要有这么几点令人印象深刻。

一、重返散文创作的纯粹性

散文创作门槛不高，写作者众，由此造成散文创作的体量庞大。各种主义的喧嚣，包罗万象的文本，散文化时代的命名……带给散文创作前所未有的庞杂、紊乱，而真正达到高段位、高境界的散文并不多见。

我想原因是多方面的，其中一个重要的原因在于散文的纯粹性被破坏，散文承担了太多非散文的元素、功能和审美。散文的边界被无限扩大，导致了散文某种程度上跌失了自己的身份。读许冬林的散文，会感觉到那种久违的纯粹的散文回来了。许冬林散文的纯粹性表现在诸多方面，一是创作主体心灵的纯粹。在日益喧嚣、功利、粗鄙、世俗化的时代，如何保持灵魂的"宁静""孤独"，保持心灵的非功利的审美状态，纯粹状态，我觉得是一个散文家应有的修养。现实中，能够拥有这样的"素心""真心"的散文家越来越少了，而冬林在这一点上就非常难能可贵。许冬林能够以一颗纯粹的"素心"去面对"存在"的芜杂和当下社会生活的浮躁，始终以个我的生命观保持真淳的自我。因此她的散文世界是一个经过创作主体的情思过滤的"存在"。二是文体的纯粹。近年来，散文的文体越来越斑驳，尤其和小说的边界很难厘清，和非虚构叙事也搅和在一起，和许多跨界、跨文体的实验性文本纠缠，散文的文体不再纯粹。很多名为散文的文本面世，总让人心存疑惑。许冬林的散文在我看来是纯粹的散文文本。阅读《忽有斯人可想》《养一缸荷，养一缸菱》，能够回到中国抒情散文的传统，唯美的文字、古典的情怀、深邃的意境、诗意的氛围在文本中逐一呈现。昆德拉曾说过，小说追求的是一种复杂性精神，这是小说创作的共识。昆德拉没有提及散文，言下之意，散文不需要那么斑驳，散文更需要一种纯粹。尽管我们倡导散文形散而神不散，但这个神应该是纯粹的、确定的、有形的。许冬林的散文篇幅就总体而言不长，类似于明清时期的小品文。这种文体不是以气势见长，而是以语言的纯粹、意境的纯粹、情感的纯真构成文体的纯粹，它属于散文家族中的"小诗体"，空灵、蕴藉又直抵人心。

二、立足个体真实的感受性

女性本来就比男性的感受更为细腻、纤微，女作家当然更具有超出男性作家和寻常女性的文学感受性。许冬林就是其中佼佼者。有一次《意林》杂志对作家进行访谈，冬林曾言："写作的素材主要来自平时的观察、思考、阅读和积累。一个写作的人，一定不是一个对生活、对身处的世界熟视无睹的人，他（她）必须像一个浑身长满触角的软体动物，周遭一点点的花开花落、风起风息都能在他们的心田里荡起波纹，甚至刮起飓风，他们能随时随地捕捉到这个世界的温度、声音、色彩……"。从生命的真实感受性，从生活境遇的个体感受出发，而不是理念、时尚、流俗或新闻话题的演绎，许冬林的散文给我们的阅读感受是真实、真诚，将生命的感受融入对象的书写当中。在散文《旧时菖蒲》《素色夜来香》《菊花禅》等篇目里，这种感受性就来自对生活的观察，对熟悉事物的敏感，当然这种感受性与作家主体的心境与审美息息相关。我觉得许冬林的散文很多是以这样的生命感受为触发点，因此她的文字就具有了及物性，有了地基，有了生长点。这种感受性不仅仅来自对生活的直接感受，也来自经典阅读的感受。《忽有斯人可想》里面的第五辑：阅读是种深不可测的深情。这一辑从阅读经典出发，从阅读中感同身受于经典作品中人物的命运、情感以及由经典所引发的自身命运感喟。《一片深情付东流》对白素贞和许仙关系的解读令人耳目一新；《思念成就永恒的爱情》里面对经典文本《长生殿》中李隆基和杨玉环爱情的理解与感受让人唏嘘不已；《勤杂工们的小生活》对《牡丹亭》里面的小人物生活的关注、同情与悲悯，让我们看到了男欢女爱叙事中夹杂的小人物的生存悲欢。《她是孤鸿，自舞自沉醉》中对杜丽娘和柳梦梅爱情的别样阐释也是从阅读的真实感受为基础的："在杜丽娘这里，爱情是河这岸，清风晓月，执手陌上看花缓缓归。在柳梦梅那里，爱情是河那岸，千军万马，血脉偾张塞上围猎，沉溺于掠夺与占有的狂欢。"

三、建构审美意蕴的多重性

散文的审美如果仅仅停留在对象的表层，而缺乏深度的审美意蕴，那么这样的散文注定寡淡无味，行而不远。作家对此有清醒的认识："有了观察，还要思考自己观察到的世界背后一些深层的东西，让自己最后呈现出来的文章有一点纵深感，有一点厚度，而不至于平面和肤浅。阅读很重要，有时阅读也在启发我们如何去观察，去思考。"① 这里的纵深感和厚度，就呈现为散文审美意蕴的多重性。一方面表现为散文主题向纵深拓展。《旧时菖蒲》从菖蒲在民间的命运转向对人的命运的联想；《沙家浜的芦苇》由一根芦苇的脆弱上升为千万根芦苇的集体主义精神，上升为个体对群体的融入，才能焕发永不消亡的生命力的思考。另一方面表现为散文意境的幽邃。《中国梧桐》是我尤为喜欢的一篇，文本从阅读南唐李煜的《相见欢·无言独上西楼》里面的"寂寞梧桐锁清秋"中的梧桐意象为感受触发点，念及家门口的那棵梧桐，一发而不可收，对古今的梧桐意象进行了知识系谱学的梳理，李清照《声声慢》中的梧桐、薛奇童《楚宫词》中的梧桐，李白《秋登宣城谢朓北楼》中的梧桐、白居易《长恨歌》中的梧桐、李颀笔下的梧桐、《孔雀东南飞》《太平御览》《梦溪笔谈》等篇目中的梧桐，到现实中的安徽桐城、广西的苍梧县的梧桐。作家以梧桐意象为线索，艺术地建构了"中国梧桐"的审美意象，意境凄清，格调苍茫，审美意蕴幽邃多重。古典诗词的钩沉或历史现场的回访不单单是发思古之幽情，而是将历史和当下的生命感受融为一体，彼此互文，构成历史与现实的对话，如此，散文的纵深感、历史感和审美意蕴的丰富性就能够得以充分地实现。

---

① 许冬林：《养一畦露水》，名家散文热考论坛，载《意林》2019 年第 18 期。

四、展现独具魅力的个人性

就散文创作而言,许冬林已经是成熟且有个性魅力的散文家,她的辨识度和个人风格已经完成。首先,许冬林的语言颇具个人风采,典雅、纯正又形象生动,具有很强的艺术表现力。这与作家常年爱好阅读古典文学,尤其是诗词有直接的关系。比如,写人生的幽凉:"是幽凉,是后半夜的露水挂在陈年蛛网上的凉,是霜降之后的初霜卧覆在石阶上的凉"。① 再比如写深情的难以表达:"仿佛一曲琵琶终了时,四弦裂帛,之后是唯见江心秋月白,貌似走向虚无,其实是抵达另一种存在,另一种无垠。"② 这样的语言将古典诗词融入现代语汇,浑然一体。其次,许冬林对自然风物有着独到的个人表达。她的散文集绝大多数文字都聚焦自然风物,我们从文集的命名就能窥见端倪。《一碗千秋月》《桃花误》《旧时菖蒲》《植草香里素心人》《栀子花开时》《养一缸荷 养一缸菱》基本是自然风物,尤其是对花草树木等情有独钟。即便是《忽有斯人可想》,里面还是以自然风物为主。修竹、芦苇、乌桕、姜花、樱花、桂子、杜仲、芦笋、菖蒲、海棠、芭蕉、芙蓉、夜来香、沙鸥……无不信手拈来,成为作家的审美对象。在描写这些自然风物的时候,作家的生命意识和审美情怀在主客体的对话中悄然绽放:"生命,许多时候需要一种对望……在这样的对望中,我们深深感受到自己正独一无二地存在着,感受到时间的流动里充盈着芳香和深远的诗意。"③ 再次,日常、民间诗意的个人性建构。现代快节奏的日常生活往往是诗意的消解,许冬林的散文则是让自己的心灵静下来,沉下来,发掘出日常生活的诗意,如何让荷尔德林所言的"诗意的栖居"在信

---

① 许冬林:《养一缸荷 养一缸菱》,广西师范大学出版社,2019年,第70页。
② 许冬林:《养一缸荷 养一缸菱》,广西师范大学出版社,2019年,第71页。
③ 许冬林:《养一缸荷 养一缸菱》,广西师范大学出版社,2019年,底页。

息化的社会成为可能，如何让我们的忙乱的脚步慢下来等一等灵魂，这就需要建构日常生活的诗意。许冬林日常生活的诗意，还具有非常民间化的色彩。许氏散文将日常的烟火气和民间的生存方式自然而然地衔接起来，亲近自然，融入野地，用文中的语言描绘就是"活得诗意，却不自知，这真是人间大美"，正所谓"江流天地外，山色有无中"。那种自在自为的生存状态中蕴含着生命无限的诗意。注重生命的现实体验，将日常生活的审美精神融入生命态度和存在方式。因为无论是在历史还是在现在，这种审美的生存态度都是中国实用主义哲学和实用理性所匮乏的。

当然，如果以更高的标准来要求冬林，冬林的散文创作还有很大的提升空间。写作经年，冬林形成了自己个人化特色和风格。但这也容易形成桎梏，形成"风格的陷阱"，形成思维定式，容易自我重复。毕竟每个人的资源是有限的，如何避免落入写作的窠臼，这是后面写作面临的极大挑战。另外，冬林的散文还没有抵达"大境界"，还没有形成水汽氤氲、浑然圆融的境界，也没有达到"无我"的境界，这种境界是天地人的融合，我想可能也是散文的最高境界。好在冬林在散文创作中有着非常清晰的自我反思：现在的冬林已经告别了煽情的感叹号，庸常的逗号，更多走向了平实叙述的句号和无以言表的省略号。从早期的喜欢奢华的形容词，经历了极富表现力的动词，现在正不断迈向内心平静不争，素颜、静默、接纳、包容的名词。期待冬林未来的散文创作继续以生命体验为底色，以思想的超拔为目标，具有更大的气象、格局与境界。

思想的深切与格式的特别

——季宇中短篇小说集《猎头》读札

就安徽文学的创作收获而言，将2010—2011年度称作季宇年，丝毫不过分。先是近50集的《新安家族》在央视一套热播，接着是百万字的同名长篇小说隆重推出，获得文学界的高度评价，并入围2011年度茅盾文学奖评选。紧接着是长篇历史纪实文学《燃烧的铁血旗》，集作家二十年辛亥革命研究之功力厚积薄发，同类题材无出其右。与此同时，季宇的中短篇小说集《猎头》也随之面世，该文集是季宇多年艺术心血的结晶，体现出一流的思想和艺术水准。在我看来，如果说《新安家族》是季宇长篇小说的扛鼎之作，《燃烧的铁血旗》是他纪实类文学的里程碑，那么《猎头》则是他中短篇小说的经典集成，其思想的深切与格式的特别集中体现了小说名家的思想功力与艺术品格。

沈从文曾指出："一部伟大的作品，总是表现人性最真切的欲望。"[①] 人性勘探是季宇中短篇小说一以贯之的主题，季宇每每将人性幽昧的褶皱撕裂呈现在读者面前，尤其是揭示人性的黑暗、畸变与人性之恶。《当铺》以裕和当老板朱华堂与儿子之间的矛盾冲突结构故事，父亲吝啬成性，儿子放荡不羁，结果酿成了父子之间以恶抗恶的命运悲剧。父子伦理、家庭伦理与道德伦理的颠覆并没有停留于故事演绎的表

---

① 沈从文：《给志在写作者》，载《大公报·文艺》，1936年3月29日报。

层，而是深入到传统内部与人性深处从文化、心理的层面揭示父子性格的文化基因及其历史传承，其中也蕴含着传统文化范式内部否极泰来等相对哲学的思想内涵。文本虽不长，意蕴却很深。《盟友》中三个个性鲜明的人物在辛亥革命中为了共同的目标结成生死与共的盟友，但在革命目标实现或即将实现时，由于人性的贪婪与欲望的不知餍足，导致了马新田对昔日盟友何天毅、蓝十四的背叛，轻而易举地葬送了革命成果和上千人的身家性命。文本深入地揭示了个体欲望与历史进程之间复杂悖谬的关系以及人性在特殊历史情境中的变异扭曲，让人们不禁思考一个重大的问题：革命成功之后的第二天会怎样？

对个人与历史之间的关系探讨是季宇中短篇小说又一深度主题。《墓》中杨汉雄曾以CC的身份在新中国成立前救过陆子离，而陆子离在"文革"中为了保全自己而否认了他们之间的关系，导致杨被认作反革命分子而被迫害至死。改革开放后，杨汉雄的夫人要到市里投资，因此市里要为杨汉雄修一座墓碑，但墓地只能是小梅山而不能是大梅山，因为大梅山是革命先烈埋葬的地方。小说中陆杨之间的关系、大梅山与小梅山之间的关系、投资者与统战部的关系是个人与历史复杂暧昧关系的多重隐喻。在此，对历史的必然与偶然、正义与非正义、进化与轮回、明晰与隐秘的辩证思索体现了季宇完整的历史认知。《陆与冯的故事》《割礼》《县长朱四与高田事件》都是对这一主题的深化与延续，多方面展示了历史的暧昧性以及个人在历史长河中的卑微性。

现实是历史的延伸，季宇的笔锋不仅指向历史而且聚焦于现实。《最后期限》中的黄敬最终走出了"最后期限"的恐惧与煎熬；《名单》中的白正清机关算尽也没能摆脱上报给纪委的"名单"所带来的政治宿命；《猎头》则在新的时代语境中探讨"猎头"行为的义与利；《老杆二三事》中的老杆一直秉持敢说真话的"老杆"精神；《老范》则以故事和命运的呈现方式演绎了圆滑世故精于人际关系的老范最终落败的命运。

《街心花园的故事》则是"另类"主题的深切表达,"雕像恋"展露人类精神情感不为人知的另一面,尽管另类但却真实,文本显然受到弗洛伊德精神分析学说的影响;《灰色迷惘》类似于被称为"伪现代派"的《你别无选择》《无主题变奏》,深刻揭示了个人生存的困顿、无奈与精神上的迷惘;《小岛无故事》呈现的是人性的压抑与释放;《王朝爱情》是另类爱情的文学表达,王朝的爱情经历既让人感到匪夷所思,却又合乎情理,只是爱情的过程令人叹为观止;《复仇》中吴玉雯对马大鞭子的复仇也以另类的方式完成……可见,季宇中短篇小说取材广泛、内蕴丰富、思想立意非常深远。

季宇创作的总体趋势是从形式主义到历史主义的。他的中短篇小说由于受到时代思想氛围与文学潮流的影响,因而具有浓郁的现代主义色彩和很强的形式感,其思想表现的深刻有赖于小说格式的特别。小说现代性的思想主旨与现代性、后现代性的表现形式互相支撑,表现为精致、成熟、经典的中短篇小说叙事艺术。

悬置道德判断与价值判断是季宇中短篇小说的重要艺术特色。无论是历史的另类写真抑或展开对现实的批判,叙述者都是"不动声色"的。既没有义愤填膺,也没有牢骚满腹,作家只是默默地充当旁观者。文本只做客观的"呈示",不做道德评判,也不做价值判定。叙述者越是不动声色,却越能够像神祇一样俯视芸芸众生、洞察一切。文本越是将道德判断逐出小说、搁置价值判定,文本的反讽意味与批判性就越强。小说的"零度叙述"所呈现的人性的丑陋、社会历史的蹊跷与现实的龌龊就更加触目惊心,二者之间构成悖反性的审美张力,笔触冷静,效果却入木三分。

季宇的中短篇小说往往呈现"特别"的结构艺术。小说的结尾经常会出现"附录""尾声"甚至是"尾声之尾声"。这样的"附录"或"尾声",不是简单地对故事的结局进行补充或阐释,让故事或人物的命运更为完整。恰恰相反,它在小说结构完整性的基础上,又打开了另一个缺口，敞开了另一种命运的可能，甚至是对前故事的消解，从而形成完整性、封闭性之上的开放性结构。这种结构模式既颠覆了传统的叙事模式、故事模式、命运模式，又形成了"不确定性"的社会历史人生的认知，具有相当的先锋意味，因为文本把结构上升到形式的意识形态与形式的文化意味的高度，真正成为"有意味的形式"。如此，传统就能完成现代性转换，和现代完美地交织在一起。

除此以外，小说还采用了其他现代性或后现代性的叙事模式。中短篇小说集《猎头》较广泛地采用了意识流、多视角转换、多声部对话、反讽以及元叙事等颇具现代或后现代意味的叙述手法。值得一提的是，元叙事的叙述手法——一个声称季宇的人经常出没于文本的字里行间，叙说自己创作的动机、过程等等。马原所用的元叙事意在故意设置叙述圈套，有意拆除故事的真实性幻觉，彻底反叛了现实主义"真实性"的叙事成规。而季宇的元叙事和马原则有所区别，季宇不是在玩弄叙事迷宫，他在文本中的现身，恰恰是为了寻找历史与现实存在性的真实认知，只不过人物的命运或历史的吊诡常在他的追寻和意料之外。季宇小说"格式的特别"并不表明季宇是一个后现代主义者，以"不确定性""偶然"作为艺术的终极目标，而是表明季宇深刻地洞察了历史与现实进程中的后现代因素已经成为人类生活无法忽视的存在，由此建构起季宇对存在的本体性认知。

季宇在《猎头》后记中说："看一个作家的小说创作，与其看他的长篇，不如看他的中短篇，更能见出功力。"中短篇小说集《猎头》以其思想的深邃与形式的别具一格，让我们充分感受到了季宇所言不谬。

真实与迷幻互为镜像的叙事

——读大头马中篇小说《阿姆斯特丹体验指南》

阅读未始我便被小说的题目所惊诧：阿姆斯特丹，不仅是荷兰的首都，更是世界著名的性都，极富异域风情，这个城市以开放的性态度、缤纷的性文化以及合法的红灯区让世界侧目。阅读就在这样的期待视野中展开。

米兰·昆德拉曾言，小说是对"存在的勘探"。按照 P. 蒂利希的观点，"存在"分为物质存在和精神存在。因此小说不仅勘探人所寓居的现实世界，也要关注人的精神世界，也就是人的思想、情感、欲望、执念、信仰，当然还可以抵达人的潜意识的幽昧深处。这部小说，作家精心构建了"我"的现实存在和"我"的潜意识、无意识的存在，二者之间的叙述通道借由迷幻而打通。真实中有幻象，幻象中更有生活真实的映射，二者彼此镜像，深度互文。

"我"是一个在读的药理学女研究生，在一次因失恋而吸食大麻的经历中，结识了杰西卡·李。在结识她之前，"我"不过是一个枯燥乏味，多数时间在实验室里和那些药理学数据打交道的留学生，甚至连所谓的爱情也乏善可陈。为了对抗生活本身的枯寂单调和内心的虚无，"我"偶尔的离经叛道也在一定的限度之内，是杰西卡让"我"的生活对外部世界无限地敞开。"我"和杰西卡满世界的"浪游"，构成了对日常循规蹈矩生活的反叛，这种浪游带着深切的"体验"性质，在

"我"和杰西卡的观念里，人生就是一个又一个体验，体验就是"在世"的最有价值的存在形式。体验少了，人生就不完整、不充分，生命太短，世界很大，体验是使人生完整的唯一方式。某种意义上，杰西卡就是"我"的另一面，我的欲望化的镜像，一个超越现实束缚的欲望化的"本我"。于是，很多时候，"我"和杰西卡一拍即合，即便一些体验是非道德的禁忌，"我"的犹豫也很难超过几秒。与其说是杰西卡的诱惑，不如说是欲望化的"本我"在控制、引导"我"的各种"浪"和"飘"的体验。这里，"我"和杰西卡互为镜像，现实理性的"我"和现实欲望化的"我"互为补充，共同构建了现实层面体验的完整性。后来杰西卡的一次次爽约，"我"的浪荡的体验因为欲望自我的缺席，从而导致现实层面体验的不完整，所以变得意兴所然。

小说主题的深邃，不仅仅停留在现实层面的体验，而是深入到人的潜意识领域，去勘探显意识冰山之下的广袤的幻象世界。怎样才能进入这块神秘的领地呢？小说并没有采用惯常的"庄生梦蝶"般的叙述模式，糊涂了庄生和蝴蝶；小说也没有采用意识流、超现实主义、魔幻现实主义等现代性叙事手法，构造叙事圈套或叙述迷宫；小说是让主人公在类似迷幻蘑菇的强烈致幻药 LSD 的作用下直接进入到了人的潜意识迷幻世界，在虚拟的幻觉中体验现实之外的未知和想象。

在人的迷幻意识中，叙事设置了六种不同的迷幻场景，分别以世界名著命名：《麦田捕手》《穿裘皮的维纳斯》《白象似的群山》《众妙之门》《傲慢与偏见》《更多的人死于心碎》。六种迷幻场景与体验多方位多侧面地映射了现实的种种欲念，也映射了人的精神世界的种种潜意识症候。在潜意识的幻象世界里，现实生活中的道德律令、伦理禁忌、政治规训和各种物质、精神的束缚解除了，人理论上完全可以回归到弗洛伊德意义上的"本我"，按照欲望、快乐原则行事。幻觉中，现实中的"我"和杰西卡的种种经历和体验如幽灵般重新显现，只不过在迷幻世界里，小说中人物的体验比现实具有更多的可能性，也离欲望的渊薮更加接近。文本如此精心编织真实世界与迷幻世界的互文结构，实际上具有深度的题旨：逃离人的生存困境，寻找生命体验的无限丰富和可能，由于现实的局囿，这样的寻找注定是有限的，不彻底的，人的存在因选择的单一而必然陷入不自由的境地，因为存在的自由就是选择的自由。在幻象世界里，人可以借助幻觉实现生命的无节制体验和无限性可能。如此，人是不是就从此自由了呢？然而，幻象世界并非是独立自主的，而是"由我过去的记忆和所受到的影响主宰……它们全都是真实世界的碎片在旅程世界里的投影。"我们的幻觉世界不是凭空产生的，而是真实世界在迷幻意识中的投影，幻觉世界中，人仍然摆脱不了现实世界的恐惧、战栗等种种存在性体验，一样是不自由的，这决然不是"我"安身立命的最终归宿。这就需要"我"从迷幻世界中醒来，回到真实的时间，回到真实的世界，完成自我的现实救赎。

小说不仅具备了深邃的主题意蕴，叙事的艺术完成度也令人称道。首先，文本具有相当开阔的文化视野，借由"我"的旅程，世界各地的文化、风俗纷至沓来，非常融洽地组成一个有机的艺术整体；其次，真实世界与迷幻世界的互文结构为深入揭示主题提供了绝佳的支撑，真实与幻象之间的榫接与转换非常自然；再次，文本采用了多种现代性叙事手段，各种叙事手段融合无间，体现了作家深厚的艺术功力。比如小说中运用限制视角"我"的讲述，增加了文本的自我体验性和真实感。全知视角的无处不在，超越于限制视角之上，能时刻掌控叙述的走向。同时，第二人称限制视角"你"也恰到好处地介入其中，充分展现了叙述的摇曳多姿。另外，小说还多处采用了"元小说叙事"技巧，虚拟起一种"叙述者和想象的读者间对话的形式"。比如"关于这位杰西卡·李小姐，以及那次被放鸽子的恶劣心情，我还能写出上百万字的东西，保证你绝对不想认识她。但是，我觉得你应该更想听关于嫖妓的内容，所以，还是让我暂时打住——"。元小说叙事不仅是叙事技巧，更是公然导入叙述者的声音，展示故事的文本性和虚构性,这也非常贴合真实与幻象之间我中有你、你中有我的文本主题。

毫无疑问,无论从思想主题,还是就艺术完成度而言,小说《阿姆斯特丹体验指南》都是一部非常难得的优秀文本。

故事、意蕴及其现实之上

—— 简评刘永祥的短篇小说《四眼》

《四眼》很短,仅6000余言,简洁、洗练而又内蕴深厚,接通了现实与形而上的通道,在故事层面的现实之上,勘探了人的情感意绪、心灵空间并进而上升到对生命的哲学追问。短短的篇幅具备了丰富的审美意蕴,具有了短篇小说应有的诗性和神性,这就是优秀短篇小说的内在品格。

现实的故事层面是完整的,也是敞开的。神秘、深邃的布达拉宫里,两个带着精神朝圣心情的青年男女黄路和夏娃在这里"遇见",由此拉开了小说故事的帷幕,也自此改变了小说主人公命运的原初图式。第一次的遇见,黄路给夏娃带来了惊吓,越是惊吓,越是以后每每遇见。源于机缘巧合,黄路和夏娃有了在宾馆共处一室的生命体验,这次体验两人在互怼互诉和黄路的高原反应中拉近了彼此心灵的距离,才有了后来的合肥约见和情感事件。情感事件后,黄路和他的妻子方友梅离婚了,自己一个人出家,不知到了终南山还是五台山,而夏娃也移民到了澳洲的珀斯。故事的结局是开放式的:"她想,她与黄路或许今生还有第四次相遇。""也许"的可能性留给了读者无穷的想象空间。现实层面的故事不复杂,却有相应的时间和空间跨度,并非短篇小说惯用的撷取生活的片段,从生活的碎片中管中窥豹,而是采用了类似电影叙事的"三年以后……"时间跨度的拉长,更能够见出命途的改变。空间也是一样,从西藏拉萨的布达拉宫开始,到日喀则、羊卓雍措、扎什伦布寺、卡若拉冰川、林芝、拉萨、合肥、萧县皇藏峪、澳洲珀斯美丽的海滨,空间的不断变换因应着主人公的心情起伏、内心波澜和命运的诡谲。如此短的篇幅,故事的时空跨度、交错与人物的情感、命运相因相契,充分展示了故事本身的叙述张力和作家结构故事的艺术功力。

优秀短篇小说必然言简而意蕴丰赡,《四眼》给我们展示了丰富的审美意蕴。诗有"诗眼",短篇小说也可以有自己的"文眼",这篇小说的"文眼"就是"四眼",它既是小说的题目,又是小说得以孕育和生长的"种子"。莫泊桑的《项链》、鲁迅的《药》、史铁生的《命若琴弦》、刘庆邦的《鞋》等因为找到了自己的"文眼"而成了短篇中的经典。《四眼》中的"四眼"当然不仅指男女主人公都是戴眼镜的"四眼",而更是指带有佛教因缘和宿命色彩的天珠的四眼。"四眼"就是这篇小说的种子,让小说得以发芽生长,也让这篇小说接通了现实和存在命运的通道,摆脱了单一的现实维度,赋予了小说以神性和存在性意蕴。小说的第一重意蕴自然就是现实中人的境遇、感情和生活。从西藏的相遇、相知,到后来的牵挂与约见,因黄路的妻子炉火中烧和非理性冲动,才差点导致送夏娃的路上因黄路的心理意向而酿成惨祸,幸亏冥冥中有了"四眼"天珠的佑护。黄路和方友梅的感情也从此破裂,无法挽回,才有了他们各自命途的改变。现实层面的故事情节与人物命运具有相当的戏剧性,而这戏剧性建立在生活逻辑和情感逻辑上的且有着深厚的现实生活经验基础,所以文本读起来没有丝毫的违和感。不仅如此,在故事的推衍中,我们看到文本营造了别样的独特的审美意蕴——宿命与神性。这样的意蕴让主人公的命运故事氤氲在一种似乎命运"前定"的先验氛围中,这与藏传佛教的文化氛围以及人们特有的转山、转湖、五体投地的宗教朝圣等生活方式有机地交融在一起,而命途中"四眼"天珠的出现,就好像命运的谶语和先知。天珠一直戴在黄路身上,每到命运的关键节点,黄路身上天珠的"四眼"似乎和夏娃的"四眼"进行命运的对视和心灵的交流，预示着命运的诡谲和宿命的必然。由此，小说具有了神性与诗性的色彩，人物的命运也具备了宿命的意味，这无疑极大地丰富了小说的审美意蕴。

小说的思想题旨和审美意蕴还不止于此。小说借夏娃回想黄路的话进而对命运进行形而上的哲学思考："宿命有时候就是理想，当你把宿命活成理想的时候就是你平和的时候……"如此的思考和哲学追索就不是简单现实故事层面所能揭示的了，小说来到了现实之上——小说不能仅仅停留在现实故事或经验主义叙事层面，尽管小说叙述离不开现实经验的积累，离不开生活的丰富资源。文本叙事涉及一系列重要的有关命运态度和伦理的问题：如何看待生活的宿命和命运的理想？宿命和理想之间的关系是怎样的？它们之间有没有二位一体的可能？"存在者"如何面对宿命和理想？面对宿命，"存在者"的存在感和主体性如何得以体现？小说给出的答案是诗性的，也是对宿命和理想之间无奈的调和。当人（存在者）无法挣脱宿命的框架或桎梏时，把宿命当作理想也不失为一种"明智"之举，这个时候，顺应宿命的逻辑方向并心平气和地甘愿接受，而不是无谓地反抗或许就是"存在者"的主体性体现和"存在"的伦理选择。现代文学的名篇《缀网劳蛛》中的主人公尚洁，《商人妇》中的主人公惜官就是安于宿命甚至是命运的前定，逆来顺受，以前所未有的对命运的坚韧、达观知命，从另一面将宿命活成了理想，充分展示了人作为"存在者"的另一种生命态度和主体性意涵。尽管黄路、夏娃、尚洁和惜官的命运各不相同，但他们对待生命的态度以及顺应宿命，把宿命视作理想或归途的生命观是相似的。小说的结尾很有意味，预示着夏娃将追随黄路遁入空门？或黄路皈依世俗，和夏娃在世俗的生活中再次遇见？抑或其他的可能？答案不得而知，不过无论哪种可能，宿命有时候就是理想。我想这时候的男女主人公已经多少参透了命运的奥秘，起码从心理上走出了命运的劫数，消除了命途中的焦虑、恐惧、负罪等"存在性"不安，坦然面对命运的赋予。

综上所述,《四眼》在故事、意蕴和现实之上的哲学追问等方面都有独到的营构和探索,不仅如此,小说的文字洗练简洁,很注意叙事节奏的把控和平衡感,倘若能在如此短的篇幅内进一步写出地域的文化感,存在的命运感和现实的存在感,那么这篇小说还可以愈加出类拔萃。

生活微视角下的"脱贫攻坚"叙事

——简评刘鹏艳短篇小说《猪幸福》

"小康"一词最早出自《诗经·大雅·民劳》:"民亦劳止,汔可小康。惠此中国,以绥四方。"原意是指比较安逸稳定的生活理想,现在主要指的是介于温饱和富裕之间的生活。自古以来,脱离贫穷,步入小康,一直是善政良制的基本追求。改革开放后的1979年,中国提出建设现代化的小康社会以来,建成"小康社会"就是社会主义初级阶段的目标。十八大明确提出到2020年要全面建成小康社会。为此,脱贫攻坚一直是近年极为重要的政治任务,同时也是近年文学创作的核心主题和宏大叙事。时代文学的主题诉求,诞生了一批出色的脱贫攻坚叙事文本,刘鹏艳的《猪幸福》(《小说选刊》2020年第9期)就是其中优秀的一篇。

一、微观生活视角下民间伦理的背弃与守护

尽管脱贫攻坚属于时代、国家的宏大叙事,但宏大叙事依然可以选择比较小的切口,并由此进入,深入时代的肌理和社会的皱褶,探寻时代脱贫攻坚的国策在乡村或偏远山村的影响和巨变。《猪幸福》就是这样一篇以微观视角、生活视点聚焦脱贫攻坚叙事的小说。小说的视角很小,叙述在大山深处的国家级贫困县深度贫困村的脱贫故事。故事也是

从养猪这个小的切口进入，围绕着养猪的扶贫措施展开的。以村委会为担保，甲方为收购高海拔散养生态猪的公司，乙方是建档立卡的贫困户，他们签订收购和喂养合同，帮助这些困难户、贫困户脱贫奔小康。当然，扶贫不是一件容易的事，出现波折是扶贫的常态，也是脱贫攻坚情节故事的必然。小说中，以长锁夫妇为代表的村民把猪养得膘肥体壮，但是快要到按照合同价收购的时候，市场的变化让合同价远低于市场价。于是以老癫子、玻璃花为代表的村民背信弃义，密谋把猪卖给市场，然后购买山下的猪以次充好，企图瞒天过海。这种行为不仅背弃了合同或者说是契约精神，更是背弃了民间素朴的道义、诚信等道德伦理。不过，长锁的媳妇却能够坚守民间的道义，说服长锁不参与贩卖猪的行为，而是通过诚实的劳动改变贫穷的境遇。那些贪图小便宜的村民在经历了一番教训之后，也开始幡然醒悟自己行为的不道德、不诚信、不道义，最终转向了劳动致富。小说在村里挂职的余书记梦见"猪幸福地哼哼"的美好憧憬和村民齐心奔小康的气氛中走向了结尾。我觉得这样的叙事视角和凡俗生活的描摹将宏大主题融入了日常叙事，改变了主旋律叙事给人的刻板印象，充满生活味道和世俗烟火的气息。

二、社会历史进程中的现代性悖论

小说不是简单停留在脱贫攻坚的问题层面，而是在叙事过程中诘问乡村贫穷的历史根源和现实成因。原来的石佛村尽管偏远，但在闹饥荒的年代，山外的社会没得吃，在石佛村倒还是能混个肚儿圆。只要人们勤快，山上有的是野生动植物的馈赠，地里也有依靠勤劳而收获的土豆和玉米；山上不缺石头，住房问题也不算太大，只要依山而筑居，栖身之地还是可以不愁的。长锁的媳妇，就是住在靠着石壁搭建的房子里，生下了儿子，过了多少年虽贫瘠但也算安稳的日子。社会历史的现代性进程打破了山村固化的样态，也改变了人民的心理感受以及生活期待。

大多数年轻人已经不安于待在安宁静谧的山村，而是走出大山，去寻求现代性的生活。长锁记得自己送儿子出门，从来没有走这么远过，似乎远方、城市就是现代性的富足、文明、现代以及今后衣锦返乡的坐标。但是，充满吊诡的是，现代性的到来，没有带来了乡村繁荣、现代和富足，恰恰相反，它造成了乡村的空心化、土地的荒芜和乡村风俗伦理等的沦落。这不仅仅是石佛村的个案，在中国改革开放，尤其是90年代社会世俗化、商品化、市场化的现代性历程中，这样的现象在乡村是一种普遍的存在——这在特定历史时期构成了现代性的悖论，现代性的由远及近，导致了乡村的贫穷和落后，甚至成为国家级贫困县的深度贫困村。而且在这一历史进程中，乡下人进城，乡村付出了极为惨痛的代价，小说中长锁的儿子殒命于城市中的车祸，既是现实的叙述，又带有隐喻的意味。那些在城市打工的群落，现实中只有极少数混得有模有样，但多数面临着在城市的肉身挣扎和精神没有家园的煎熬。这就是小说要告诉我们的，现在的扶贫不仅仅是建设全面小康社会的需要，同时也是救赎特定历史时期现代性的"原罪"，因此，现今的脱贫攻坚和乡村振兴、美丽乡村建设无论从哪个角度而言，都具有历史和现实的正当性和补偿性。

三、扶贫干部和村民双重主体性的确立

尽管小说对扶贫书记的着墨并不多，但老余的形象已经鲜明地印在我们的脑海中。老余不是那种筚路蓝缕，开创性的英雄，也不是那种一呼百应式的英雄，部队转业干部出身的他，也不是高喊标语口号的表演家，更不是把扶贫视为走过场、应付检查做表面文章敷衍的乡镇领导。他是带着问题意识和精准扶贫观念到山村"深扎"的扶贫者。从老余的角度而言，他的使命是扶贫或者说是帮助村民们脱贫，因此在小说中，从村民的观感传达的信息是，他是脚踏实地的，来到石佛村尽力摸

清情况，建档立卡，实施精准扶贫。他的帮扶措施因地制宜，让村民养高海拔的生态猪。为了解决危房的问题，老余提出了"1+3"的方案。这些精准施策的过程中，作为"扶贫"的驻村干部，他的所作所为充分体现了"扶贫"干部的主体性。脱贫攻坚，仅仅依靠帮扶干部的主体性是远远不够的，必须充分激活、建构和凸显那些被帮扶对象的主体性，让他们有充分的主体意识、担当、责任和勇气，才能真正意义上让脱贫攻坚的历史使命落到实处。小说中的老癫子、玻璃花等人在脱贫过程中，开始的时候非但没有建构起有效的主体性，还密谋不光彩的勾当，拖村里集体脱贫计划的后腿。后来事情败露，在老余的批评教育和引导下，他们的主体性才开始回归。有意思的是，老余并没有用国家政策等大道理来说服教育他们，而是以民间的道义、荣辱观念对他们进行劝导："给脸要脸啊，人家仗义，咱不能不识数，这打脸的事断不能做第二回。""都是站着撒尿的老爷们，可得让咱这张脸有地方搁。"自此，老癫子、玻璃花等真正意识到自己行为不合民间的伦理，才纷纷表示以实际行动走上脱贫致富的正途。由此，他们的主体性才得以确立和凸显。

四、小说语言的形象性与质感

刘鹏艳的小说语言值得称道。文学就是语言的艺术，小说当然也不例外。作家的语言形象，富有表现力，语言的感觉非常好。比如，小说开头就写几个村民"密谋"贩卖猪的行为："几个人蹲着地上，围成一个不规则的圈，劣质的烟草味道不断从头顶窜出来，狼奔豕突。"再如写有关群山的描述："山叠着山，山摞着山，纠缠、蔓延、覆盖"等等。这类富有表现力的情状、环境、心情、动作的描写在小说中随处可见，极大地丰富了小说的艺术表现力，提升了小说的审美品位。不仅如此，小说的语言将乡村人物的俚语、典雅凝练的书面语和作家略带谐谑的叙述语熔于一炉，进一步丰富了语言的表现力。比如乡村老癫子的口语："你奶奶的，顾头不顾腚。"写长锁家的破败用的是"灰扑扑、乌糟糟的家"。但在这些俚语、口语中，穿插一些书面语，两类语言相辅相成。文中用了诸如"袅娜""迢邈""逡巡""吊诡""断瓦残垣"等带有或古典或现代意味的语词，让语言在斑驳的呈现中充满了质感。作家的叙述语也带有一定的诙谐意味，让整个的文本叙事不至于过度严肃和沉闷。

当然，小说也并非尽善尽美，小说主题的深度开掘得还不够，尽管小说在脱贫攻坚的总基调下，触及了乡村朴素的伦理、扶贫者以及脱贫对象的双重主体建构以及社会进程中的现代性悖论等主题，但这些主题还没有得到深度拓展，给人没有写深写透的感觉。另外，在人物心理的刻画上，笔墨还是欠缺了一些，比如老余的心理活动，长锁的心理变化以及其他乡亲们在脱贫致富道路上的内心悸动等表现得也还不够。

素朴纯粹而又别具张力的叙述

——简析郭全华短篇小说《香香宾馆》

郭全华素以诗在文坛上行走，诗歌创作成绩斐然。其散文创作多直击生活现场，以专栏为主。而他的小说创作大多篇幅短小，数量不多，还没有广泛"占领"重要的文学期刊，主要以一些报纸的副刊为阵地，但这并不意味着他的小说创作就没有多少思想艺术含量。此次以笔名"响耳"创作的短篇小说《香香宾馆》，则用"直击生活"的主题在小说领域的延伸和拓展，体现出良好的思想质地与艺术才情。

首先，文本不动声色地颠覆了读者的阅读期待。就直击生活现场而言，以宾馆为视角可谓相当独特。宾馆是社会三教九流出没的重要地方，各色人物因各种原因在外住宿，宾馆因此成了聚集社会各阶层人的必然场所。现代社会宾馆的普及程度要远甚旧社会的茶馆。老舍的《茶馆》就是借助茶馆这个空间，以独特的视角透视茶馆的今夕变化以及茶馆里活动的人物的历史命运，从而揭示时代的深刻变迁。老舍曾说："茶馆就是三教九流会面之处，可以容纳各式人物。一个大茶馆就是一个小社会。"茶馆如是，现代社会的宾馆亦如是。国营、连锁的高档宾馆尚且不论，而民营的、私人的宾馆更是成为接待社会草根或底层百姓外出住宿的不二去处。于是，香香宾馆自然就是文本叙事最佳的视角，小说叙述很可能借此一窥社会底层生活现场的形形色色。由此，读者的阅读期待（包括本人）很可能多数停留在发生于宾馆的一些社会负面现象上：问题男女、青皮无赖、卖淫嫖娼甚至吸毒贩毒等违法犯罪……小说确实写到了出走的少男少女，写到了青皮地痞无赖，写到了美丽性感的老板娘刘香跟他们的周旋，而且文本叙述一开始就是从接待问题少男少女开始的，继而写到了和青皮们的纠缠，这无疑更增强了我们的阅读期待。只是小说叙事最终颠覆了我们的阅读期待——小说叙述的重心显然不是社会的负面现象，而是落脚于香香的人格操守以及真诚、信任等价值尺度。私人性质的香香宾馆，绝非藏污纳垢的场所，而是传递爱、温暖与诚信的地方。

这就是小说别开生面之处，于平实的叙述中别出机杼，于惯常的叙事逻辑中逆转，文本不动声色地完成了对读者阅读期待的颠覆。

其次，小说鲜明生动地塑造了香香的女性形象。小说成功塑造了刘香这一人物，她美丽、性感、独立，更难能可贵的是她具有在世俗的世界中坚守的人性情怀、道德底线与真诚的品格，以及她独立不依的女性意识。她在生活上不依赖男人，自食其力，不凭借自身女性的姿色，而是靠合法的经营、诚实的劳动创建香香宾馆。宾馆不请雇工，卫生和平时的经营管理、接送客人都亲力亲为。她不赚昧心的钱，对于前来住宿的问题少男少女进行说服教育，帮忙联系家长，甚至联系公安民警进行干预处理。而对残疾的聋哑人，她给他们应有的尊重和照顾，对于那些青皮无赖，她则善于周旋，勇于应对。香香宾馆以洁净的环境、周到的服务、诚信的口碑赢得回头客，生意越来越好。这引起了隔壁邻居的嫉妒和周围的流言蜚语，邻居挑拨苏强和刘香之间的夫妻关系。但刘香依然故我，继续坚守做人的天性、本色和品格，丝毫不为外界和丈夫的猜疑所动。至此，文本叙述可以说完成了刘香性格形象塑造的一半：在物欲横流的当下社会，一个不随波逐流，不卖弄姿色，灵魂有着香气，有着独立品格的女性形象已经跃然纸上。如果刘香的形象仅仅停留在这个层次，那么这一形象的文学意义、时代内涵和审美价值也不过尔尔。完成这一形象最终塑形的是她坚定地和丈夫离婚以及坚守香香宾馆既往诚

>>> 素朴纯粹而又别具张力的叙述

信的待人接物之道。丈夫苏强狭隘的心胸和对妻子刘香的猜忌,导致他们感情罅隙的出现,进而感情破裂。刘香勇敢、主动、毅然地选择了和丈夫的离婚,这样的行为是极富女性意识、独立意识、自我意识的,是对男权世界的诀别,是现代女性自主品格的生成。不仅如此,她在困难的情境下依然坚守香香宾馆的经营方针,由此,一个现代女性形象彻底得以定格。

再次,叙述彰显了故事与人物命运的审美张力。小说的故事、情节、人物以及人物的命运都很普通,并没有多少戏剧性,矛盾冲突也并没有一般情节型小说那么激烈。文本叙述并没有可以依赖的戏剧性矛盾冲突与命运起伏。比如文本叙述刘香和苏强离婚了,但现实中离婚这样的事件早已层出不穷、见惯不惊。小说的叙述按照时间的顺序,似乎并没有经过多少艺术的"匠心营构"——其实不然!文本的高明之处就在于于平实中暗起波澜,故事的推进与人物的命运之间具有内在的审美张力,正是审美张力的存在,叙述才获得动力,平实的叙述才见出较深厚的艺术功力。小说在叙述刘香日常经营的时候似乎不经意嵌入自己和丈夫之间观念的差异,价值观的不同以及由这些差异导致的争执、龃龉到最后的决裂,而这些叙述都是为后文中他们的离婚所做的铺垫,只不过这样的铺垫是一个由弱到强逐渐递增的过程。读者在阅读中期待的是在充满暧昧世俗的香香宾馆究竟会产生怎样的故事,这个故事的主人公不是指向宾馆持有者的,而是来住宾馆的这些人的,这样的阅读期待让读者很容易忽略刘香和苏强之间关系的叙述,这无形中构成了故事的推进与人物命运悖反的叙述张力。读者没有预料到小说的结局却是宾馆的老板娘令人唏嘘的命运。逻辑学上有著名的说谎者悖论,克利特哲学家埃庇米尼得斯说了一句很有名的话:"所有克利特人都说谎。"他自身是克里特人,那么他究竟说不说谎呢?说谎者悖论的产生就是因为涉及说谎者自身。香香宾馆的叙事与此有异曲同工之妙,人们期待的原本不是涉及香香宾馆持有者的命运故事,而是与香香宾馆休戚相关的住宿者

245

的故事，文本叙事最终却指向了宾馆的拥有者自身，这样的叙述形成了叙事别样的审美张力。

原本很担心作为诗人的郭全华写的小说会受到诗歌的影响，会留下诗歌难以抹除的痕迹，尤其是小说的叙述语言会不会因跳跃性而丧失叙述的流畅性。在现实中，很多诗人转型写小说，因为诗歌语言的思维定式，导致小说语言思维混乱，叙述凝滞。读了《香香宾馆》之后，这样的担心消除了，小说语言是地道的，文本叙述是素朴、纯粹、平实的。当然这部小说的主题意蕴还不够深厚，叙述的审美张力还不够凸显，还有进一步提升的空间，我们期待，在不远的将来，"响耳"会以自身独特的印记区别于诗人郭全华而为读者所铭记。

网络时代爱恋"心灵图景"的艺术呈现

——评马洪鸣短篇小说《相同的指纹》

"五四"新文化运动已降,婚恋的自由伴随着中国历史的"现代性"进程逐渐不证自明。存在即选择,选择即自由,婚恋的自由度得以历史性跃升。网络时代,现代抑或后现代的爱恋空间与自由再一次得以空前延伸,在现实和虚拟的世界里,婚恋假"爱"之名汪洋恣肆或吊诡奇葩,爱恋的内涵出现了网络时代的特质,遗憾的是,很多时候真爱却付诸阙如。马洪鸣的小说《相同的指纹》,拒绝网络时代爱恋单向度的身体书写,转而对网络时代爱恋"心灵图景"进行了深度勘探,文本直抵当下爱恋"疑"与"真"的生存状貌,最终让"真"超越了"疑",其思想意涵颇为深厚,艺术表达也非常充分。

一方面,文本深度勘察了网络时代爱恋的"心灵图景"。网络时代,信息的便捷性、即时性、交互性某种程度上加速了经典爱情的式微,"执子之手,与子偕老","两情若是久长时,又岂在朝朝暮暮"似乎成了一种奢望。网恋、闪婚、闪离,肉体狂欢日甚一日。这些都是网络时代爱恋的表征或是"精神症候",也可能是存在的基本事实。然而,如果是真正的爱恋,无论身处任何时代都不可能只是身体的风景,更需要灵魂的深度参与,那种只有身体参与的爱恋只能算是欲望和本能。小说讲述了网络情境下青年男女许诺和雁儿的爱恋,试图以此探寻网络时代爱恋的精神实质。两人在网上相识并在网上神交了十个月,文字、视频拉近了两人的心理距离，对爱情的产生有了一定的基础。从网上到网下，是网恋的基本路数，他们也未能例外。理想中的浪漫终究抵不过现实的诱惑与冲动，见面以后他们并非只是精神的吸引，起初也是更多的肉体厮缠，之后，他们之间心灵的参与逐渐加深。千里之外奔赴而来的爱恋却因为指纹锁的缘故使两人感情出现罅隙、怀疑。小说的不同凡响之处正在于感情出现龃龉之后，小说对许诺心灵世界的勘探与心理图式的追索。失去了雁儿，许诺失去了魂魄，头痛欲裂，通过南方的小城，花园街6号，西郊疗养院……一路的追寻，许诺差点被认定为是疯子，甚至他的母亲也怀疑许诺真的精神出现了异常。许诺的头痛源于对雁儿的思念，他不愿意埋葬头痛，他坚信雁儿的回归，智能锁引发的障碍在真爱面前已变得无足轻重。最终许诺离开房间去找寻与他指纹相同的雁儿，许诺的追寻，已从先前为了弄清事实原委，弄清雁儿的真实身份悄然发生了质的转变，变成对真爱的追寻和救赎。文本由此颠覆了既往网络爱情快餐化、泡沫化、肉身化、去责任化、轻松化，尤其是去心灵化的当下狂欢叙事，给许诺，给现代网络爱情以丰富的"心灵图景"，文本追寻的是爱恋的本身。爱恋的本质是两情相悦，是对另一半的寻找，应该是超越时代局囿、超越时空束缚的灵与肉的和谐交融。从这个意义上而言，小说的命意具有不俗的主题向度，它是逆网络化的感情生活逻辑，追问爱恋的本体论内涵。不仅如此，小说还对现代网络恋情的"疑"与"真"的关系进行了艺术辨析。由于相识于网络，对方的情况并没有得到有效的验证，网恋很容易遭遇欺骗。因为有所"疑"，所以在情感的投入方面才不敢完全示"真"。许诺和雁儿尽管有十个月的网上交流的基础，相识之后彼此成了对方的唯一，但并没有完全解除心中的"疑惑"。小说通过指纹锁"事件"揭示了现代人对网恋的戒备心理。小说的结尾，许诺是因为爱的"真"而放弃了对"疑"的进一步追索，实际上，两者之间的紧张并没有消除，小说也因此获得了网络时代爱恋"疑"与"真"关系的体悟与思考。

另一方面，小说的艺术呈现充分展露了作家的才情。首先，小说对主人公的心理描写细腻、真实、深邃，主要体现在男主人公许诺身上。从网上倾诉到网下相见之前，许诺写了给雁儿的信，并想通过邮递而非快递的形式体现"慢"的情思，可见许诺对爱的态度是认真的，走心的，也是浪漫的。由于"智能指纹锁事件"，许诺对雁儿起了疑虑，这也是正常的心理反应，毕竟是网络时代，虚假、欺骗大行其道，稍微有点正常心理的人都会有所戒备。文本这样描摹许诺的心理真实可信，这也是叙述得以继续的动力所在。心理开掘最精彩的地方在于失去雁儿之后许诺的失魂落魄。这时候智能指纹锁的疑虑已经微乎其微，许诺发现自己对雁儿的思念是疯狂的、致命的，文本由此对许诺的心理进行了深度的推衍，后续许诺一系列貌似疯狂的举动都是源于许诺彼时的爱恋心理，文本给予了充分的揭示。其次，作家深谙小说的结构艺术。小说从重要的场景写起：雁儿在深夜返回许诺的公寓，既是情感的难以割舍，也是引发智能锁指纹疑虑的关键节点，此后便是对他们之间感情经历的回顾。"指纹锁事件"是重要的叙述枢纽，起到承上启下的叙述功能，尽管现实中相同的指纹纯属巧合或者说完全是反科学的，但这并不影响文本的艺术真实。对花园街6号的探访是小说精彩的情节设置，花园街6号既是雁儿告知许诺的地址，也是那封浪漫情书抵达的地方。探访的结果是雁儿根本不在这里，而那封情书则被花园街6号的主人交还给了许诺。这时，许诺的疑虑是逐渐加重的，同时，他的思念也是加重的。何以解忧，唯有找到雁儿，才有了许诺到西郊疯人院的继续寻找。西郊疯人院的寻找更是情节设置的神来之笔，它大大拓展了小说的意蕴空间、心理深度，并赋予情感命运的悖论性：许诺越是沦陷于感情的思念、沦陷于对真爱寻找，他越是被看作精神逸出了轨道，被视为疯子。小说的结尾也体现了作家的艺术匠心。当疯人院的院长带领一众人等和许诺的妈妈破门进入许诺的房间，试图把许诺强行送至精神病院接受治疗的时候，发现人去屋空。这样的结尾既在情理之中，又在意料之外，留给了读者无限遐想的审美空间。

米兰·昆德拉说:"发现唯有小说才能发现的东西,乃是小说唯一的存在理由,一部小说,若不发现一点在它当时还未知的存在,那它就是一部不道德的小说。"[①] 我觉得,马洪鸣的小说《相同的指纹》就是对网络时代爱恋内心图景的"发现",在喧嚣、浮躁、粗鄙化、庸俗化的存在风景中,在快节奏的生活中,人越是容易陷入孤独、封闭和忧伤。因为疑惧,人越是容易将自己的"真心"层层包裹。小说在悖论性的情境中,赋予了主人公许诺冲决心灵堤坝的果敢与决绝,这就是小说所要敞亮的爱恋存在的意义——我爱故我在,小说《相同的指纹》也因之令人刮目相看。

[①] [法]米兰·昆德拉:《小说的艺术》,尉迟秀译,上海译文出版社,2019年版,第42页。